U0942626

Yilin Classics

La Dernière Classe

最后一课

都德短篇小说集

[法国] 都德 著
陈伟 李沁 译

译林出版社

图书在版编目（CIP）数据

最后一课/（法）都德著；陈伟，李沁译．—南京：译林出版社，2019.10（2021.3重印）

（经典译林）

ISBN 978-7-5447-7737-7

Ⅰ.①最… Ⅱ.①都… ②陈… ③李… Ⅲ.①短篇小说－小说集－法国－近代 Ⅳ.①I565.44

中国版本图书馆 CIP 数据核字（2019）第 078967 号

最后一课 ［法国］都德 ／ 著 陈 伟 李 沁 ／ 译

责任编辑　李浩瑜　金　薇
封面设计　陈天岷
责任印制　颜　亮

原文出版　Librairie Générale Française, 1983
出版发行　译林出版社
地　　址　南京市湖南路 1 号 A 楼
邮　　箱　yilin@yilin.com
网　　址　www.yilin.com
市场热线　025-86633278
排　　版　南京展望文化发展有限公司
印　　刷　南京爱德印刷有限公司
开　　本　880 毫米 × 1230 毫米　1/32
印　　张　8.625
插　　页　4
版　　次　2019 年 10 月第 1 版
印　　次　2021 年 3 月第 3 次印刷
书　　号　ISBN 978-7-5447-7737-7
定　　价　36.00 元

译 序

都德的短篇小说《最后一课》在1912年被首次翻译介绍到中国[①]，从此，在将近一个世纪的时间里，它被长期选入我国的中学语文教材，超越了不同时期、不同意识形态的阻隔，成为在中国家喻户晓、最具群众基础的法国文学名篇之一。尽管在它之后，都德有大量的其他作品被陆续译介，但是中国人记忆最深的，永远是《最后一课》。一代又一代的中国读者，通过《最后一课》了解到“法语是世界上最美丽、最清晰、最严谨的语言”，懂得了“当一个民族沦为奴隶时，只要它好好地保存着自己的语言，就好像掌握了打开监狱的钥匙”。可以说，在汉语关于都德的语汇中，最具表现力的就是《最后一课》，它甚至可以作为都德的代名词，作为“爱国主义”的符号，融入近代中国人百年的情感之中！

生 平

阿尔封斯·都德是法国19世纪著名的现实主义小说家。他于1840年5月13日出生在法国南部普罗旺斯地区尼姆城一个破落商人的家庭。九岁时因父亲生意失败，举家移居里昂。在里昂中学读书时，都德经常到书店博览群书，广泛涉猎，扩大了知识视野。1857年，父亲彻底破产，家道中落，十七岁的都德被迫辍学，自谋生路，到阿雷小学校任自习辅导员；半年后，他因不堪忍受“对贫穷的侮辱”，远走巴黎，投靠在那里当职员的哥哥艾尔内

① 韩一宇：《都德〈最后一课〉汉译及其社会背景》，《文艺理论与批评》，2003年01期。

斯特。

在哥哥的帮助下，都德在巴黎开始从事文学创作，并过着年轻文人的清苦的生活。在此期间，他常为《费加罗报》、《巴黎日报》等报纸撰写文章，还结识了另外两位同样来自普罗旺斯的青年——日后成为政坛巨头的莱昂·甘必大和普罗旺斯文学的捍卫者、诺贝尔文学奖的获得者弗雷德里克·米斯特拉尔，后者与都德结下了深厚的友谊。

1860 年，都德进入当时内政部长和立法会议主席莫尔尼公爵的办公室，担任他的三等秘书。这使他既有机会看到巴黎社会各种各样的人，又能保证有足够的时间继续从事文学创作。

不久，都德患上了肺病，决定前往南方疗养。借此机会，他游历了阿尔及利亚，为那里美丽的北非风光和阿拉伯风土人情所陶醉。在阿尔及利亚，他上演了自己的第一部戏剧作品《最后的偶像》(1862 年)，并且大获成功，这也是都德一生中唯一获得成功的戏剧作品。在回巴黎短暂居住之后，都德旧病复发，重回南方。这次，他去了地中海的科西嘉岛和充满诗情画意的普罗旺斯，从家乡流传的民间故事和传说中汲取了大量的创作养料。在普罗旺斯，都德重逢了用当地方言从事创作的诗人米斯特拉尔，还在阿尔勒城附近的枫维耶尔山上买下了一座旧磨坊。他在磨房里度过了整整一个夏天，收集整理了大量采风笔记，这些笔记成为日后《磨坊书简》的雏形。

此后，都德陆续在报纸上发表短篇小说，他的名字逐渐为法国公众所熟悉。然而，莫尔尼公爵的去世，使他的经济一下子陷入了窘境，他的第一部长篇小说《小东西》(1868 年)也未能引起多大的反响，而于次年(1869 年)出版的短篇小说集《磨坊书简》更是遭到了惨败。但都德的才华一直得到了朱莉娅·阿拉尔——一位巴黎工业家的女儿的认可和赞许，他们结了婚(米斯特拉尔充当了他们的证婚人)。婚后，阿拉尔不仅给予都德经济上的支持，而且在精神上也对他大加鼓励。都德回到巴黎后，住在岳父母的公馆里，一边怀念着在家乡普罗旺斯度过的日日夜夜，一边发奋努力，从事文学创作……

1870年普法战争爆发,都德却在巴黎远郊香普罗赛的住所摔断了腿,直到9月初才返回巴黎。随后,他加入了国民别动队第九十六营,亲身经历了巴黎被困和巴黎公社最初的日子。都德在此期间的所见所闻,为他的创作提供了大量的素材;后来,他以普法战争为背景,写了一组具有深刻爱国主义内容和卓越艺术技巧的短篇小说,收录在著名的《星期一故事集》里。

1872年,都德发表《达拉斯贡的达达兰》,大获成功。这部漫画式的长篇小说在巴黎被争相阅读,福楼拜称其为杰作。然而,法国作曲家比才根据都德的短篇小说《阿尔勒城的姑娘》(一译《阿莱城姑娘》)改编而成的歌剧却铩羽而归,这深深地刺痛了爱好戏剧的都德。所幸的是,朱莉娅对丈夫的才华坚信不疑,在夫人的支持与鼓励下,都德连续发表了一系列出色的作品:《星期一故事集》(1873年)、《小弟费罗蒙和长兄黎斯雷》(1874年)、《雅克》(1876年)、《富豪》(1877年)、《努马·卢梅斯当》(1881年),等等。这些作品终于使都德跻身于著名作家的行列,并帮助他一举摆脱了经济上的困境。

与此同时,都德同作家福楼拜、屠格涅夫、龚古尔兄弟、左拉、雨果,画家马奈、雷诺阿、莫奈等许多文学界和艺术界的巨匠结下了深厚的友谊,他们经常聚在一起,共同探讨文学,扶助新人。

“我的前半生经历了贫穷,后半生经历了病痛。”都德如是说。他从1883年起患上了不治之症脊髓痨,只能依靠吗啡缓解痛苦。但病痛的折磨并没有使都德丧失创作的才华,他在发病的间歇抓紧时间写作、旅行,为后人留下了《萨福》(1884年)、《不朽者》(1888年)等作品。1896年,都德入选刚刚成立的龚古尔学院,他的作品全集也获得出版,受到读者的热烈欢迎。

1897年12月16日,都德在香普罗赛家中吃晚饭时,突然倒地不起,与世长辞。他的遗体被埋葬在巴黎的拉雪兹神父公墓。

作　品

都德是一位多产的作家，一生共写了十三部长篇、一个剧本和四个短篇集。尤其是他的短篇小说创作，在法国文学史上取得了较高的成就。都德的四个短篇集总共收录短篇小说近一百篇，其中最为重要的两个集子分别是《磨坊书简》和《星期一故事集》，那些为读者所传诵的传世名作，几乎全部都被收进这两个集子里，它们的篇幅一般都在两三千字左右，文笔简洁生动，题材丰富多样，构思新颖巧妙，风格素雅清淡，奠定了都德在法国文学界的显著地位。

在都德的短篇小说中，以普法战争为题材的作品占有很大比重，这些作品大多收录在《星期一故事集》里，广泛流传，脍炙人口，早已成为世界短篇小说文库中的瑰宝。其中，最有代表性的《最后一课》，堪称世界文学史上思想性与艺术性完美结合的短篇小说典范。作品描写的是普法战争后被割让给普鲁士的阿尔萨斯省一所乡村小学，学生向祖国语言告别上的最后一堂法语课；通过一个童稚无知的小学生的自叙，生动地表现了法国人民遭受异国统治的痛苦、对自己祖国的热爱，以及争取祖国解放和统一的坚定意志，集中地表现了法国人民崇高的爱国主义精神。作品题材虽小，但精心剪裁，记叙详略得当，具有一种感人至深的力量。

都德另一篇短篇《柏林之围》，是与《最后一课》齐名的爱国主义佳作。作者以同样感人的故事和新颖的构思，描写了一位充满了法兰西荣誉感和爱国观念的拿破仑帝国时期的老军人，以及他那与祖国紧紧地联系在一起的命运，小说结尾主人公的不幸结局，使作品产生了一种催人泪下的悲剧震撼力。《小间谍》则通过普鲁士人利用无知的孩子出卖情报导致法军失败的故事，既揭露了敌军的卑鄙、狡诈与残暴，又描写了法军士兵的淳朴与善良；既鞭挞了贪图私利的通敌者，又批评了危害国家的失足者，反映出作者爱憎分明的爱国情感；作者在着力描写主人公小斯苔纳误入歧途的同时，还塑造了他的父亲斯苔纳老伯的形象,他既是一个具有高度爱国热情和强烈责任感的法兰西公民,又是一个慈祥的父亲,为了替孩子洗刷耻辱,找回公民的尊严,他毅然献出了自己的生命。在作者的笔下,这一对父子的悲剧故事,有着与《最后一课》和《柏林之围》同样的感染力。《旗手》的主人公奥尔奴和斯苔纳老伯相似,是一位文化不高、地位低下的普通中士;在战争失败、法国军队向普鲁士人缴械投降的时候,他却凭着自己的爱国主义勇气和民族荣誉感,面对敌人进行了杀身成仁式的反抗……

这些短篇都有一个共同的特点,那就是作者在刻画主人公爱国主义热情和民族荣誉感的同时,刻意突出了他们身上的悲剧色彩:小学生失去学习祖国语言的权利,老军人昔日民族荣誉的梦想破裂,老父亲用生命洗刷耻辱,老旗手绝望而无助的抗争……“这些人物的悲剧性情感与行为,是整个法兰西民族悲剧的一个组成部分。从这个意义上说,都德的这一组短篇小说,不仅丰富地蕴含着他自己深沉的爱国主义热情,而且还深刻发掘了普法战争这一民族灾难的悲剧意义,达到了一个前所未有的意境和高度。”①

与此同时,都德在《一盘台球》中,满怀愤慨地揭露了军队统帅的腐败、自大,及其对战争失败所负有的不可饶恕的责任:部队正在溃败,士兵们在敌军的炮火下成百上千地遭到屠杀,可是元帅却在一群阿谀奉承的将校的簇拥下,专注地玩着台球!战斗的结局、士兵的生命,还比不上一盘台球的胜负来得重要……而在《保卫达拉斯贡》这个别具一格的短篇里,作者对一些法国人华而不实的爱国主义热情和虚张声势的英雄主义,进行了绝妙的讽刺。此外,都德在其他一些以普法战争为背景的作品中,深入挖掘了许多主题,描绘了法国民众的各种情感,如:对被占领土的思念(《阿尔萨斯!阿尔萨斯!》),战争造成的痛苦(《在巴黎的农民们》),对侵略者的憎恨(《贝利塞尔的普鲁士兵》),母爱(《母亲》),等等。

法国历史上继普法战争以后的另一个重大事件——巴黎公社,也是都

---

① 见柳鸣九主编的《法国文学史》,人民文学出版社,1991年,第257页。

德众多短篇小说的重要题材之一(《公社的阿尔及利亚步兵》、《拉雪兹神父公墓之战》、《小馅饼》等)。但在这个主题上,由于时代的局限性,作者的观点似乎有失偏颇,他在对事件的描写过程中忽略了深层的政治原因和社会影响,从而导致他对巴黎公社的认识只是停留在表面。有评论家说,在都德所有的描写中,巴黎公社及其战士的形象是最为夸张、扭曲的。在他的笔下,公社是无序与混乱的源头,革命者是一群酗酒放纵的乌合之众,他们的战斗则是狂欢与胡闹的借口。正因为如此,在普法战争期间积极参军卫国的都德,不仅拒绝加入公社战士的队伍,而且离开了巴黎,去了他在远郊香普罗赛的住所。都德所表现出的对公社的反感,以及他在作品中对公社片面的描写,遭到了很多作家和批评家的抨击。

对于大多数中国读者而言,都德和《最后一课》一起,已经熔铸为爱国主义的代码,成为我们精神财富的一个部分。但是,有多少人知道,诞生于普罗旺斯的都德,更是一位擅长描写南方风情的温婉的作家,具有如沈从文一般以哀逝情怀叙写风土的韵致。

事实上,在都德的作品中,对普罗旺斯的描写占据着显而易见的地位;特别是在短篇小说集《磨坊书简》中,作者远离巴黎的喧闹浮华,在美丽的普罗旺斯乡间,用谦卑而静默的心灵感受着这块土地上的一切;他以故乡的人情风物、传说掌故为题材,用充满诗意的笔调,抒发了深厚的乡土感情。在都德的笔下,普罗旺斯的景色是如此的清丽与动人:“一片美丽的松树林,在阳光的照耀下熠熠生辉,从我面前一直绵延到山坡下。天际,阿尔卑斯山勾勒出它峻峭的山脊……万籁俱寂……只是从远方会隐约传来一丝笛音、一声薰衣草丛中的鸟语,或是大路上的一片骡铃……普罗旺斯如此秀丽多姿的美景,只有在阳光下才能得以一见。”(《安家》)在这样如画的风景之中,归居田园、满心甜润的都德又怎能不写出一个又一个风格淡雅、韵味深长的好故事呢?

《繁星》就是一篇展示优美人性的杰作。它描写了一个牧童,爱慕着农庄主人的女儿丝苔法奈特,但只能怀着没有希望的恋情,孤独地待在放牧的高山上;一个偶然的机会,丝苔法奈特来到高山上为他送粮食,突遇山洪暴发而不得不在高山牧场上过夜;牧童怀着纯净的柔情,自持操守,与自己心目中的仙女度过了一个星光灿烂、充满诗意的夜晚。小说婉如一首动人的牧歌,表现了优美自然中的田园生活与爱情,反映出普罗旺斯牧童真挚的情感和纯洁的情操,使整篇小说洋溢着一种清新的气息和高尚的格调。读了《繁星》,也就记住了那个来自普罗旺斯的牧童;一方水土养育一方人,既然有如此美好心灵的牧童,那么养育他的那块普罗旺斯也一定是一块美好的净土!

另一个短篇《科尔尼耶师傅的秘密》,也是都德表现普罗旺斯朴实乡风的名篇。小说描述的是巴黎人在路边开设面粉工厂以后,当地的磨坊纷纷倒闭,原先兴旺的磨坊风车全都被迫停顿下来;但科尔尼耶师傅的磨坊风车却依旧运转不休。原来,他为了捍卫磨坊的荣誉,用生石灰冒充麦子磨成粉,煞费苦心地制造着磨坊依然兴旺的假象。科尔尼耶师傅的苦心却博得了居民的同情,大家又纷纷把麦子送到他的磨坊来,直到他去世。小说在一种哀而不怨的基调上,突出描写了普罗旺斯人淳朴友爱的乡风人情,是一篇对旧日普罗旺斯的清淡的挽歌。

所有这些作品,都染上了都德沉醉田园的微醺的酒意,用诗一般的语言和意境,发掘着普罗旺斯人的性格,关注着他们淳厚、朴实与率真的天性;小说的读者也随着作者的描写坠入甜蜜的梦乡,那里处处呈现着童话似的纯净和牧歌式的天真……

然而,都德让我们领略到的不仅是普罗旺斯的清新、纯朴、美丽、忧伤,还有普罗旺斯人重感情而轻功利的性格。在都德的笔下,出现了不止一个感情浓厚、气质热烈的人物形象。在《阿尔勒城的姑娘》里,主人公让原本是一个"身体结实、眉目开朗"的青年,因为别人的闲言碎语而无法与心爱的姑娘成婚,终日郁郁寡欢、形单影只,虽然他在父母面前强颜欢笑,但终于熬不过感情的煎熬,在一个节日的清晨跳楼自尽。《博凯尔的驿车》讲的则是一位老实的磨刀匠,因娶了一个漂亮放荡的妻子而受尽嘲笑、忍辱负重。

这些普罗旺斯人看似软弱，实际上却执着、忠贞，有着南方人特有的奔放性格和热烈情感，即使在他们人性的缺陷与弱点中，也透露出质朴与淳厚的本质。

除了对普法战争和普罗旺斯的描写，都德还写了一批以作家文人的生活为题材的短篇小说。《塞甘先生的山羊》叙述了一头温和而漂亮的小山羊，酷爱自由，不满足于后园的青草，偷逃到附近的小山上漫游，最终成为野狼的美餐。作品看似是一首天真烂漫、精致隽永的童话，但作者以塞甘先生的山羊为前车之鉴，指出诗人若只顾献身于对美和诗韵的追求，而不着眼于现实利益，就会落到衣衫褴褛、饥肠辘辘的境地。另一篇作品《最后一本书》，描写一个作家在伏案写作时猝然离开人世，他不幸未能看到凝聚着自己心血的最后一部著作的出版，且死后还要遭受卑鄙小人的掠夺。两篇小说，实际上是以沉痛的心情，揭示了文人的悲惨处境。

都德的短篇小说还有另一个引人注意的题材，即对宗教的讽刺。他的《三场小弥撒》以幽默的笔调，细致地描写了圣诞夜一个乡间教堂的弥撒场面，神甫为了赶快享用圣诞佳肴，急不可耐地草草做完了三场弥撒；庄严的仪式、神圣的经书、虔诚的祈祷，与善男信女们急切贪馋的丑态形成了滑稽可笑的对照，表现出作者绝妙的讽刺才华。《尊敬的戈歇神甫的药酒》则与《三场小弥撒》有着异曲同工之妙：傻头傻脑的戈歇神甫原先一直是众人嘲讽的对象，只因掌握着使修道院发财致富的药酒配方，而得到包括院长在内的所有人的尊重，不仅不用去教堂做晚祷，而且全修道院的教士都要代他祈祷，为他酗酒的罪孽请求宽恕。对于这些荒唐可笑的人物，作者的讽刺却显得温和肯切，倘若当事人自己看了也会忍俊不禁。

特　色

都德的短篇小说的主要特色之一，首先在于作品的选材。都德大部分作品所讲述的故事，都是他本人的亲身经历。在他的小说里，无论是普法战争、巴黎公社，还是普罗旺斯，您都找不到浩瀚激荡的历史画卷，也没有惊天动地的豪情壮举，更没有离奇古怪的故事主题，甚至连曲折跌宕的故事情节都很难看到。他只是在这里采撷一点自己的亲眼所见，在那里收集一些自己的亲耳所闻，加上自己的真切感受，便赋予了那些最为平淡、最不起眼的事物以感人的力量和无比的价值，反映出作者敏锐的洞察力和深厚的创作功底。左拉曾经评论说，都德短篇小说的素材"任何人都能俯首拾起，因为它们普通得遍地都是。但是，您首先必须想到弯下腰去拾起它们，然后还要有足够的才华，敢于将这些连麻雀都看不见的微小琐屑转化为艺术。"事实上，都德在文学理论上，对左拉的许多自然主义的创作观点是表示赞同的；但是，在创作实践中，他却并不是像自然主义作家那样，纯粹客观地记录人们的活动，无动于衷地描写社会现实。他往往以自己熟悉的小人物为描写对象，以亲切而略带幽默的眼光观察他们，善于从生活中挖掘某些有独特意味的东西，又以平易自然的风格加以表现，并把自己的深切感情注入字里行间。因此，他的作品往往带有一种柔和的诗意和动人的魅力，我们可以从中看到他自己的欢乐、忧郁、愤怒和眼泪。

都德短篇小说的另一个特色，是不以故事情节而以韵味取胜。作者较少表现事件纵向的发展与起伏，而经常着力描写若干横向的场景。许多作品的主体部分都是被集中加以描写的生活画面，而且线条简明，色彩清淡，结构自由，从而使他的小说带有一种散文或随笔的特色。即使有一部分作品可称得上是典型的小说或者故事，但大多故事性并不强，情节平淡无奇，绝少戏剧效果，完全是平凡的生活现象。然而，所有这些情节都是作者取自于生活、提炼于生活，而且其中的内涵和意义又都得到了淋漓尽致的发掘，所以有着较高的典型性和动人的情趣。

都德作品的这两大特色，充分说明他是一个富有诗人气质的小说家，而不是一个擅长叙述的"讲故事的人"；他有着观察与想象的禀赋，但他的感受更加敏锐细致，即使对那些日常生活中最为普通的细节，也会有不同寻常的微妙体会。正因为他的这些感受都来自于自己的心灵，所以他的每一篇小说字里行间都渗透着他的感情、心绪和情愫，成为贯穿于作品始终的气势，将散文化的感觉描述凝结为一个有机的整体，从而使作品具有一种述之于心的力量。

都德在作品中描写自己感受的方式既柔和、又温存。在他的艺术视野里，很少有刀光剑影和尖锐的矛盾；他以亲切的眼光看待现实与人生，因而他笔下的人物几乎都沐浴着他的温情，即使他在贬斥某一人物时，也带着几分宽厚，嘲讽中往往隐含着幽默与温和。美与善的事物，与都德敏锐细致的感情是相通的，作者善于从这些事物中汲取美与善的精髓，使他的作品具有美仑美奂的诗意。

都德这种柔和幽默的风格、嘲讽现实的眼光，以及亲切动人的艺术力量博得了许多读者的喜爱。他的创作，真实与诗情、欢笑与泪痕、怒焰与悲苦，统统交汇并泻，构成他区别于同时代其他作家的独特风格。为此，我们特意在都德主要的两个短篇小说集《磨坊书简》和《星期一故事集》中，精选了四十八篇不同主题的作品，使我们可以再次领略作者的妙笔，感受心灵的震撼。

本书的翻译工作由两位译者共同完成：选自《星期一故事集》的三十三个短篇共十余万字由陈伟译出，选自《磨坊书简》的十五个短篇共五万余字由李沁译出。

陈　伟

CONTENTS · 目录

最后一课

——一个阿尔萨斯孩子的故事

这天早晨，我很晚才去上学。我非常害怕被老师训斥，更何况阿麦尔先生说过要考一考我们分词的用法，而我连一个字都不会。有那么一会儿，我甚至动了逃学去田间玩耍的念头。

天气那么暖和，又那么晴朗！

我听见乌鸫在林边歌唱，普鲁士士兵在锯木厂后边的里贝尔草地上操练。这一切比起分词规则来要诱人多了。不过，我还是忍住了逃学的愿望，向学校跑去。

经过村政府的时候，我看见布告栏前围着好多人。两年来，所有坏消息都是从那里发出的：比如打败仗啦，征兵征物啦，普鲁士军队司令部的命令啦，等等。我一边跑，一边想：

"又有什么新花样了？"

我跑着穿过广场的时候，铁匠瓦克特尔正和他的学徒在看布告，他朝我喊道：

"别这么急，小家伙！你去得再晚都不会迟到的！"

我知道他在嘲讽我。我气喘吁吁地跑进学校的小院子。

平时，上课之前，教室里总是乱哄哄的，喧闹声连街上都听得见：同学们开关课桌的声音，捂住耳朵一起高声背诵课文的声音，还有老师一边用大戒尺拍打桌子、一边大叫的声音：

"安静一点！"

我原本打算趁乱偷偷溜到座位上去。可是偏偏这一天教室里却非常安静,就像是星期天一样。透过开着的窗户,我看见同学们已经坐在了自己的座位上,阿麦尔先生则用胳膊夹着那把可怕的戒尺,在教室里走来走去。我必须推开教室的门,在这一片寂静之中走进去。可想而知:当时我有多么尴尬、多么害怕呀!

然而,竟然什么事都没有!阿麦尔先生看了我一眼,并没有生气,而是温和地对我说:

"快去坐好吧,小弗朗兹;你再不来,我们就要开始上课了。"

我连忙跨过凳子,坐到课桌前。稍稍定下神来之后,我才发现我们的老师穿着那件漂亮的绿色礼服,领口系着精心折叠的领结,头上戴着绣花的黑色丝绸小圆帽。这套装束,只有学监来视察或者学校颁奖的时候他才会穿。另外,整个教室里有一种不同寻常的庄严气氛。不过让我最惊讶的是,教室后面平时空着的凳子上,坐着很多村里的人,他们和我们一样,都默不作声。我看见头戴三角帽的奥泽尔老人,前任村长,前任邮递员,还有其他许多人。他们都显得很忧伤;奥泽尔老人还带来了一本边角都磨损了的旧识字课本,摊开在膝头上,课本上斜放着他的那副大眼镜。

我正在惊讶眼前这一切的时候,阿麦尔先生走上了讲台,用刚才对我说话时那种温和而低沉的声音说:

"孩子们,这是我最后一次给你们上课。柏林来了命令,阿尔萨斯和洛林[①]的学校今后一律只准教德语……新老师明天就到。今天是你们的最后一堂法语课。我希望你们认真听讲。"

这几句话把我惊呆了。啊!这些坏蛋!贴在村政府门前的原来就是这个消息!

我的最后一堂法语课……

而我几乎连字都不会写!这么说,我以后永远也不能再学了!我的法语就到此为止了!……

现在,我是多么后悔浪费了那么多时间,后悔逃课去掏鸟窝,去萨尔河溜冰啊!刚才我还嫌我的那些课本——语法课本,还有神圣的历史课

---

① 阿尔萨斯和洛林是法国东北部的两个地区,1871 年普法战争后被割让给德国,1918 年第一次世界大战结束后由法国收回。

本——是那么讨厌，背在身上是那么沉重，可现在它们却像是我的老朋友，让我难舍难分。还有阿麦尔先生，一想到他即将离开，再也见不到他，我就忘记了以前所受的处罚和所挨的戒尺。

可怜的人！

原来，他是为了这最后一课，才穿上这漂亮的盛装的。现在，我明白为什么村里的老人们都坐在教室的后面。他们这样做，仿佛是在后悔以前没能经常来学校；也好像是在向我们辛勤工作四十年的老师表示感谢，向离他们远去的祖国表示敬意……

我就这样胡思乱想着，突然听见叫我的名字。轮到我背诵了。如果我能从头到尾把这条众所周知的分词规则大声地、清晰地、一字不错地说出来，我真的什么代价都愿意付！但是，我刚开始背诵，就稀里糊涂了。我站在凳子前，身体晃来晃去，心里难受极了，连头都不敢抬。我听见阿麦尔先生对我说：

"我不责怪你，小弗朗兹，你受的处罚够多的了……事情就是这样。我们每天都在对自己说：'得了，我有的是时间。明天再学吧。'现在你看到后果了吧……啊！我们阿尔萨斯最大的不幸就在于总是把对孩子的教育推到明天。现在那些人可有话说了：'怎么？你们还号称自己是法国人？你们连自己的语言都不会说、不会写！'可怜的弗朗兹，之所以造成这一切，最大的责任不在于你，我们每个人都有要责备自己的地方。

"你们的父母没有尽力让你们读好书。他们宁愿让你们去农田或纱厂干活，好多挣几个钱。还有我，难道我自己就没有任何可指责的地方吗？我也不是经常让你们放弃学习，给我花园里的花草浇水吗？我想去钓鳟鱼的时候，不也问心无愧地给你们放假吗……"

就这样，阿麦尔先生从一件事谈到另一件事，最终谈到了法语。他说法语是世界上最美丽、最清晰、最严谨的语言，我们应该掌握它，永远也不要忘记它。因为，当一个民族沦为奴隶时，只要它好好地保存着自己的语言，就好像掌握了打开监狱的钥匙……然后，他拿起一本语法书，为我们朗诵课文。我惊讶地发现自己竟然都听得懂。他所说的一切对我来说似乎都很容易、很容易。我还想，我大概从来没有这样认真地听讲过，而他也从来没有这么耐心地讲解过。这个可怜的人仿佛是想在离开以前，把他知道的一切都告诉我们,把他的知识一股脑地灌输给我们。

课文讲完了,我们开始练习写字。这天,阿麦尔先生为我们准备了崭新的字帖卡,上面用漂亮的圆体字写着:法兰西,阿尔萨斯,法兰西,阿尔萨斯。这些字贴卡挂在课桌的横档上,就像一面面小旗帜,在教室四周飘扬。要知道,每个人都那么聚精会神,教室里静极了!只听见笔尖在纸上发出的沙沙声。有时,有几只金龟子飞进来,但谁也不去注意它们,甚至连年龄最小的学生也不例外,他们正专心致志地练习写直杠,仿佛这些笔画也是法语的一部分……学校的屋顶上,一些鸽子在低声地咕咕叫着,我一边听一边想:

“他们该不会强迫这些鸽子也改用德语唱歌吧?”

我时不时地从书本上抬起眼睛,看见阿麦尔先生一动不动地坐在讲台后,凝视着周围所有的东西,仿佛要把学校这幢小房子里的一切都装进眼睛里带走……可想而知,四十年来,他一直待在同一个地方,面对着学校的院子和一成不变的班级。惟独凳子和课桌用得久了,被磨得更加光亮;院子里的胡桃树长高了,他亲手种下的啤酒花如今已经爬满了窗户,爬上了屋顶。这个可怜的人即将告别眼前的一切,听见他妹妹在楼上的房间里走来走去收拾行李,他是多么伤心难过!因为他们明天就要走了,永远离开这个地方。

不过,他还是鼓起勇气,把我们的课上完。写字课后是历史课。接着,年龄最小的孩子们齐声唱起了“BA BE BI BO BU”。教室后面的奥泽尔老人也戴上了眼镜,手捧识字课本,和那些小孩子们一起拼读。我发现他也非常认真;他的嗓音由于激动而有些颤抖,听起来是那么奇怪,以至于我们所有人都既想笑、又想哭。啊!我永远也忘不了这最后一课……

突然,教堂的钟声敲了十二下,接着就是祈祷的钟声。与此同时,普鲁士士兵出操归来的军号声也在我们的窗下响起……阿麦尔先生从讲台后的椅子上站起身来,脸色十分苍白。在我看来,他似乎从来没有显得这么高大过。

“朋友们,”他说,“我的……我……我……”

然而,他的喉咙好像被什么东西堵住了,没能把话说完。

于是,他转身对着黑板,拿起一截粉笔,用尽全身力气,尽可能大地写下几个字:

“法兰西万岁！”

然后，他站在那里，头靠着墙，一言不发，只是挥挥手向我们示意：

“下课了……你们走吧。”

一盘台球

士兵们战斗了两天，而且背着背包在瓢泼大雨中度过了整个夜晚，已经筋疲力尽了。而现在，他们却被扔在大路的水洼里、泥泞的农田里，手持武器，苦苦等待了漫长得要命的三个小时。

疲劳、熬夜，以及湿透的军装都令他们的身体感到沉重，他们只得挤在一起，相互倚靠着取暖。有的士兵甚至靠在旁人的背包上，站着睡着了；疲惫与饥寒，在这些因困顿而放松的脸上显得格外一目了然。雨水，泥浆，没有火取暖，没有汤充饥，天空又低又黑，四周好像到处都有敌人。一些都是那么凄凉……

他们在这里干什么？这里发生了什么事？

大炮的炮口对着树林，仿佛在窥视着什么东西。隐蔽着的机枪死死地瞄着远处的地平线。一切似乎都已就绪，只等发起进攻。可为什么迟迟不动呢？士兵们还在等什么？

他们在等命令，命令还没有从司令部发出。

司令部其实离这里并不远。它就设在这座路易十三时期建造的漂亮城堡里。城堡掩映在半山腰的花丛之中，红色的砖墙经过雨水的清洗，显得分外闪亮耀眼。这是一座名副其实的王公豪邸，完全配得上挂在外面的法国元帅旗。一条深深的壕沟和一道石头斜坡将公路和草坪截然分开；壕沟和斜坡后面，翠绿的草坪连成一片，一直延伸到城堡门前的石阶边，草坪四周放满了鲜花盛开的花盆。在城堡比较隐蔽的另一侧，明媚的阳光穿过千金榆的树荫洒落在大道上，几只天鹅在宛若明镜的水池中游憩，一座硕大鸟棚的宝塔形棚顶下面，孔雀开着屏，金色的野鸡拍打着翅膀，在绿叶丛中发出阵阵尖叫。尽管城堡的主人早已离开，但人们却感受不到战乱造成的荒芜与凄凉。哪怕是草坪上最不起眼的小花，都在部队长官的军旗下得到了保护。一切都井然有序，花盆排列得整整齐齐，林荫大道深邃而幽静。在如此靠近战场的地方，能找到这样一个宁静、安逸的所在，着实令人激动。

雨水在其他地方的小路上堆积起肮脏的烂泥，冲出条条深沟；但在这里，它却只是一道清波，优雅、高贵，使红砖更加鲜艳，使草坪增添翠绿，使树叶愈发闪亮，使天鹅羽毛倍加洁白。一切都是那么光鲜，又是那么祥和。说实话，如果没有屋顶上飘扬的军旗，没有栅栏前站岗的那两个士兵，人们无论如何也不会想到这里会是司令部。马儿在马厩里休息。时不时能看见勤务兵和传令兵身着军便服，在厨房附近四处闲逛；几个花匠穿着红色的长裤，平静地拖着钉耙，平整着城堡大院的沙地。

餐厅的窗户朝着大门的台阶，透过窗户可以看见一张杯盘狼藉的餐桌，揉皱的桌布上摊着开过的酒瓶、污秽的空酒杯，显得非常暗淡。完全是一副宴会结束、宾客离去的景象。从旁边的房间里，传来阵阵说话声和笑声，可以听见台球在滚动，酒杯在相碰。元帅正在打台球，所以部队在等命令。元帅一打起台球，世界上就没有任何事情能使他停手，哪怕是天塌下来。

台球！

这就是这位伟大的军人的嗜好。

他站在那里，神情严肃，仿佛置身于战场之上；他身穿军礼服，胸前挂满了勋章，双眼炯炯，脸颊通红；宴会、台球、掺水的烈酒，这些都让他充满了活力。他的副官们围着他，既殷勤又恭敬，对他打出的每一个球都目瞪口呆、钦佩至极。只要元帅赢一分，所有人都会冲向记分牌；只要元帅口一渴，所有人就争着为他倒酒。一时间，肩章与帽饰的摩擦声、勋章和绶带的撞击声此起彼伏。在这面对花园和内庭、用细橡木做护壁板的大厅里，看到那一张张动人的笑脸、一个个恭敬的部下，还有这么多刺绣的服饰和崭新的军装，人们不禁想到贡比涅①的秋天，也不由得要把那些士兵暂时放在一边；此

① 贡比涅位于巴黎北部的瓦兹省，那里有一座路易十五时期建造的古堡，是拿破仑三世最喜欢的豪华府邸。

刻,那些士兵正身披肮脏不堪的军用斗篷,冒着大雨,黑压压地挤作一团,在公路边苦苦地等待着。

元帅的对手是参谋科的一个小个子上尉,他长着一头鬈发,穿一件裹紧腰身的军服,戴一双浅色手套。上尉的球技一流,能把世界上所有的元帅都打得一败涂地。但是他心知肚明,必须恭敬地和长官保持某种距离,努力做到既不赢他,又不轻易地输掉。这就是被人们称为前途无量的军官……

"小心,年轻人,好好打。现在元帅得十五分,而你得十分。你只要把这种局面保持到这一盘球结束,就能比在外面和其他士兵待在一起获得更多的晋升机会,就不用像他们那样冒着能淹没地平线的瓢泼大雨,不用弄脏你漂亮的军服,不用让你绶带上的金色变得暗淡无光,也不用苦苦等待那迟迟没有发出的命令了。"

这场比赛真的很有趣。台球滚动着,摩擦着,五颜六色地布满了整个桌面。球台边沿的弹性很好,桌面上的赛事也越来越激烈……突然,一颗炮弹的火光划过天空。沉闷的爆炸声把窗户玻璃震得直颤。所有人都惊跳起来,大家面面相觑,焦急万分。只有元帅什么也没看见,什么也没听见:他俯身向着球台,正盘算着打一个漂亮的撮球。要知道,他最擅长的就是撮球了……

又是一道火光,接着又是一道。炮声此起彼伏,越来越密集。副官们跑到窗边。难道是普鲁士人发起进攻了?

"好吧,就让他们进攻吧!"元帅一边说,一边用白粉块擦着球杆头,"该你了,上尉。"

参谋们敬佩得浑身颤抖。与这位元帅相比,头枕炮架而睡的蒂雷纳①算得了什么!我们的元帅在敌人发起进攻的时候,照样站在台球桌前,镇定自若……这时,炮声更加急促了。在震天动地的炮声中,夹杂着刺耳的机枪声和隆隆的排枪声。一股红色的蒸汽镶着黑色的边,在草坪尽头腾起。整个花园的深处都被火光映得通红。孔雀和野鸡惊恐万状,在鸟棚里竭力鸣叫;马厩里的阿拉伯战马嗅到了火药味,激动得扬起了前蹄。司令部开始忙乱起来。电报一个接着一个。传令兵们如脱缰之马疾驰而来。所有人都在找元帅。

---

① 亨利·德·拉图尔·德·奥维涅·蒂雷纳子爵(1611—1675),法国元帅。

可元帅谁也不理睬。我早就说过,世界上没有任何事情能阻止他把一盘台球打完。

“轮到你了,上尉。”

上尉稍稍有点分心。毕竟还年轻啊！他昏了头,忘记了自己的分寸,接连打出两个好球,差点没把这盘台球赢下来。这下元帅可火了,他那阳刚的脸上露出了既惊讶、又恼怒的神情。正在此时,一匹马飞快地冲进院子,摔倒在地。一名满身泥污的副官冲破阻拦,跳上石阶:“元帅！元帅！……”看看别人怎样迎接他吧……元帅手持球杆,来到窗边,他怒气冲冲,脸涨得通红,就像公鸡的鸡冠:

“怎么了？出什么事了？站岗的哨兵都上哪儿去了？”

“可是,元帅……”

“行了……等一会儿……等我的命令,真见鬼！……”

窗户猛地被关上了。

等他的命令！

那些可怜的人,他们正是在等他的命令。狂风吹跑了大雨,而现在落在他们脸上的却是机枪的子弹。士兵们整营整营地被消灭,此时其他连队却只能手持武器,无所事事,对自己按兵不动茫然不解。没办法,他们在等命令……但是,死亡却不需要命令,于是成百的士兵们倒下了,倒在灌木丛后面,倒在战壕里,倒在寂静的大城堡前。即使他们已经倒下,机关枪却仍然在撕裂着他们的尸体,法兰西高贵的鲜血,无声无息地从他们的伤口中流出……而在上面的台球房里,比赛也进入了白热化的状态:元帅已经重新领先;但小个子上尉还在像狮子一样地顽抗着……

十七！十八！十九！……

人们几乎没有时间记分。枪炮声已渐渐逼近。元帅只差一分就可以赢了。而此时炮弹也已开始落到花园里。一颗炮弹在水池上方爆炸,划破了明镜般的水面;一只天鹅惊恐万状地游着,四周飘扬着血迹斑斑的羽毛。这是最后一炮……

现在,一切重归寂静。只有雨点落在千金榆林荫道上,山坡下隐约传来一阵隆隆声,泥泞的小路上仿佛有一群牲口在赶路……部队在溃逃。元帅赢了这盘台球。

小间谍

他叫斯苔纳,小斯苔纳。

这孩子是巴黎人,身体瘦弱,脸色苍白,看上去大约十岁,也有可能十五岁;和这些小家伙们在一起,您永远也猜不出他们的年龄。斯苔纳的母亲去世了;父亲原先是海军士兵,现在在礼拜堂附近的一个小花园里做看门人。巴黎所有行色匆匆地来这些靠人行道的花园里躲避车马喧嚣的人们——小孩、女佣、带折叠凳的老妇人、贫穷的母亲——都认识斯苔纳老伯,而且都很喜欢他。他的小胡子又粗又硬,让狗和赖在花园长凳上不走的人见了害怕;但大家都知道,在这小胡子的下面,却隐藏着温柔而近乎母性的微笑;您要想见到他的微笑,只要问这老实人:

“您儿子好吗?”

斯苔纳老伯非常喜欢他的儿子!傍晚放学后,小男孩总要到花园里来找父亲,两人就在花园的小径上散步,每经过一条长凳,他们都会停下来向熟客们问好、回礼。每当这时,老人总是无比幸福。

不幸的是,自从围城以后,一切都变了。斯苔纳老伯看守的花园被关闭了,成了存放汽油的地方。可怜的老人不得不时时照看着,独自一人在这空荡杂乱的花园里度日如年,不能抽烟,每天只有在很晚回家之后,才能见到自己的儿子。所以,当他说起普鲁士人的时候,您应该看看他的小胡子……不过,小斯苔纳对这种新的生活却并不怎么抱怨。

围城!这对于孩子们来说太好玩了!不用上学,不用参加互助小组!成天放假,大街就像集市广场一样热闹!

小男孩从早到晚都在外面玩耍。他成天跟着驻扎在附近的部队去城墙边，尤其喜欢那些军乐特别好听的部队；在这方面，小斯苔纳可是个内行。他会头头是道地告诉您，九十六营的军乐队不怎么样，但五十五营的军乐队却非常出色。有的时候，他会去看义勇军操练；他还要去排队……

在这没有煤气取暖的冬天的早晨，他挎着一个篮子，排在长长的队伍中间，等候在肉店或是面包店门前栅栏的阴影中。那里，人们站在水中，相互认识、谈论时政。因为他是斯苔纳先生的儿子，所以所有人都愿意听他的意见。不过，最有趣的还是木塞赌钱游戏①，这种游戏是来自布列塔尼的义勇军们在围城期间兴起来的。只要小斯苔纳不在城墙边、也不在面包店，那么肯定就在水塔广场人们玩木塞赌博游戏的地方。当然，他自己从来不玩，因为这需要很多钱。他只是看别人玩，这也使他感到满足！

有一个穿蓝色工装裤的大个子，每次下注都是一百苏②的硬币，他让小斯苔纳羡慕不已。大个子跑起来的时候，工装裤里硬币发出的丁当声人人都能听到……

有一天，一枚硬币滚到了小斯苔纳的脚下，大个子趁着拣硬币的机会，低声对他说：

“你眼红了，是吗？好吧，你如果想知道，我可以告诉你上哪儿去弄钱。”

一盘赌完后，他把小男孩带到广场的一个角落，让他跟自己一起去卖报纸给普鲁士人：跑一趟可以得三十法郎。起初，小斯苔纳非常愤怒地拒绝了他，接下来他一连三天都没有再去看木塞游戏。这是可怕的三天：小斯苔纳吃不下饭，睡不着觉。夜里，他梦见成堆的木棒竖在他的床头，一百苏的硬币闪闪地发着光，排着队平躺着飞来飞去。这诱惑太强烈了。第四天，他回到水塔广场，找到了那个大个子，接受了他的引诱……

---

① 一种流行于法国布列塔尼地区的赌钱游戏。游戏者将赌注（硬币）叠放在一根长约二十厘米、垂直放置的木棒顶端，木棒四周画一个直径大小不等的圆圈；游戏者站在离木棒五六米处，用特制的圆铁片将木棒击倒；如铁片落在圆圈内，则木棒顶端所有落在圆圈内的硬币归该游戏者所有；散落在圆圈之外的硬币则被重新放回木棒顶端，加入下一盘游戏的赌注。

② 法国旧辅币，二十苏相当于一法郎。

一个下雪的早晨，他们肩上背着一个布袋，把报纸藏在外套里面，便出发了。当他们来到弗兰德尔城门的时候，天刚蒙蒙亮。大个子挽着小斯苔纳的手，走近站岗的士兵——这是一个长驻的守城士兵，长着一个红鼻子，看上去很和善。大个子用可怜巴巴的口气说：

“行行好，让我们出去吧，先生……我们的妈妈生病了，爸爸死了。我和弟弟想到田里去捡一些土豆。”

他说着说着就哭了。斯苔纳羞愧难当，低着头。哨兵打量了他们一会儿，又看了一眼杳无人迹、白雪皑皑的公路。

“快过去吧。”他说完就走开了。

现在他们走在了通往欧贝维利耶①的小路上。大个子笑了起来！

小斯苔纳恍恍惚惚，仿佛身处梦境。他看见了改作军营的工厂、空无一人的路障，还有晾在那里的湿淋淋的破衣服，以及穿破晨雾、刺入天空的高高的烟囱，那些烟囱全都缺了口，没有一缕烟从里面冒出。

每走一段距离就有一个哨兵，披着军用斗篷的军官们用望远镜观察着远方。即将熄灭的篝火前，支着一座座被融化的雪水浸透的小帐篷。大个子熟悉路，他从田野穿过，以避开岗哨。但是，他们最终来到一座义勇军的大哨所前，这是无法避开的必经之路。义勇军们穿着短小的大衣，蜷缩在苏瓦松②铁路沿线满是积水的战壕里。这一次，大个子无论怎样故伎重演都没用，士兵们说什么也不让他们通过。正当他一把鼻涕一把泪的时候，一名上了年纪的中士从哨所里走出来，他一头白发，满脸皱纹，很像斯苔纳老伯。

“行了，小家伙们！别哭了！”他对孩子们说，“会让你们去捡土豆的。不过，你们先进屋暖暖身子……这孩子都快冻僵了！”

可是，小斯苔纳之所以浑身哆嗦，并不是因为寒冷，而是因为害怕和羞耻……在哨所里，他们看到几个士兵蹲在一堆微弱的火苗周围，这火苗肯定烧不了多长时间；他们正把冻得发硬的饼干挑在刺刀尖上，放在火上烤。大家挪了挪身体，给两个孩子腾出一点地方，又给他们喝了几口水和一点咖啡。他们正喝的时候，一名军官走到门前，把中士叫了出去，低声和他说了

---

① 巴黎东北郊的小镇。

② 城市名，位于巴黎东北部的埃纳省。

几句话，然后就匆匆走了。

“小伙子们！”中士满面春风地回到屋里，“今晚可以打个痛快仗了……我们截获了普鲁士人的口令……我想，这回我们总该把这该死的布尔日[①]从他们手中夺回来了！”

屋里顿时爆发出一阵欢呼和笑声。士兵们唱起歌，跳起舞，擦起了刺刀。趁着这番喧闹，两个孩子溜走了。

越过壕沟，前面是一片平原，平原尽头是一堵长长的白墙，上面布满了射击用的枪眼。他们俩朝这堵墙走去，每走一步都要停一停，装出捡土豆的样子。

“回去吧……别去了。”小斯苔纳不时地说。

大个子耸了耸肩，继续往前走。突然，他们听见子弹上膛的声音。

“快卧倒！”大个子一边说，一边趴到地上。

他一卧倒，就吹了声口哨。雪地上也回了一声口哨。他们俩匍匐前进……贴近地面的墙角下，露出一顶肮脏不堪的贝雷帽，帽子下面是两道黄颜色的小胡子。大个子跳进战壕，来到普鲁士人的身边。

“他是我弟弟。”他指着同伴说道。

斯苔纳长得如此瘦小，以至于普鲁士人一看见他就笑了，不得不将他抱起来，送进白墙的缺口。

墙的另一边，堆着一个个巨大的土堆，树木横倒在地上，雪地里布满了黑黢黢的洞；每个洞里都是同样肮脏的贝雷帽和同样的黄色小胡子，他们都笑嘻嘻地看着孩子们经过。

在一个角落里，有一幢原先供园丁居住的房子，房子周围用树干筑起了掩体。掩体下面挤满了士兵，有的在玩纸牌，有的则在熊熊燃烧的火堆上煮汤。空气中飘荡着白菜和肥肉的香味。这和义勇军的营地相比有多大的反差啊！掩体上面是军官，可以听见他们在弹钢琴，在开香槟酒。两个巴黎孩子进门时，迎接他们的是一阵快乐的欢呼声。他们把报纸交给普鲁士人；后者给他们倒了点喝的，让他们说话。所有这些军官看上去既狂傲又凶恶，但大个子却以巴黎郊区人特有的激情和流氓的切口逗得他们开心。军官们笑

① 城市名，位于巴黎北郊，普法战争期间是法军重要的军事基地，后为普鲁士军队夺取。

着,跟着他学那些切口,并对这些来自巴黎的下流话津津乐道。

小斯苔纳也很想说几句,以证明他并不傻;但是有什么东西使他感到拘束。在他对面,单独地站着一个普鲁士军官,和其他人相比,他年纪更大,也更加严肃。他在读报,或者说在假装读报,因为他的目光一直没有离开过小斯苔纳。这目光里既有慈爱,又有责备,似乎这个军官在家乡也有一个和斯苔纳年纪相仿的孩子,而且他好像在心里说:

"我宁愿死,也不愿看到我的儿子干这种勾当……"

从那一刻起,小斯苔纳就觉得仿佛有一只手压在他的胸口,不让心脏跳动。

他开始喝酒,想摆脱焦躁不安的心情。不一会儿,他就觉得天旋地转了。他隐隐约约地听见,在一片粗俗的笑声中,他的同伴在嘲笑国民卫队和他们的操练方式,模仿他们在玛莱区①的阅兵式,还有一次在城墙上发出的夜间警报。接着,大个子压低了嗓门,军官们聚拢到一起,脸色变得凝重起来。这个无耻之徒正在向他们报告义勇军准备偷袭的情报……

这一次,小斯苔纳气愤地站了起来,脑子清醒了不少:

"不要说,大个子……我不想你说。"

可是,大个子只是笑了笑,继续讲他的。他的话还没说完,所有军官都已经站起来了。其中的一个指着屋门,对两个孩子说:

"快滚吧!"

接着,军官们开始用德语很快地交谈起什么。大个子出门时,把钱币弄得丁当直响,仿佛自己是一个总督,骄傲不已。斯苔纳垂头丧气地跟在他身后。当他经过那个目光使他感到窘迫的普鲁士人身边时,听见一个忧伤的声音带着浓重的德国口音说:

"不光彩,这不光彩……"

他立刻就泪水盈眶了。

两个孩子一回到平原上,就开始奔跑起来,返程的路走得很快。普鲁士人给了他们很多土豆,装满了布袋;靠着这些土豆,他们毫无困难地通过了义勇军的战壕。这些义勇军们正在那里准备今夜的攻击呢。部队静悄悄地

---

① 巴黎街区名,位于第三和第四区。

开过来，集结在大墙后面。老中士也在其中，他正忙着安排手下的士兵，一脸的兴高采烈！两个孩子走过时，他认出了他们，还向他们投去了一个友好的微笑……

啊！这微笑让小斯苔纳多么难受呀！有一刻，他真恨不得大叫一声：“别去那里……我们出卖了你们。”

可是大个子对他说：“要是你说出去，我们就会被枪毙。”他害怕极了……

到了库尔讷夫镇①，他俩走进一幢被废弃的房子，在那里分赃。说实话，赃款的分配还是公平的。小斯苔纳听见那些漂亮的硬币在外套里发出悦耳的响声，想到他今后将要参加的木塞赌钱游戏，心中的负罪感稍稍减轻了一点。

然而，当他一个人的时候，当大个子走进城门、离开这个不幸的孩子之后，小斯苔纳的口袋变得越来越沉重了，而压在他胸口的那只手也收得更紧了。在他眼里，巴黎已不再和原来一样。眼前走过的人都严肃地看着他，似乎都知道他是从哪里回来的。在车轮的滚滚声中，在运河沿线军鼓的打击声中，他到处都听到“间谍”这两个字。最后，他终于回到了家。看到父亲还没有回来，小斯苔纳很高兴，立刻上楼来到卧室，把这些如此沉重的钱币藏在了枕头底下。

斯苔纳老伯从来没有像今天回家那么慈祥、那么高兴。外省刚刚传来消息：国家的形势有了好转。吃饭的时候，这位老兵看着挂在墙上的长枪，面带微笑地对孩子说：

“嗯，孩子，要是你再大一点，就可以去打普鲁士人了！”

八点左右，他们听见一阵炮声。

“那是从欧贝维利耶传来的……布尔日在打仗！”老实人说道，他对所有的工事都很熟悉。小斯苔纳的脸色一下就白了，他借口自己很累，便去睡了，可他怎么也睡不着。大炮依旧在响。他想象着那些义勇军原本想借助夜色偷袭普鲁士人，可反而却中了他们的埋伏。他又想到那个对他微笑的中士，似乎看到他倒在雪地里，还有很多其他士兵都和他一样……所有这些

---

① 小镇名，位于巴黎北郊。

鲜血的代价都藏在他的枕头底下,而告密者就是他,老兵斯苔纳先生的儿子……泪水哽住了他的喉咙。他听见父亲在隔壁房间里踱步、开窗。窗下的广场上吹起了集合号,一个营的义勇军正在报数,准备开赴战场。显然,这是一场真正的战斗。可怜的孩子忍不住哭出了声。

“你怎么了?”斯苔纳老伯走进来问。

孩子再也忍不住,跳下床来,扑倒在父亲的脚下。他跳下床时,硬币也滚到了地上。

“这是什么? 是你偷来的?”老人浑身颤抖地问。

于是,小斯苔纳一口气把他去过普鲁士军营以及在那里做过的事都告诉了父亲。他越说,心里就越觉得宽慰;因为承认了罪过,他轻松了许多……斯苔纳老伯听着,脸色可怕至极。听完之后,他把头埋在胳膊里,哭了起来。

“爸爸,爸爸! ……”孩子想说什么。

老人将他推开,一言不发地捡起硬币。

“就这些吗?”他问。

小斯苔纳点点头,表示所有的钱都在这里。老人从墙上拿下长枪和子弹盒,把钱装进口袋。

“好了,”他说,“我去还给他们。”

他没再多说一个字,甚至连头都没有回,就下楼加入了在夜色中开赴战场的义勇军的队伍。此后,人们就再也没见到过他。

母亲
——围城回忆录

这天早晨，我去瓦莱里安山①看望我的朋友画家B某，他是塞纳河国民别动队的中尉。这天恰好是这个正直的小伙子值勤，因此他不能走开。他必须像一名值班水手一样，待在工事坑道的入口前面，来回走步，同时和我谈谈巴黎、谈谈战事，以及那些不在场的亲人……这位中尉虽然身穿别动队军服，但仍然保留着以前那强悍的画家气质。突然他止住了话头，惊奇地停下脚步，拉住我的胳膊：

“噢！多么漂亮的多米埃②的画呀。”他低声对我说。

他那猎犬般的灰色小眼睛突然明亮了起来，他用眼角瞟了瞟刚刚出现在瓦莱里安山平台上的两个令人肃然起敬的身影，示意我看。

这的确是一幅漂亮的多米埃的画：那个男人穿着长长的栗色燕尾服，上面配着绿色的天鹅绒大翻领，仿佛是用树林里老青苔做成的。他消瘦、矮小，脸色红润，前额扁平，双眼滚圆，鼻似鹰钩，小鸟般的头上满是皱纹，显得既庄严、又愚笨。此外，他的一条胳膊挎着一只绣花绒布提包，从提包里露出一只瓶子的瓶颈；另一条胳膊下夹着一只罐头——那种一成不变的白铁皮罐头，巴黎人只要一看到它，就会想起那长达五个月的围城……再看那个女人，一眼望去，只见她戴着一顶巨大的带有撑边的帽子，一条旧披巾从上

---

① 坐落在巴黎西部，塞纳河左岸，山上的防御工事建于1830年，并于1840年进行了加固，1871年在巴黎被围困期间曾起过非常重要的作用。

② 多米埃（1808—1879），法国画家、版画家、雕塑家，19世纪最伟大的漫画家之一。普法战争期间曾创作了大量关于巴黎之围的漫画。

到下把她裹得紧紧的，仿佛是为了突出她的苦难；定睛再看，在退了色的斗篷的蜂窝状皱领之间，时不时地露出一截鼻尖，以及几缕灰白而干枯的头发。

走到平台上之后，男人停下了脚步，喘着气，擦着额头。其实，现在已是十一月底，平台上雾气缭绕，一点都不热；然而，他们走得实在太快了……

女人没有停下，她径直向坑道走来，犹豫地看了我们一分钟，似乎想要和我们说话；然而，她也许是被军官的军衔条杠吓住了，宁可去和哨兵说话。我听见她腼腆地要求见他的儿子，他儿子是巴黎第三国民别动队第六支队的士兵。

“请您在这里等一下，”哨兵说，“我让人去叫他。”

她长长地舒了一口气，显得很快活，转身走向她的丈夫；两人走到稍远处的斜坡边上，坐了下来。

他们在那里等了很长时间。这瓦莱里安山太大了，庭院、斜坡、堡垒、兵营、掩体又是那么错综复杂！要找到一个别动队第六支队的士兵谈何容易！这座迷宫般的城市悬在天地之间，就像飞岛拉比达①那样螺旋状地漂浮在云雾之中。更何况现在这个时候，整个要塞里挤满了鼓手、号手、来回奔跑的士兵，到处都是军用水壶发出的砰砰声。还有正在换岗的士兵、勤务人员、配给人员、一个被义勇军的枪托打得鲜血淋漓后押来的间谍、几个从楠泰尔②赶来向将军申诉的农民、飞奔而至的传令兵，以及冻僵的人和汗流浃背的牲口；从前线回来的伤员们坐在骡背的驮鞍上，一边摇晃，一边低声呻吟，就像得病的羔羊一般；水兵们随着笛声和“嘿！哈！”的号子声，正在拖一门崭新的大炮；一个穿着红色军裤的牧人，手执长鞭，斜背着步枪，驱赶着要塞的牲口。所有这些人都在庭院里来来往往、摩肩接踵，把坑道挤得水泄不通，就像是在一些东方国家沙漠旅行队客店的矮门下面一样。

“但愿他们没把我的儿子忘记了！”此刻，这位可怜母亲的眼神似乎在这么说；每过五分钟，她都要站起来，悄悄地走到坑道口，把身体靠在墙上，偷偷地朝前院里瞥上一眼；可是，她不敢再询问任何事情，生怕给他的儿子

① 《格列佛游记》中所描绘的漂浮在天空中的一座岛屿。

② 法国城市，上塞纳省首府，位于巴黎西部。

带来难堪。男人比她更加腼腆,他坐在那儿一动不动;每次女人心情沉重、垂头丧气地回到他身边坐下时,总能看到他责备她不够耐心,并且像傻瓜一样不懂装懂地打着手势,向她解释服兵役的各种必要性。

我向来对这些无声而又私密的小场景非常好奇,它们令你越看越想揣摩出其中的内容;在街上行走时,你也经常会和类似的哑剧擦肩而过,它们往往在举手之间就能向你揭示整个人生。然而,在这里特别吸引我的,是这两个人物的笨拙和天真;他们的手势生动而清晰,犹如塞拉芬剧团[①]两位演员的灵魂,透过这些手势,我满怀激动地欣赏到一出绝妙的家庭剧当中所有的突变和曲折……

我仿佛看到母亲在某一天的早晨说:

"这个特罗胥[②]先生老是发号施令,真让我心烦……我已经有三个月没见到儿子了……我想去亲亲他。"

父亲胆小,生活中总是非常拘谨,想到为了获得探亲批准而要办理那么多手续,他就感到害怕,于是他一开始就企图说服她:

"你就别指望了,亲爱的。这瓦莱里安山远着呢……你没有车怎么去?再说,那是一座要塞,女人是不能进去的。"

"我就是要进去。"母亲说。

父亲对母亲总是俯首听命,于是他上路了。尽管他害怕得直冒冷汗,冻得浑身发抖,但还是去了防御区、市政府、参谋部、警察局;他四处碰壁,踏错门槛,在一个办公室前排两个小时的队却最终发现找错了地方。终于,晚上回来的时候,他口袋里揣回了一张由军区司令签名的探亲许可证……第二天,两口子冒着寒冷,一大早就点灯起床了。父亲随便吃了些东西暖暖身子,可母亲却不饿。她宁愿到那边和儿子一起吃午饭。为了稍微犒劳一下他们那可怜的别动队士兵儿子,两人急急忙忙地往绒布提包里塞进了围城期间所有能搞到的食品:巧克力、果酱、美酒,就连罐头也带上了,那是一只花了八个法郎才买到的罐头,是他们珍藏至今、准备应付缺粮的日子的。准

① 塞拉芬(1747—1800),著名木偶戏和皮影戏的操纵者,他的剧团一直到 1870 年才解散。

② 特罗胥(1815—1896),普法战争期间曾担任巴黎城防司令。

备完毕之后，两人就出发了。他们来到城墙边时，城门才刚刚打开。必须出示许可证。母亲害怕了……没关系，好像手续都是齐全的。

“放行！”值班军士命令道。

这时，她才舒了一口气：

“这位军官，他蛮讲礼貌的。”

说着，她像一只敏捷的山鹑，一路小跑起来，为的是赶时间。男人几乎跟不上她的脚步。

“亲爱的，你走得太快了！”可她根本不听他的。在远处地平线的雾霭之中，高高的瓦莱里安山正在向她召唤：

“快来吧……他就在这里。”

现在他们来了，可又有了新的担心。

万一找不到他怎么办！万一他不能来怎么办！……

突然，我看见她打起哆嗦，拍打着老头的手臂，一跃而起……从坑道口的穹顶下面，远远地传来了她所熟悉的脚步声。

是他！

他的出现，立刻使整个要塞的门面熠熠生辉。

他的确是一个英俊的小伙子！身材挺拔，肩上背着背包，手中握着步枪……他走到他们身边，一脸欢快，用男子汉开心的语气说：

“你好，妈妈。”

立刻，背包、被子、步枪、所有的东西都消失在巨大的撑边帽子里了。接着轮到的是父亲，但时间不长。戴着撑边帽子的母亲想把所有的亲吻都占为己有，她太贪得无厌了……

“你好吗？穿得暖和吗？你的床单现在怎么样？”

我可以感觉到，在斗篷的蜂窝状皱领下面，母亲正用长久而充满爱意的目光，把儿子从头到脚地包裹起来；亲吻、泪水和微笑像雨点般地落下。她欠了儿子三个月的母爱，现在要一次性地偿清。父亲也很激动，但他不想表露出来。他知道我们在看着他，便朝我们眨眨眼睛，好像是在说：

“原谅她……她是个女人。”

我当然原谅她！

一阵突如其来的号声打破了欢乐的气氛。

“他们在叫我,”孩子说,“我得走了。”

“怎么！你不和我们一起吃饭?”

“当然不！我不能这样……今天是我二十四小时值勤,在要塞的上面。”

“噢!”可怜的女人叹了口气。

她再也说不出话来。

三个人站在那里,沮丧地相互注视了一会儿。接着,父亲开口了:

“至少,把罐头带去吧。”他的声音令人心碎,脸上的表情犹如一个牺牲了美食的贪吃者,既动人、又滑稽。

可是,在激动而混乱的告别仪式中,这该死的罐头却找不到了;看着这些焦躁颤抖的手在四处搜寻、上下翻找,听着这些被泪水所哽咽的声音在询问:“罐头呢！罐头到哪儿去了?”这情景真让人可怜。在这巨大的痛苦之中,夹杂着家庭的琐事,可对此他们并不觉得耻辱。罐头终于找到了,一家人最后一次长久而紧紧地拥抱,然后孩子便跑着返回了要塞。

请想一想:他们大老远地赶来就是为了吃这顿午饭,他们把这顿饭看做一个盛大的节日,为此母亲激动得彻夜未眠。你知道有什么比这顿错过的午饭、这隐约可见却又立刻突然关闭的天堂一角更加令人伤心欲绝的呢?

他们一动不动地站在原地,又等了一会儿,眼睛盯着坑道的入口,刚才他们的儿子就是在那里消失的。最后,男人打起精神,显得非常勇敢地咳了两三声,他的声音非常坚定:

“好了！孩子他妈,上路吧!”他愉快地大声说道。

说着,他向我们行了一个大礼,然后抓住他妻子的胳膊……我目送着他们一直走到公路的拐角处。父亲似乎很生气,他挥舞着绒布提包,动作显得很绝望……而母亲则好像很平静,她走在他身边,低着头,手臂紧贴着身体。可有时,我似乎看见她的披巾在狭窄的肩上一抽一抽地颤动。

柏林之围

我们和 V 医生一起沿香榭丽舍大街走着,向被炮弹炸得千疮百孔的墙壁、被机枪扫得坑坑洼洼的人行道询问巴黎被围困时发生的故事。在快要到达圆形的星形广场[①]时,医生停下脚步,指着拱卫在凯旋门周围富丽堂皇的高楼大厦中的一幢,对我说:

“您看见上面这阳台上关着的四扇窗户了吗?去年八月的头几天——那个暴雨肆虐、灾难横行的可怕的八月——我被叫到那里去看一个急性中风的病人。那是茹福上校的家,他曾是一名第一帝国的重骑兵,一个对荣誉执着而固执的爱国老人。战争一开始,他就搬到了香榭丽舍大街,找了一套带阳台的公寓居住……猜猜看这是为什么?为了亲眼目睹法国军队凯旋归来的盛况……可怜的老人!维桑堡[②]惨败的消息传来时,他刚吃完饭离开餐桌。当他在失败战报的下面读到拿破仑的名字时,顿时就摔倒中风了。

“我看到这位老重骑兵时,他直挺挺地躺在房间的地毯上,满脸是血,一动不动,仿佛头上挨了一棒似的。他站着的时候一定非常高大;即使躺着,也显得十分魁梧。他的容貌俊美,牙齿整洁,雪白的头发拳曲着,八十岁的人看上去只有六十多岁……他的孙女跪在他身边,哭成了泪人。她长得很像她爷爷。看到两人在一起,您会说他们就像一个模子里倒出的两枚漂亮

① 香榭丽舍大街的尽头,凯旋门即在该广场中央。

② 城市名,位于法国东北部下莱茵省,1870 年 8 月 4 日,在与普鲁士军队的交战中,法国军队在这里遭到惨败。

的希腊钱币，只不过一枚年代久远一些，颜色比较灰暗，边沿稍有磨损，而另一枚则光彩夺目，干净清晰，带着新硬币的光泽和平滑。

“那孩子的悲痛打动了我。她的父亲和爷爷都是军人，父亲在麦克马洪[①]的参谋部任职。躺在她面前的这位身材魁梧的老人，不禁使她想到另一幅同样可怕的画面。我尽量安慰她，但其实我并不抱多大希望。我们的病人得的是典型的偏瘫症，一个八十岁的老人得了这种病是很难治愈的。事实上，在接连三天的时间里，病人一直处在一动不动的痴呆状态中……就在这个时候，有关雷舍芬[②]的战况传到了巴黎。您是否还记得，这消息来得有多么奇怪。直到晚上，我们所有人都还以为打了胜仗，两万普鲁士人被歼灭，王储被俘……我不知道是通过什么样的奇迹、什么样的电流，使举国欢腾的回声径直传到瘫痪病人的炼狱、传到了这位可怜的聋哑老人的耳朵里；总而言之，那天晚上，我来到他的床头时，看到的完全是另一个人。他的目光几乎是明亮的，舌头也不再沉重。他甚至有力气朝我微笑，并结结巴巴地说了两次：

“‘胜——利——了！’

“‘是的，上校，一个大胜仗！……’

“我把麦克马洪打的这个胜仗详细地讲给他听，渐渐地，我发现他的神态放松了，脸上也放出了光芒……

“我走出房间时，那姑娘正在门外等我，她脸色苍白，不断地抽泣着。

“‘可是他得救了！’我握住她的手说。

“可怜的姑娘几乎没有勇气回答。人们刚刚得到雷舍芬的真实战况：麦克马洪落荒而逃，法国军队全军覆没……我俩面面相觑，沮丧万分。她想到父亲，悲痛不已。而我则想到了老人，不禁浑身颤抖起来。他肯定是经受不了这新的打击的。可是，怎么办呢？让他继续高兴下去，相信那使他死而复生的幻觉！……但这意味着要对他撒谎……

“‘好吧，我来对他撒谎！’这位英雄姑娘迅速地擦干眼泪，对我说。

---

① 麦克马洪（1808—1893），法国元帅，政治家。普法战争期间任莱茵军第一兵团司令，先后在阿尔萨斯和色当被普鲁士军队打败。

② 城市名，位于法国东北部下莱茵省，1870 年 8 月 6 日，法国重骑兵部队在这里向普鲁士军队发动攻击，以使法国军队突出重围，但以失败而告终。

"接着,她神采飞扬地走进爷爷的房间。

"她要完成的是一项艰巨的任务。最初的几天还能对付得过去。老人的脑子糊涂,像孩子一样容易哄骗。可是随着身体的康复,他的思维越来越清晰。女孩必须让他知道双方军队的动向,为他编造战况的报告。这美丽的姑娘真让人可怜,她不分昼夜地伏在德国地图前,在上面插小旗子,竭力杜撰一次次辉煌的战役:巴赞①在向柏林挺进,弗罗萨尔②在向巴伐利亚挺进,麦克马洪在向波罗的海挺进。她的所有这些谎言都征询过我的意见,而我则尽力帮助她。不过,在这虚构的进军过程中,给我们最大帮助的还是爷爷他本人。他在第一帝国期间曾经无数次征战德国!他对所有的进攻都了如指掌:'现在他们要攻打这里……他们要这样行动……'他的每一个预言都会实现,这不免使他倍感骄傲。

"不幸的是,纵然我们攻城掠地,战无不胜,但都无济于事。这个老人简直是贪得无厌!每天我到他家的时候,总能听到一个新的战果:

"'医生,我们占领了美因茨③。'姑娘伤心地笑着跑来迎接我。

"我听见一个欢快的声音隔着门叫道:

"'太好了!太好了!……再过八天,我们就要打进柏林了。'

"而此时,普鲁士人离巴黎只有八天的路程……起先,我们想是否把他送到外省去会更好一些;可是,一旦他出了门,就会知道法国的所有现状,我认为他还太虚弱,上一次的巨大打击给他造成了太严重的瘫痪后果,所以不能让他得知真相。于是我们决定让他继续留在巴黎。

"我还记得,巴黎被围的第一天,我去他家。巴黎的所有城门都紧闭着,战斗就在城墙下进行,郊区成了我们的国界,这一切都使我焦虑不安。可是我看到老人坐在床上,既兴奋,又自豪。

"'你瞧,'他对我说,'围城终于开始了!'

"我惊讶地看着他:

"'怎么,上校,您知道了?……'

---

① 巴赞(1811—1888),法国元帅,普法战争期间任莱茵军第三兵团司令,后被普鲁士军队包围,率十八万军队投降。

② 弗罗萨尔(1807—1875),法国将军,普法战争期间任莱茵军第二兵团司令。

③ 德国港口城市。

“他的孙女朝我转过身子：

“‘是呀，医生……这可是一条特大新闻……柏林之围开始了。’

“她一边说，一边做着针线活，态度是那么从容、那么安详……

“他怎么可能产生怀疑呢？杀人的炮声，他听不见；不幸之中的巴黎阴森可怖、动荡不安，可他也看不见。他能从床上看见的，只是凯旋门的一个侧面；在他的卧室里，周围尽是第一帝国时代的旧玩意儿，那些东西维持着他的幻想：元帅的画像、战斗场面的版画、身穿婴儿长袍的罗马王①；粗直的大托架，上面装饰着带有战利品的铜饰，放着帝国时期的纪念品；还有勋章、青铜器、一块被精心罩在玻璃罩下的圣赫勒拿岛②上的石头；画着同一个女子的细密画，她头发微鬈，眼睛明亮，身穿黄色裙子和灯笼袖的舞会盛装。所有这一切——大托架、罗马王、元帅和身穿高腰黄裙、腰带高束的女子，以及在1806年被看做是优雅风尚的耸肩缩颈的呆板服饰……善良的上校呀！这种胜利和征服的气氛，比我们的话更有说服力，让他如此天真地相信了柏林被围的谎言。

“从现在起，我们的军事行动就简单得多了。攻克柏林只是耐心的问题。有时，当老人感到无聊时，我们就给他念一封儿子的来信，当然这信是凭空编造出来的，因为现在任何东西都进不了巴黎了；再说，色当战役结束后，麦克马洪的副官——也就是他的儿子——已经被押到了德国的监狱。您可以想象一下，可怜的女孩没有父亲的音讯，是多么绝望；她知道父亲被俘了，什么东西都没有，也许还在生病，却不得不让他在这些愉快的信中说话。信都很短，就像驰骋战场、趁胜追击的士兵所写的短信一样。有时，她再也无力写信，老人便几个星期没有儿子的消息。于是他开始焦急，夜不能寐。这时，很快就会有一封信从德国寄来，她来到老人的床边，强忍着眼泪，兴高采烈地把信读给他听。上校虔诚地听着，会心地微笑着，时而表示赞同，时而发表批评，还向我们解释信上一些含混不清的内容。而更令人唏嘘的，是他给儿子的回信：‘永远不要忘记你是一个法国人，’他对儿子说道：‘对那些可怜的人要宽宏，不要让他们因占领而感到沉重……’接下去是没

---

① 拿破仑·波那巴的儿子，1811年出生后被其父封为罗马王，史称拿破仑二世。

② 南大西洋中的小岛名，1815年拿破仑百日政变后被囚禁于此，一直到死。

完没了的叮嘱和令人尊敬的唠叨，什么尊重财产啦、礼貌对待妇女啦，简直就是一本供征服者使用的荣誉军规。他在信中也夹杂进一些他对政治的笼统看法，以及强加在战败者头上的和平条件。应该说，在这方面，他一点都不苛求：

"'只要战争赔偿，其他什么都不要……占领他们几个省又有什么用？难道我们能把德国变成法国吗？'

"他用坚定的语气口授着信件，从他的话语中，我们可以感受到他是多么率真、多么具有爱国之心，以至于在听他讲话的时候，您不可能不被他感动。

"这时候，包围圈越来越小了，可惜被围的不是柏林！……那段时间，天寒地冻，炮声隆隆，疾病流行，饥饿肆虐。可是，由于我们的精心照料和不懈努力，由于对他不知疲倦、日复一日的关怀体贴，老人宁静的生活没有受到一丝打扰。自始至终，我都给他吃上了白面包和新鲜的肉。这些食品也只够他一个人享受。您不能想象会有什么比这位祖父吃饭的情景更加动人的了：无辜而自私的老人坐在床头，精神焕发，面带笑容，脖子上围着餐巾；她的孙女因缺乏食物而略显苍白，她在他身边，把着他的双手，让他喝汤，帮他吃所有这些别人都吃不到的东西。吃完饭，他显得格外活跃；屋里暖洋洋的非常舒服，窗外刮着寒风，雪花在窗前飞舞，这些都让这位老重骑兵回忆起他在北方参加过的那些战役，又跟我们讲起已经讲过不知多少遍的俄罗斯大撤退①，那是一次艰险的撤退，士兵们只能吃冻得发硬的饼干和马肉！

"'你懂吗，孩子，我们只能吃马肉！'

"我相信她懂。两个月以来，她什么其他东西都不曾吃过！……然而，日复一日，随着老人的身体逐渐康复，我们哄骗病人的任务也越来越艰难。他那瘫痪、麻痹的感官和四肢曾经帮了我们很大的忙，但现在它们却在渐渐恢复知觉。有那么两三次，从马约门②传来的大炮可怕的齐射声让他惊跳起来，他就像猎犬一样竖起了耳朵；我们不得不编造说巴赞元帅在柏林城下

---

① 指 1812 年拿破仑远征俄国失败后的大撤退。

② 巴黎的城门之一。

取得了一次新的胜利，人们在残老军人院[1]那里鸣炮表示庆贺。有一天，我们把他的床推到了窗边——我记得那是一个星期四，也就是布森瓦尔战役[2]打响的那一天！——他清清楚楚地看到许多国民自卫队的士兵在格兰特阿美大街上集结。

"'这是什么部队？'老人问道。

"我们听见他低声从牙缝里挤出几句抱怨之辞：'军容不整！军容不整！'

"他没有再说别的话；但我们明白，从今往后，必须加倍小心。不幸的是，我们还是太大意了。

"那天晚上，我刚到他家，姑娘就慌慌张张地跑来：

"'他们明天就进城了。'她对我说。

"爷爷卧室的门开着吗？事实上，后来我回想起这件事，记得那天晚上他的面部表情不同寻常。很有可能他听见了我们的谈话。只不过我们说的是普鲁士人，而老人却以为是法国军队，以为我们讲的是他期待已久的胜利凯旋：麦克马洪元帅在鲜花的簇拥下、在嘹亮的军乐中沿街而行，他儿子走在元帅的身边，而老人自己则身穿军礼服，站在阳台上，就像在吕岑[3]那样，向布满弹孔的军旗和被战火熏黑的鹰饰致敬……

"可怜的茹福老爹！他一定以为我们之所以不让他观看法国军队的进城仪式，是因为害怕他过于激动。因此，他格外小心，没有对任何人说起这事。第二天，当普鲁士军队小心翼翼地踏上从马约门通往杜伊勒里宫[4]的长街时，老人房间的窗户轻轻地打开了，上校出现在阳台上，他头戴头盔，腰佩军刀，一身在米约[5]手下当重骑兵时穿过的旧军服。我至今还在纳闷，究竟是什么意志力、什么突发的生命力，促使他站立起来，而且穿戴得如此整

---

① 供残老军人居住的建筑，始建于路易十四时期，现为巴黎一大名胜。

② 布森瓦尔是巴黎远郊的一处城堡，1871 年 1 月 19 日，普法两军在这里进行了一次殊死的决战。

③ 德国小镇，位于莱比锡西南，1813 年 5 月 2 日，拿破仑率领法国军队在这里击败俄普联军。

④ 法国王宫，位于巴黎的香榭丽舍大街和卢浮宫之间。

⑤ 米约（1766—1833），法国将军，拿破仑手下的著名骑兵将领。

齐。不过毫无疑问的是,他确确实实在那里,站在栏杆后面,惊讶地发现大街这么宽阔,却又这么沉寂;所有房屋的百叶窗都紧闭着,整个巴黎阴森森的,就像一个巨大的检疫站;到处都是奇怪的白底红十字旗,士兵的前面竟然没有欢迎的人群。

"一时间,他还以为自己看错了……

"可是他没有看错!那边,在凯旋门的后面,隐约传来一阵沙沙的脚步声,有一条黑线在朝阳里前进……接着,普鲁士士兵头盔上的尖顶开始闪烁,耶拿①的小鼓也敲了起来,在凯旋门的拱门下,伴随着士兵整齐而沉重的脚步声和军刀的撞击声,响起了舒伯特的《胜利进行曲》!……

"这时,在广场死一般的寂静之中,传来一声叫喊,一声可怕的叫喊:'快拿起武器!……快拿起武器!……普鲁士人来了。'走在前卫队伍最前面的四名普鲁士枪骑兵看见,楼房上面的阳台上,一个身材高大的老人东倒西歪地挥舞着手臂,然后便直挺挺地倒了下去。这一次,茹福上校真的死了。"

---

① 德国城市名,1806 年 10 月 14 日,拿破仑在此大败普鲁士军队。

糟糕的佐阿夫兵①

圣—玛丽—奥—米那②的大个子铁匠洛里这天晚上很不高兴。

平时，只要锻炉的炉火一熄、太阳一落山，他就会坐在门前的长凳上，品尝沉重的劳动和炎热的天气给他带来的惬意的疲惫；在把学徒们打发走之前，他还会和他们一起，一边看作坊的工人下班，一边喝上几大口冰镇啤酒。可是这天晚上，这个老好人在铁匠铺里一直待到晚饭时分，而且似乎是极不情愿地出来吃饭的。洛里大妈看着她的丈夫，心想：

“他怎么了？是不是收到了部队传来的什么坏消息，却又不想告诉我？大概是大儿子生病了……”

但她什么都不敢问，只是忙着让她三个年幼的孩子安静下来。这三个孩子都长着一头金发，宛若烤焦的麦穗一般，他们围在桌边嬉笑着，吃着一大盆奶油黑萝卜色拉。

终于，铁匠气愤地将盘子推到一边：

“啊，无赖！啊，流氓！……”

“我说，你在生谁的气，洛里？”

他怒气冲冲地吼道：

“我在生那五六个怪人的气！从今天一大早起，我就看见他们穿着法国

---

① 佐阿夫兵是法国于1830年在殖民地阿尔及利亚组建的轻步兵，最初由阿尔及利亚人组成，从1841年起全部改由法国人组成。

② 法国市镇，位于东北部的莱茵省。

士兵的军服,和那些巴伐利亚人勾肩搭背地在城里逛来逛去……而且他们当中的某些人还……怎么说来着?选择加入了普鲁士国籍……竟然每天都可以看到这些假冒的阿尔萨斯人回到家乡来!……普鲁士人究竟让他们喝了什么迷魂药了?”①

孩子的母亲试图为他们辩护:

“你想怎么样,我可怜的人?这也不完全是那些孩子们的错……他们被派到那么遥远的非洲阿尔及利亚!……在那里他们会思念家乡;回家和不当兵,这诱惑对他们来说实在太大了。”

洛里一拳砸在桌子上:

“闭嘴,老妈子!……你们这些妇人懂什么。你们只知道成天和孩子们在一起,什么事都围着他们转,时间一长,你们就把所有东西都看得只有孩子们那般大小了……好吧,我可以告诉你,这些人是无赖,是叛徒,是人渣。要是我们家的克里斯蒂安不幸也做出这种卑鄙下流的事情来,我肯定会用马刀戳穿他的身体,就像我的名字叫乔治·洛里、曾经当过七年的法国轻骑兵一样肯定!”

铁匠一脸严肃地半站起身,指着挂在墙上的长长的骑兵军刀;军刀上方是一幅他儿子的画像,那是一幅在非洲画的佐阿夫兵的画像:他儿子长着一张诚实的阿尔萨斯人的脸,被太阳晒得黑黝黝的,在强烈的阳光下,鲜艳的色彩使画面变得有些苍白和模糊。一看到这幅画像,铁匠立刻安静了下来,笑着说:

“我这么激动干吗……好像我们的克里斯蒂安会真的想当普鲁士人一样!他在战场上打死了那么多普鲁士人!……”

想到这里,老好人又恢复了好心情,他愉快地吃完了晚饭,然后就立刻上斯特拉斯城堡酒馆豪饮啤酒去了。

现在只剩下了洛里大妈一个人。她安顿三个金发小孩躺下,一边听着他们像临睡前的一窝小鸟那样在隔壁屋里牙牙学语,一边拿起针线,在门前花园边干起缝缝补补的活儿来。她时不时地叹一口气,自言自语道:

---

① 普法战争期间,普鲁士军队将法军俘虏中的阿尔萨斯籍士兵释放回原籍,声称他们获得了自由。

“好吧，我同意。他们是懦夫，是叛徒……可这都一样！他们的母亲会很高兴重新见到他们的。”

她想起了儿子参军出征前的时光，那时候，他每天在这个时间料理小花园。她看着那口井，儿子就是在那里往喷水壶里装水的，他穿着罩衫，留着一头漂亮的长发；那长发在他参加佐阿夫团的时候被剪掉了……

突然，她感到一阵惊跳。花园尽头通往田野的小门被打开了。狗并没有叫，可开门进来的那个人却像小偷一样，贴着墙根，从蜂箱中间穿过来……

“你好，妈妈！”

她的克里斯蒂安就站在眼前，他军服不整，面带愧色，局促不安，说话吞吐。可怜的孩子是和其他士兵一起回来的，他已经在家附近转悠一个多小时了，等到父亲出去后才敢进来。她想责骂他，可没有勇气。她已经有很长时间没见到他、没亲吻他了！更何况他回来的理由是那么充分：他思念家乡、思念铁匠铺，厌倦远离亲人的生活；此外，部队的纪律一天比一天严厉，而同伴们则因为他的阿尔萨斯口音称他为“普鲁士人”。他所说的一切她都相信。她只要看着他，就会相信。他们一边说话，一边走进底层的屋子。孩子们被吵醒了，他们赤着脚，穿着睡衣，跑过来亲吻他们的大哥哥。妈妈要做饭给他吃，可他不饿。他只是感到渴，永远感到渴；从今天早晨起，他已经在小酒馆喝了好几轮啤酒和白葡萄酒了，可现在他仍然大口大口地喝着水。

这时，院子里传来了脚步声。是铁匠回来了。

“克里斯蒂安，你爸爸回来了，快藏起来，先让我跟他说，向他解释……”

说着，她把他推到高大的釉陶炉子后面，然后又双手颤抖地重新开始缝缝补补。不巧的是，佐阿夫兵的小圆帽忘在了桌子上，洛里一进门就看见了它。再看到母亲苍白的脸色、局促的神情……他立刻全明白了。

“克里斯蒂安回来了！……”他的声音很可怕。

他像疯子一样从墙上取下马刀，冲向火炉；火炉后面蜷缩着吓得面无血色的佐阿夫兵，他彻底清醒过来，靠着墙壁，生怕倒下去。

母亲扑到他们两个人中间：

"洛里,洛里,别杀他……是我写信叫他回来的,我说你的铁匠铺需要他帮忙……"

她紧紧扯住他的手臂,拖着他,抽泣着。孩子们在漆黑的房间里,听到这充满愤怒和泪水的说话声,一个个放声大哭起来,因为这声音变得那么陌生,他们都辨认不出来了。铁匠停了下来,看着他的妻子说:

"啊!是你让他回来的……那好吧,让他去睡觉吧。明天再看该怎么做。"

第二天,当克里斯蒂安度过了一个充满无端噩梦和恐惧的夜晚,从熟睡中醒来发现自己躺在幼时的房间里。在镶着铅条框、映着盛开的啤酒花的小玻璃窗外,太阳已经很高了。楼下传来锤子敲打在铁砧上的声音……妈妈守在枕边,她一整夜都没有离开,因为她丈夫的怒气令她担心。老铁匠也一夜没睡。他在房里踱步、落泪、叹气,一会儿开橱门,一会儿关橱门,就这样直到天亮。现在,他来到儿子的房间,神情严肃,穿着仿佛是要远行:高高的护腿套,宽大的帽子,顶端包铁的结实的登山杖。他径直来到床边说:

"好了,起来!……起床吧!"孩子有点迷惑,他想穿上佐阿夫兵的军装。

"不,别穿这个……"父亲严肃地说。

母亲惴惴地答道:

"可是,亲爱的,他没有其他衣服了。"

"把我的衣服给他吧……我再也用不着它们了。"

孩子穿衣服的时候,洛里小心翼翼地把军服——短小的上衣和宽大的红裤子——折叠好;包裹打完之后,他把装着路条的白铁盒挂在脖子上……

"现在下楼吧。"他接着说。

三个人默默不语地下楼,来到铁匠铺……风箱喘着粗气;所有的人都在干活。佐阿夫兵重新看到这敞开的、令他在部队千思百想的厂棚,不禁想起了他的童年,他曾经在这热浪滚滚的公路上,在铁匠铺闪烁的火星中,在漆黑的煤屑里玩耍过很长的岁月。他突然感到一阵温暖,希望能得到父亲的原谅;可是,每当他抬起眼睛,看到的总是父亲那毫不容情的目光。

终于,铁匠决定开口了。

"儿子,"他说,"铁砧和其他工具都在这里……这些东西全都是你的了……还有这一切!”他站在被烟火熏黑的门框里,一边说,一边指着小花园:花园深处的门开着,阳光灿烂,蜜蜂飞舞……“这蜂箱、葡萄、房子,所有这一切都归你了……既然为了它们你可以牺牲自己的荣誉,那么你至少能把它们照看好……现在你是这里的主人了……而我则要走了……你欠了法国五年的债,我要代你去偿还。”

“洛里,洛里,你去哪儿?”可怜的妈妈叫道。

“爸爸!……”儿子恳求道。

可是铁匠已经走了,他迈着大步,连头都没有回……

在西迪贝勒阿巴斯①的佐阿夫兵第三团兵站,几天前多了一名五十五岁的志愿兵。

① 城市名,位于阿尔及利亚北部。

保卫达拉斯贡[①]

感谢上帝！我总算有了达拉斯贡的消息。五个月来，我焦急万分，简直生不如死！我深知这座美丽城市狂热激昂的情绪，也了解那里勇猛好斗的民风，所以我一直在想："谁知道达拉斯贡人做了些什么？他们会不会倾城出动、朝野蛮的普鲁士人猛扑过去？还是会像斯特拉斯堡[②]那样饱受炮击、像巴黎那样被困挨饿、像夏托登[③]那样在大火中化为灰烬？或者像拉昂[④]和它的城堡那样，在狂热的爱国主义的鼓舞下，把自己炸上了天？"所有这一切都没有发生，我的朋友们。达拉斯贡没有化为灰烬，达拉斯贡也没有把自己炸上天。达拉斯贡依旧在原地，平静地坐落于葡萄园中间；灿烂的阳光洒满了大街，美味的麝香葡萄酒装满了酒窖，罗讷河还是像过去那样从这个可爱的地方流过，注入大海；整座城市就像是一幅幸福的图画：绿色的百叶窗反射着阳光，花园被耙得平整而干净，国民自卫队的士兵穿着崭新的军装，在沿河大道上操练。

但是，您可别以为达拉斯贡在战争中什么也没做。恰恰相反，它的举动令人赞赏；我将试着为您讲述这座城市所做的英勇抵抗，它将作为地方抵抗

---

① 法国城市，位于罗讷河口。

② 法国东北部下莱茵省的省会，普法战争期间曾遭到普军猛烈炮击。

③ 法国中部城市，普法战争期间曾顽强抵抗普鲁士军队，1870 年 10 月 18 日城陷后遭普军焚毁。

④ 法国东北部埃纳省首府，1870 年 9 月 9 日，一名法军工兵在普鲁士军队入城时引爆了火药库。

运动的典型、南方地区抗击入侵的象征,在历史上留有一席之地。

合唱团

我可以告诉大家,在色当大败①之前,我们正直的达拉斯贡人一直安安静静地待在家里。对于阿尔卑斯山②这些高傲的孩子们来说,北方正在死去的并非是他们的祖国,而是皇帝的士兵,是帝国。然而,一旦9月4日共和国③成立,阿蒂拉④兵临城下,情况就不同了!达拉斯贡觉醒了,人们亲身体验到了什么是民族战争……这场战争自然是从合唱团游行开始的。您知道南方人对音乐是多么狂热。特别是在达拉斯贡,那里的人对音乐简直是痴迷。当您在大街上走过,您会听到所有的窗户里都有歌声缭绕,您头顶所有的阳台上都会传来令您心神荡漾的浪漫曲。

无论您走进哪家店铺,柜台上总会有一把吉他在幽咽地低诉,药店的伙计一边为您拿药,一边在低声吟唱:"夜莺——西班牙古琴——特拉拉——拉拉拉拉。"除了这些私人音乐会之外,达拉斯贡还有市铜管乐队,学校铜管乐队,以及不计其数的合唱团。

而掀起这场民族运动之高潮的,正是圣—克里斯托夫合唱团及其令人赞叹的三声部合唱曲《拯救法兰西》。

"是的,是的,拯救法兰西!"达拉斯贡善良的百姓们一边高呼,一边在窗口挥舞着手绢。男人们拍着手,女人们则向排成四列纵队,唱着悦耳歌曲的方阵抛送飞吻;一位旗手走在方阵的最前面,自豪地踩着这节拍前进。

人们的热情就这样被鼓动了起来。从那天起,整座城市完全变了模样:再也听不见吉他和威尼斯船歌了;无论在什么地方,西班牙古琴曲都让位于

---

① 1870年9月2日,法国军队在色当向普鲁士军队投降,皇帝拿破仑三世被俘,色当惨败直接导致了法兰西第二帝国的灭亡和第三共和国的诞生。

② 阿尔卑斯山在法国南部普罗旺斯地区的一座支脉。

③ 1870年9月4日,巴黎爆发起义,成立法兰西共和国临时政府,即为第三共和国。

④ 阿蒂拉(406—453),匈奴王。此处指普鲁士军队。

《马赛曲》[1]。人们一周两次聚集在广场上，听中学生铜管乐队演奏《出征歌》[2]。座位的票价贵得出奇！

然而，达拉斯贡人并不满足于此。

马术表演

合唱团表演之后，是为伤员们举行的历史故事马术表演。没有什么场面比这更加动人了：在一个阳光明媚的星期天，达拉斯贡矫健的年轻人们脚蹬软靴，身着浅色紧身衣，挨家挨户地募集捐款；他们手持长戟和捕捉蝴蝶用的网罩，骑着马在阳台下旋转、跳跃。不过最精彩的，还是爱国主义题材的骑兵竞技表演——弗朗索瓦一世在帕维亚战役中[3]，马术俱乐部的先生们在广场上一连演出了三天。谁要是没看见这场面，那他真的是错过机会了。演出的戏服是从马赛话剧院借来的；金、丝绸、天鹅绒、刺绣军旗、盾牌、头盔、马披、饰带、花结、小丝带结、长矛、盔甲，所有这一切都使广场如同捕鸟镜一般绚烂夺目、眼花缭乱。更妙的是，每当一阵狂风从广场上方吹过，所有这些光线就变得摇摆不定。这真是太好看了。可惜，在一场恶战之后，弗朗索瓦一世——由俱乐部经理庞巴尔先生饰演——被一群德国雇佣骑兵团团围住，当这位不幸的庞巴尔先生缴出佩剑投降时，做了一个高深莫测的肩部动作，以至于他表达的不再是"一切都已失去，惟有荣誉尚存[4]"，而是好像在用普罗旺斯方言说"叫他来吧，我的伙计！"不过，达拉斯贡的百姓们对此并不斤斤计较，他们所有人的眼眶里都闪烁着爱国的泪花。

---

① 流行于普法战争期间的一首爱国歌曲，因由马赛义勇军传唱开来而得名。后被定为法国国歌。

② 法国大革命时期为庆祝攻陷巴士底狱五周年而作的爱国歌曲。

③ 帕维亚为意大利城市，1525 年法国国王弗朗索瓦一世在此被罗马士兵包围，最后投降被俘。

④ 弗朗索瓦一世在 1525 年帕维亚战役的前夜写信给他母亲说："一切都已失去，惟有荣誉尚存。"

突破口

表演、歌曲、阳光，还有罗讷河宏大的气势，单有这一切，就足够让人头脑发热了。而政府的布告更是让这种狂热达到了顶点。在广场上，人们只是带着威胁的神情相互攀谈，大家一个个咬牙切齿，讲起话来就像嘴巴里在嚼子弹。交谈中充满了火药味，空气中也弥漫着硝烟。特别值得一听的，是早晨在喜剧院咖啡馆里吃早饭的那些情绪激奋的达拉斯贡人说的话："啊！这些巴黎人和他们那个该遭雷劈的特罗胥将军①，他们究竟在干什么呀？他们不停地出击……好家伙！要是在达拉斯贡！……嗒嗒嗒！……我们早就打开突破口了！"正当巴黎人被燕麦面包噎得透不过气来的时候，这些先生们却狼吞虎咽地嚼着鲜美的山鹑，喝着上等的教皇葡萄酒，油光满面，酒足饭饱，酱汁都流到了耳朵边上。他们敲着桌子，像聋子一样大声叫嚷："这个突破口，你们倒是快去打开呀……"他们说得非常有道理，真的！

保卫俱乐部

与此同时，野蛮人正一天天地向南方入侵。第戎投降了，里昂危在旦夕，罗讷河谷青草的芳香早就使普鲁士枪骑兵的战马垂涎欲滴了。"必须建立起我们的防御工事！"达拉斯贡的居民们说。于是，所有人都动手干了起来。眨眼之间，整座城市已布满了工事、街垒和地堡。每座房屋都变成了要塞。在枪械商克斯德卡尔德的店铺前，挖了一条至少两米宽的堑壕，上面还架了一座吊桥，真是可爱极了。俱乐部的防御工事也十分浩大，令人们好奇地赶来参观。俱乐部的经理庞巴尔先生站在楼梯上面，手里拿着一支步枪，向女士们做着示范：

"要是他们从这儿进攻，砰砰砰！……要是他们从相反的方向上来，砰砰砰！……"此外，无论在大街的哪个角落，都会有人把您拦住，用一种神秘

① 特罗胥将军（1815—1896），1870 年 8 月担任巴黎城防司令。1871 年 1 月 19 日至 20 日，他曾派遣国民自卫军出击敌军，但由于缺乏支援而被挫败。

的语气对您说：

“歌剧院咖啡馆是固若金汤的。”或者是：“广场下面刚埋好了地雷！……”这一切足以让那些野蛮人三思而行了。

义勇军

与此同时，人们狂热地组织起一支又一支义勇军队伍。“死亡兄弟”、“纳博讷[①]之豺”、“罗讷河枪手”：这些队伍的名字千奇百怪，军装的颜色也各不相同，就如同燕麦地里的野菊花一样；还有各种翎饰、鸡毛、巨大的帽子、宽阔的腰带！……为了让自己显得更加狰狞，每一个义勇军都留起了络腮胡子和小胡子，以至于散步的时候，人们再也认不出谁是谁来。您远远地看见一个阿布鲁齐[②]强盗翘着胡子、两眼冒火地朝您走来，身上的军刀、手枪和土耳其弯刀一颤一颤地；可当他走近时，您这才发现他原来是税务员贝古拉德。有的时候，您甚至会在楼梯上遇见鲁滨逊·克鲁索[③]本人，他头戴尖帽，手持锯刃大刀，两个肩膀上各背着一支步枪；结果是枪械商克斯德卡尔德从城里吃完饭回来。见鬼的是，由于所有人都把自己弄得凶神恶煞一般，所以达拉斯贡人最后开始相互害怕，不久，就再也没有人敢出门了。

散养兔和家养兔

关于组建国民自卫队的波尔多法令[④]结束了这种不可容忍的局面。在国防政府三巨头[⑤]强有力的涤荡之下，鸡毛全都哗啦啦地飞走了，达拉斯贡所有的义勇军——不管是“豺”啊、“枪手”啊，还是其他什么名字——统统

① 法国城市，位于奥德省。

② 意大利山区，以出强盗而闻名。

③ 英国作家丹尼尔·笛福的小说《鲁滨逊漂流记》的主人公。

④ 普法战争期间，因害怕武装起来的巴黎人民，法国国防政府的国民议会改在西部沿海城市波尔多召开。1870 年 11 月，波尔多法令颁布。根据该法令，由市民组成的国民自卫队取代了义勇军。

⑤ 指国防政府外交部长法夫尔、财政部长皮卡尔和内政兼国防部长甘必大。

都合并为一个营的诚实可靠的国民自卫队；指挥这支队伍的是正直的布拉韦达将军，他曾在军服供应处担任过上尉。可这时候，新的麻烦又出现了。正如大家都知道的那样，波尔多法令将国民自卫队分为两类：机动队和驻守队；税务员贝古拉德戏谑地称之为"散养兔和家养兔"。自卫队刚组建起来的时候，"散养"队员的角色自然更加漂亮。每天上午，正直的布拉韦达将军都要带领他们去广场做射击训练，这是狙击兵的操练项目。"卧倒！起立！"如此等等以及其他。这些小小的军训总会吸引很多人。达拉斯贡的女士们是不会错过任何一次观赏机会的，即使是波凯尔的女士们，有时也会过桥来欣赏我们的"兔子"们。而此时此刻，可怜的"家养"自卫队员们却谦逊地在为城市站岗，他们守卫着博物馆，其实博物馆里除了一条长满青苔的巨大的蜥蜴标本和两门贤王勒内①时期的小型轻炮之外，并没有什么可以守卫的。要知道，波凯尔的女士们过桥来，不会仅仅是为了看这么一点点东西的……然而，射击训练三个月后，人们发现"散养"的国民自卫队员们从来没有离开过广场，于是热情开始衰退。

不管正直的布拉韦达将军如何朝他的"兔子"们叫喊"卧倒！起立！"一切都是枉然，再也没有人来看他们了。不久，这些小小的操练就成了整座城市的笑话。可是，上帝知道，没有人让这些可怜的兔子开拔，这不是他们的错。他们对此也很恼火。有一天，他们甚至拒绝操练。

"我们不想再摆花架子了！"他们充满爱国热忱地叫道，"我们是机动队，下命令让我们机动起来吧！"

"你们会机动起来的，我以我的姓名担保！"正直的布拉韦达将军对他们说。

他憋着一肚子气，来到市政府讨说法。

市政府说他们没接到命令，这事该由省政府管。

"上省政府！"布拉韦达说。

于是他坐上开往马赛的快车，找省长去了。这可不是件容易事，因为在马赛，总有那么五六个常任省长，可没有一个人会告诉您哪一个是管事的。布拉韦达交上了特大好运，他一下子就撞对了负责此事的省长。他在省政

---

① 即安茹王勒内一世（1409—1480）。

府会议上,代表手下的士兵,用一名军服供应处前上尉所特有的威严口吻,向省长说话。

可他刚说了几个字,省长就打断了他:

“请原谅,将军……这到底是怎么回事? 您的士兵在您面前要求开拔,却对我说要求留守! 您看看这个吧。”

说着,他面带微笑地把一封催人泪下的请愿信递给将军。这是两只“散养兔子”——出征要求最为强烈的两只“兔子”——最近寄给省政府的,随信还附有医生、神甫和公证人的意见。两人在信中称由于身体虚弱,要求转为“家养兔子”。

“这种信我有三百多封,”省长依旧微笑着补充说,“将军,现在您知道为什么我们不急于让您的士兵出征了吧。不幸的是,我们已经让太多想留下的士兵出征了,再也不能这样做了……现在,上帝会拯救共和国的。向您的‘兔子’们问好吧。”

告别酒会

不用说,将军一脸尴尬地回到了达拉斯贡。可这时,又发生了一件新的事情。原来,他不在的时候,达拉斯贡的百姓们竟然准备通过募捐,为那些即将开拔的“兔子”们举办一次告别酒会! 正直的布拉韦达说这没有必要,谁都不会开拔,但无济于事;钱已经募集到了,酒会也已经订好了,现在要做的只是把那些酒喝掉,而这正是大家所做的……就这样,在一个星期天的晚上,感人肺腑的告别酒会仪式在市政府的大厅举行。祝酒、喝彩、演说、爱国歌曲……所有这一切震动着市政府的玻璃窗,直到第二天天际泛白时才结束。当然,每个人都知道在告别酒会上应该怎么做;家养的国民自卫队员们是自己付钱参加酒会的,他们坚信自己的伙伴不会开拔,而那些散养的国民自卫队员们也这么想。那位受人尊敬的副市长用激动的嗓音发誓,说他已经准备好走在出发队伍的最前面,其实他比谁都清楚:士兵们不会开拔。但这都无关紧要! 这些南方人是如此与众不同,以至于告别酒会临近尾声的时候,所有人都在哭,都在相互拥抱,而最让人惊讶不已的,是所有人都是真诚的,连将军也不例外! ……

在达拉斯贡，就像在整个法国南方一样，我经常能看到这种幻影般的事情。

贝利塞尔的普鲁士兵

这个故事是我上星期在蒙马特高地的一家小酒馆里听到的。要给大家讲好这个故事,我也许必须学一学贝利塞尔师父的郊区切口,穿上他的木工罩衫,再呷上两三口美味的蒙马特白葡萄酒;喝了这酒,即使是马赛人,也可以操上巴黎口音。我敢说,这样做一定能使你们和我一样,听完以后心惊肉跳;因为贝利塞尔师父在向围坐在桌子边的同伴们讲述这个悲凉而真实的故事时,我的感觉就是这样的。

"……那是大赦(其实贝利塞尔想说的是'停战')之后的第二天。我妻子打发我和孩子去维勒讷夫—拉—加莱纳[①]逛一圈,因为我们在那里有一座临水的木屋,自从巴黎被围之后,我们就一直没有它的消息。带着孩子让我很担心。我知道我们会碰上普鲁士人,因为我还没有和他们照过面,所以非常害怕会出什么事情。可是,孩子的妈妈坚持要我这样做:

"'去吧!去吧!也好让这孩子透透空气。'

"确实,这可怜的孩子忍受了五个月的围困和霉味,也需要出去透透空气了!

"于是,我们俩就穿过田野上了路。孩子看到树木和飞鸟还在,并在耕耘过的田地里尽情地蹚水。我不知道他是否开心,反正我可没有那么好的心情;一路上到处都是尖顶钢盔。从运河到小岛,我看到的净是普鲁士士兵,而且非常地骄横无礼!要不是我强忍着,早就上去揍他们一顿了。不

① 市镇名,位于巴黎西北部上塞纳省的楠泰尔附近。

过，真正让我感到怒不可遏的，是当我进入维勒讷夫的时候，我看到我们那些可怜的花园被糟蹋得一片狼藉，全部的房门都大开着，屋里被洗劫一空；所有这些强盗都住在我们的家里，他们从一扇窗户向另一扇窗户喊话，还把羊毛衫晾在我们的百叶窗或栅栏上。幸好孩子走在我的身边，每当我拳头发痒时，就看看他，心里想：'你太冲动了，贝利塞尔！……千万要小心，不能让孩子出什么事。'当时也只有这孩子能拦住我干蠢事。我这才明白孩子的母亲为什么一定要我把他带在身边。

"我们的木屋在小镇尽头的堤岸上，是右边的最后一幢。我看到它也和其他房子一样，从上到下被洗劫一空。没有一件家具，没有一块玻璃。剩下的只是几只草靴和大扶手椅的最后一只脚，在壁炉里噼啪作响。到处都能嗅到普鲁士人的气息，但总不见他们的人影……不过，我觉得地窖里似乎有什么东西在晃动。那里有我的一张小型工作台，星期天我喜欢在那里做一些修修弄弄的活儿。我让孩子在外面等我，自己下去看个究竟。

"几乎与此同时，地窖的门打开了，一个身材高大的纪尧姆国王①的士兵醉鬼般地从刨花上直起身子，嗥叫着向我扑来，他两眼暴突，嘴里说着一大堆我听不懂的骂人话。这畜生醒来的时候肯定心情不好，因为不等我开口说第一个字，他就开始抽军刀……

"这时，我全身的血也涌了上来。积攒了一个小时的怒火一下子烧到了脸上……我抓起工作台上的铁夹，朝他猛击过去……各位朋友，你们知道贝利塞尔的手腕和平时一样有力吗？其实那一天，我的手臂似乎有着万钧雷霆般的力量……我只打了一下，那普鲁士人便不再张牙舞爪了，他直挺挺地倒了下去。我以为他只是昏了过去。啊！是的……他被我干掉了，孩子们，我干得真是漂亮极了。简直可以说是干净利落！

"我生平从来没有杀过人，甚至连云雀都没杀过，看着眼前这副魁梧的躯体，我感到很好玩……说实话，他是一个英俊的金发小伙子，刚刚长出的络腮胡子卷曲着，犹如岑木的刨花。我看着他，双腿不住地发抖。这时，孩子在上面等得不耐烦了，我听见他使尽全力大喊：

---

① 纪尧姆一世（1797—1888），普鲁士国王（1861—1888），1871年普法战争后加冕成为德国皇帝。

“‘爸爸！爸爸！’

“路上有普鲁士人走过，从地窖的气窗可以看到他们的军刀和粗壮的小腿。我突然想：‘要是他们进来的话，那孩子就完了……他们会把我们全都屠杀掉的。’这念头一闪而过，我再也不发抖了。我迅速把普鲁士人推到工作台下面，把所有能找到的木板、刨花、锯屑都堆在他身上，然后就上去找我的孩子。

“‘我来了……’

“‘你出什么事了，爸爸？你脸色怎么这么苍白！……’

“‘走吧，走吧。’

“我向你们保证，即使那些像哥萨克人那样野蛮的普鲁士兵推搡我、斜眼看我，我也不会反抗。我总觉得有人在我们身后奔跑、叫喊，有一次，我听见一匹马疾速向我们跑来，哆嗦得简直就要摔倒在地上。不过，过了那几座桥之后，我开始镇静下来。圣—德尼①到处都是人，在人群中我们不会有被抓的危险。这时我才想到我们那幢可怜的木屋。普鲁士人要是找到了他们的同伴，一定会报复，会放火把木屋烧掉；还有我的邻居雅各，他是渔警，是留在镇上的唯一的法国人，那个士兵在他家附近被杀，肯定会给他带来麻烦。说真的，就这样逃走，实在算不上好汉。

“我至少应该想办法把尸体处理掉……我们离巴黎越近，这念头就越是困扰我。不行，我不放心把这普鲁士人留在地窖里。所以，当我们来到巴黎城墙边时，我再也忍不住了：

“‘你先回去吧，’我对孩子说。‘我还要到圣—德尼去办点事。’

“说着，我亲了他一口，然后就往回走。我的心跳得有点快，但这没有关系，孩子不在身边，我觉得很轻松。

“我回到维勒讷夫时，天开始黑下来。你们可以想象：我睁大眼睛，只能一步一步地往前走。然而，小镇似乎很平静。我看到木屋还在那里，笼罩在暮霭之中。堤岸边有一条长长的黑色栅栏，那是普鲁士人在点名。这是一个好机会，屋子里肯定没有人。我沿着篱笆往前走，看到雅各老爹正在院子里晾捕鱼的网罩。很明显，这事还没有人知道……我进了木屋，摸索着走下

① 巴黎北部郊区市镇名。

地窖。那个普鲁士人依然躺在刨花下面,甚至还有两只硕大的老鼠在啃他的钢盔。我能感觉到钢盔的护颏在动,这令我既自豪又恐惧。有那么片刻,我以为尸体就要活过来了……不会的！他的脑袋又沉又冷。我躲在一个角落里,等待着;我打算等其他人都睡着之后,把尸体扔进塞纳河里……

“我不知道是否是因为坐在死人边上的缘故,反正那天晚上普鲁士人的归营号似乎特别凄凉。那嘹亮的军号三声一组:嘀嘀嗒——和癞蛤蟆发出的声音一模一样 。那些普鲁士士兵是不会在这样的军号声中入睡的……

“在五分钟的时间里,我听见军刀拖在地上的声音和敲门的声音;接着,有上兵走进院子,开始高喊:

“‘霍夫曼！霍夫曼!’

“可怜的霍夫曼正安静地躺在刨花下面呢……是我让自己变得老朽了！……我每时每刻都等待着他们走进地窖。我捡起死者的军刀,一动不动地待在那里,默默地对自己说:‘我的小老头……要是今天你能躲过这一劫,真该去贝拉维尔[1]教堂为圣—巴蒂斯特神像点上一大支蜡烛！……’

“不过,我的那些房客们喊够了霍夫曼,总算决定回家了。我听见他们笨重的靴子踩在楼梯上,过了一会儿,整个木屋便如同乡村大钟那样鼾声大作了。我等待的就是这一刻,终于能出去了。

“河岸上空无一人,所有房屋的灯都熄了。好极了。我迅速回到地窖,从工作台下拖出霍夫曼,把他竖直起来,扛在我的肩膀上,就像脚夫扛着背货架一样……这强盗还真够沉的！……我感到害怕,加上从早晨到现在肚子里一直是空空如也……我想我永远也不会有力气把他背到河边。接着,当我来到河堤中间的时候,觉得身后有人在走路。我转过身去,一个人都没有……原来是月亮升起来了。我对自己说:‘小心,再等一会儿……哨兵会开枪的。’

“最倒霉的是,塞纳河的水位很低。要是我把他扔在水边,他就会留在那里,就像是留在洗脸盆边上那样……我走进河床,继续前进……仍然没有水……我再也坚持不住了:我全身的关节仿佛卡住了一样……最后,我认为

---

① 巴黎的一个街区。

走得够远了，于是便放下了那个家伙……去散步吧，可尸体却陷入了泥沼之中，没有任何办法使它动弹。我推呀，推呀……吁——还好，这时刮起了东风，塞纳河水变得汹涌起来。我感到尸体慢慢的在启航。一路顺风！我呛了一口河水，迅速回到岸上。

“我再次经过维勒讷夫桥的时候，看见塞纳河中央有一个黑乎乎的东西。从远处看，好像是一条平底小船。那是我的普鲁士人正顺流而下，朝阿让特伊[①]方向漂过去呢。”

① 巴黎北郊位于塞纳河畔的一座小镇。

在巴黎的农民们

（围困时期）

这些人生活在香普罗赛[①]的时候非常幸福。我的窗下就是他们的鸡舍，那一年有六个月的时间，他们生活的一部分融入了我的生活。天还没亮，我就听见男人走进马厩，套好马车，出发去科尔贝伊[②]卖蔬菜；接着，女人也起床了，她为孩子们穿衣服，喊母鸡出笼，替奶牛挤奶。整个上午，只听见大大小小的木鞋顺着木头楼梯上上下下。到了下午，一切都静下来了。父亲下田去了，孩子们在上学，母亲则在院子里，一声不吭地忙着晒衣服，或坐在门前做针线活，顺便看着最小的儿子……有时，会有人从门前的小路经过，于是她便一边缝缝补补，一边和那人说上几句……

有一次，那是在八月底——还是在八月份，我听见女人对一个邻居说：

"得了吧，普鲁士人！……他们难道还真的打进了法国不成?"

"他们已经到夏隆[③]了，若望大妈！……"我隔着窗户对她喊。

她听了我的话大笑不止……在塞纳—瓦兹省这个偏僻的角落，农民们都不相信会有敌人入侵。

然而，每天都能看到满载行李的马车经过。有钱人纷纷关上了家门，在这个白昼如此漫长的美好月份，花园里的花儿却不再绽放，篱笆门紧闭着，里面空无一人，死气沉沉……渐渐地，我的邻居们开始惊慌起来。每当村里

---

① 法国原塞纳—瓦兹省的一个村庄，1870 年 8 月，都德曾经在那里居住疗伤。

② 法国城镇，位于巴黎南郊，是埃佛利专区埃索纳区的区政府。

③ 法国城市，位于巴黎西北部，是马恩省的省会。

有人离开，他们都会愁眉不展。他们感觉自己被抛弃了……终于，一天早晨，宣读公告的鼓声在村子的各个角落里响起！镇政府发布了命令：所有奶牛和草料都必须到巴黎去出售，不能给普鲁士人留下任何东西……男人出发去巴黎了，这是一次伤心的旅程。铺着石板的公路上，搬运家具的马车沉重地鱼贯而行，混杂在马车队伍中的猪群和羊群在车轮之间惊恐万状，而被拌索拴着的公牛则在马车上哞哞直叫；公路边上，穷人们沿着路沟步行，他们推着小推车，车上装满了旧时的家具、破败的安乐椅、帝国时期的桌子，还有镶着印花布的镜子。人们可以体会到，一个家庭要遇到什么样的不幸，才会搅动所有这些灰尘，搬运所有这些老古董，并成堆地拖着它们在公路上行走。

在巴黎城门前，人群拥挤得透不过气来。得等上两个小时才能进城……这时候，可怜的男人紧紧靠着他的奶牛，害怕地看着城墙上的炮眼、积满污水的堑壕、日见高筑的工事，以及砍倒在路边的枯死的意大利杨树……晚上，他一脸沮丧地回到家里，把看到的一切告诉了妻子。妻子害怕了，打算明天就走。可是，明日复明日，出发的日子总是在往后推迟……要么是还有什么东西要收割，要么是还有一块地要耕耘……谁知道是否还有时间把葡萄酒收藏起来？此外，他们的内心深处仍然抱着一丝朦胧的希望：也许普鲁士人不会从他们这里经过。

一天夜里，他们被一声惊天动地的爆炸声惊醒。科尔贝伊大桥被炸了。村里的男人们来来往往，挨家挨户地敲着门：

“枪骑兵来啦！枪骑兵来啦！快逃呀！”

快点，快点，赶快逃！他们套上马车，为睡眼惺忪的孩子们穿上衣服，和几个邻居一起抄近道逃走了。当他们爬上山坡的时候，教堂的钟敲了三下。他们最后一次回头瞭望。牲口的饮水槽、教堂前的广场、他们所熟悉的小道——这一条往下通往塞纳河，那一条在葡萄树之间穿行，这一切对他们来说似乎已经变得陌生。在白色的晨雾中，这座被抛弃的小村庄将所有的房屋都紧紧地拥在一起，仿佛在战栗着等待一场可怕的灾难。

现在他们来到了巴黎，住在一套两居室的公寓里，位于一条凄凉的大街的五楼。男人并不是特别不幸。别人替他找到了活儿干；再说，他参加了国民自卫队，要上城墙，要操练，可以尽量自行排遣，忘却他那空空的粮仓和尚未播种的草地。相比之下，女人更加离群索居，她感到伤心、忧郁，不知如何是好。她把两个大女儿送进了学校，在这所没有花园的阴森森的走读学校里，姑娘们感到窒息，她们分外怀念乡下修道院的漂亮的寄宿学校，那里就像蜂箱一样，成天充满了快乐的嘈杂声；还有每天早晨上学时所必须走过的穿越树林的半里路。母亲看到她们闷闷不乐，心里很不好受，不过最让她担心的还是小儿子。

在乡下，他跑来跑去，到处跟着母亲，一会儿在院子里，一会儿在屋里，和她一样频繁地从门槛的踏脚上跳进跳出，将通红的小手浸没在洗衣桶里，她织毛衣的时候，他就坐在门边休息。可是在这里，要爬五层楼，楼梯黑魆魆的很容易绊脚，燃在狭小的壁炉里的火苗那么微弱，窗户又那么高，天边总是灰雾蒙蒙的，看出去一片湿漉漉的石板屋顶……

本来他可以到院子里玩，可是看门人不同意。这些看门人，又是城市的一大发明！在乡下，村民们都是自己家的主人，每个人都有属于自己的一个角落。家门从早到晚都是开着的；夜里只要推上粗大的木头门栓，整座房屋就可以高枕无忧地沉浸在乡村漆黑的夜色之中，而人们也可以安然入梦。间或会有一条狗朝着月亮吠叫几声，但没有人会理会它……可是在巴黎，在这些穷人住的房子里，看门人才是真正的主人。小男孩不敢独自下楼，因为他害怕那个凶恶的女人，她逼着他们把山羊卖了，借口说它把麦秆和果皮带进院子石板的夹缝中间。

为了让郁郁不乐的儿子开心，可怜的母亲已经想尽了办法；一吃完饭，她就帮他穿上衣服，就像去田间一样，牵着他的手，沿着大街散步。孩子感到害怕、受伤、茫然，几乎对周围的事物看都不看。只有马才能让他感兴趣，那是唯一他认识，并且能让他笑的东西。母亲也一样，对任何事情都兴趣索然。她慢慢地走着，想着她的财产、她的房屋。看到他们两人走过，看着她诚实的面容、干净的穿戴、光亮的头发，看着她儿子圆圆的脸庞和肥大的套鞋，人们可以猜到这是一对流离失所、背井离乡的母子，他们的整个心灵都在怀念乡村那清新的空气和僻静的小路。

前哨见闻

(围城回忆录)

大家即将看到的文字,是我在前哨奔波往返之余,日复一日地写下的。这是我笔记中的一页,趁着大家对巴黎之围的记忆尚存,我把它选出来。这些文字断断续续、干涩生硬、简单潦草、令人困乏,而且零碎得如同炮弹的弹片。但是我把它原封不动地奉献给大家,不做任何修改,甚至不再阅读一遍。因为我太害怕自己肆意编造、哗众取宠,从而把一切都搞糟。

在库尔讷夫①,十二月的一个早晨

石灰质的平原因寒冷而冻得发白,既喧闹,又崎岖。公路上的泥浆结成了冰,开赴前线的部队和炮兵混杂在一起,乱糟糟地行进着。队伍走得很慢,而且显得很悲伤。马上就要战斗了。士兵们低着头踉踉跄跄地走着,他们打着哆嗦,背着步枪,双手放在盖布下面,就像是藏在手笼里一样。时不时有人高喊:“停止前进!”

战马在惊恐地嘶叫;辎重车因震动而颠簸着。炮手们在马鞍上直起身子,焦急地看着发生在布尔日②那堵巨大的白墙后面的情况……

“看见他们了吗?”士兵们跺着脚问道。

---

① 小镇名,位于巴黎北郊。

② 市镇名,位于巴黎东北郊,普法战争期间是法军重要的军事基地,1870 年 10 月 28 日—30 日和 12 月 21 日,普法两军在此激战,后为普鲁士军队夺取。

接着，继续前进！……如潮的人流在稍稍后退之后，继续缓慢而无声地向前流淌着。

初升的太阳呈暗淡的银灰色，照亮了冰冷的天空；远处的地平线上矗立着欧贝维利耶[1]要塞的前哨；要塞司令和他的参谋人员组成了一小队人马，显现在这个背景上面，清晰得如同映在日本贝壳上一般。离我近一点的地方，一大群黑色的乌鸦站在路边，原来他们是士兵们亲爱的兄弟——野战医院的医护人员。他们站在那里，双手交叉着放在斗篷下面，看着所有这些炮灰从眼前走过，神色恭谦、忠诚而又悲伤。

同一天。被遗弃的村庄空无一人，房子的大门敞开着，屋顶开裂了，窗户没有了挡雨披檐，像死人的眼睛一样地看着你。有时候，在什么都会发出声响的废墟里，可以听见某一样东西在动，脚步声，或是门的嘎吱声；当您从那里走过时，一个步兵出现在门槛上，眼睛凹陷，神情狐疑——也许他正在四处搜寻可以偷吃的食物，也许他是个逃兵，想找个地方藏身……

正午时分，我走进一户农民的房子。房子里空空荡荡，徒有四壁，仿佛是被搜刮过一般。楼下是一间大厨房，既没有门也没有窗，正对着鸡舍；院子尽头有一道郁郁葱葱的绿篱，绿篱后面是一望无际的农田。院子的角落里有一道小小的螺旋形石梯。我在石阶上坐下，在那里待了很久。这阳光和静谧是多么惬意。两三只去年夏天存活下来的苍蝇，在阳光下恢复了知觉，贴着天花板上的格栅，嗡嗡地叫着。壁炉里还有火的余烬，前面放着一块凝有血迹的石头。这个血迹斑斑的石头座位，放在这个余烬尚未凉透的角落里，诉说着一个悲伤凄凉的不眠之夜。

马恩河沿岸

十二月三日经蒙特勒伊[2]门出城。天空低沉，寒风凛冽，雾霭茫茫。

蒙特勒伊城空无一人。门窗紧闭。从绿篱后面传来一群鹅的嘎嘎叫声。这里的农民没有逃走，他藏了起来。稍远一点，发现一家开着的小酒

① 巴黎东北郊的小镇。

② 市镇名，位于巴黎东郊。

馆。里面很热,平底锅在哧哧作响。三个来自外省的国民别动队士兵几乎是伏在上面吃饭。这些可怜的别动队员一声不吭,眼睛浮肿,脸颊通红,胳膊支在桌子上,一边吃饭,一边睡觉……

走出蒙特勒伊,穿过被营火的蓝色烟雾所笼罩着的万森讷森林。杜克罗①的部队就驻扎在那里。士兵们砍下树木生火取暖。那些山杨树、桦树、小楞树被连根拔起,金色而细嫩的树梢向后拖在路上,看到这情景真让人感到可怜。

在诺让②,依然到处是士兵。炮兵们穿着长大衣;来自诺曼底的国民别动队员脸蛋胖乎乎的,身体滚圆得就像苹果;身材矮小的佐阿夫兵披着斗篷,身手敏捷;步兵们则躬着背,身体折成两截,军帽下的头巾围裹着耳朵。所有这些人都聚集在大街上闲逛,在仍然开着门的两家杂货店门前你推我搡。简直就是一座阿尔及利亚小城。

终于来到了乡村。长而空旷的公路向下朝着马恩河方向延伸。珍珠色的地平线令人赞叹,雾霭中光秃秃的树木战栗着。远处矗立着巨大的铁路高架桥,斜面的拱形桥洞看上去阴森森的,宛若嘴巴缺了牙齿。穿过勒贝乐镇③时,看到一座小别墅的花园被糟蹋得面目全非,洗劫一空的房子死气沉沉的,栅栏后面,有三朵大大的白菊花幸免于难,正在竞相怒放。我推开栅栏,走了进去;但是那些花儿太美了,我不忍心摘它们。

穿过田野,下到马恩河畔。来到水边的时候,钻出云层的太阳仿佛洗过了脸,直射在河面上。真迷人。对面是小布利镇④,那里昨夜曾经发生过激战,而现在,山坡上、葡萄树间,却层层迭迭地排列着宁静的白色小房子。河这一边的芦苇丛中有一条小船。岸上,一小队男人一边说话,一边看着对面的山坡。他们是侦察兵,被派来这里侦察萨克森人⑤是否回到了小布利镇。我和他们一起渡河。小船在河心时,一名坐在船尾的侦察兵低声对我说:

---

① 奥古斯特·亚历山大·杜克罗(1817—1882),法国将军。色当打败后被普鲁士军队俘虏,后成功逃脱。巴黎被困期间曾担任两个军的指挥,并多次试图突围,但都无功而返。

② 市镇名,位于塞纳河畔。

③ 市镇名。

④ 市镇名。

⑤ 萨克森是德国的一个地区。

“如果您想要步枪的话，小布利镇政府里有的是。他们还在那里留下了一个上校，是一个金头发的大个子，皮肤白得跟女人一样，穿一双崭新的黄靴子。”

让他印象最深刻的是死人脚上的那双靴子。他总是念叨着它：

“我的天哪！那靴子真漂亮！”

他跟我说话时，眼睛在闪闪发光。

进入小布利镇时，一个穿着草底帆布鞋的水兵，手里拿着四五支步枪，突然从一条小巷里蹿出，朝我们跑过来：

“睁大眼睛，那儿有普鲁士人！”

大家蹲下身子，躲在一堵矮墙后面观察起来。

在我们的上方，葡萄园的高处，先出现了一个骑兵，夸张的身影向前俯在马鞍上，头戴钢盔，手持马枪。接着其他骑兵也出现了，随之而来的是步兵，他们在葡萄园里散开，匍匐前进。

其中的一个——离我们很近的那个——在一棵大树后面选好了位置，就再也不离开了。那是一个大个子鬼子，身穿褐色长大衣，头上裹着一块彩色的头巾。从我们这个位置开枪，肯定能漂亮地把他干掉。可这又有什么用呢？侦察兵们知道自己该干什么。现在，立刻撤回船上去；船工开始骂骂咧咧了。我们顺利无阻地重新渡过了马恩河……可是船刚靠岸，就听到河那边有几个气喘吁吁的声音在叫我们：

“喂！把船划过来！……”

原来是我刚才提到的那位靴子爱好者，他和三四个同伴试着一直推进到了镇政府，然后匆匆忙忙地赶回来。不幸的是，已经没有人能去接回他们了。船工不见了：

“我不会划船。”侦察兵中士和我一起躲在水边的一个洞里，带着可怜的神情说道。

这时候，那边的几个人着急起来。

“你们倒是快过来呀！快过来呀！”

必须过去。这可是一件艰苦的差事。马恩河水深流急。我使尽全力划着桨，却时时刻刻地感到，上面的那个萨克森人一动不动地躲在树后，从背后看着我……

船靠岸的时候，一名侦察兵忙不迭地跳了上来，以至于船里进满了河水。要想把他们全部带回去而不让船沉没是不可能的。于是，最勇敢的一名侦察兵留在了岸边，等船回来。那是一名义勇军下士，一个善良的小伙子，身穿蓝色军服，鸭舌帽的前面插着一只装饰小鸟。我很想返回去接他回来，可是两岸的士兵开始相互射击了。他等了一会儿，什么都没说；接着，他身体贴着墙根，朝尚比尼①方向跑去了。我不知道他后来怎么样了。

同一天。无论是于事还是于人，当悲痛混入了滑稽，就会营造出一种异常强烈的恐惧或不安的效果。一张痛苦万分的滑稽的脸难道不比其他东西更能深深地打动您吗？您能想象一个多米埃②笔下的小市民面对死亡惊恐万状，或者伏在别人送回来的被杀的儿子的尸体上号啕大哭的情景吗？难道这样的场面不让您感到特别揪心吗？那么，马恩河边的所有这些有产者的别墅，这些嫩玫瑰色、青苹果色、鹅黄色的五彩斑斓而又滑稽可笑的木屋，有着锌皮屋顶的中世纪的墙角小塔，用仿真砖建造的凉亭，摇摆着白色金属球的洛可可风格的花园，现在全都被笼罩在战火的硝烟之中，屋顶被炮弹炸穿，风标被折断，墙壁成了断垣，遍地都是乱草，到处都是鲜血。看到它们，我仿佛看到了一张既悲痛、又滑稽的可怖的脸。

我走进一幢房子，想把身上的衣服晾干；这幢房子就属于刚才描述的那种类型。我上到二楼一间用红色和金色装饰的小客厅。主人还没有把墙纸糊好。地上还放着好几卷墙纸和许多段镀金的木条；此外，没有家具的痕迹，只有酒瓶的碎片，墙角里有一张草褥，上面睡着一个身穿罩衣的男子。所有这一切都笼罩在一股淡淡的火药味、酒味、蜡烛味和发霉的稻草味之中……我坐在一个粉红牛轧糖颜色的傻模傻样的壁炉前，用一张独脚圆桌的脚生火取暖。有时，我看到这壁炉，仿佛感觉自己正在乡下那些家境宽裕的小市民家里过星期天的下午。在我身后的客厅里，他们是不是正在掷骰子玩跳棋呢？不！那是义勇军士兵在给步枪装子弹、射击。零零落落的枪声，简直和棋子落在棋盘上的声音一模一样……这里每开一枪，河对岸必然

---

① 市镇名，位于巴黎东郊，1870 年 11 月 30 日至 12 月 2 日，普法两军在这里激战。

② 多米埃(1808—1879)，法国画家、版画家、雕塑家，19 世纪最伟大的漫画家之一。普法战争期间曾创作了大量关于巴黎之围的漫画。

还击。枪声在水面上荡漾着，不断地在山谷间回响。

从客厅的枪眼往外看，马恩河闪闪地发着光，河岸沐浴在一片阳光之中，普鲁士人犹如大猎兔狗，穿过葡萄园的支架，逃走了。

蒙鲁日[①]要塞的回忆

要塞高处的堡垒上，沙袋的炮眼里，海军长长的大炮骄傲地仰着头，几乎笔直地竖在炮架上，准备抗击夏蒂翁[②]之敌。这样的瞄准架势，加上朝天的炮口和两边像耳朵一样的把手，看上去就像许多大猎狗在对着月亮声嘶力竭地狂吠……在稍下面一点的炮台垒道上，水兵们为了消遣，就像在军舰的角落里那样，辟出了一个小型的英式花园。花园里有一条长凳、一个棚架、几块草坪、一些假山，甚至还有一棵香蕉树。树不大，几乎还没有一棵风信子高，但这没关系！它长得很好，在成堆的沙袋和炮弹中间，它那绿色的树冠给眼睛带来了一丝清新。

噢！蒙鲁日要塞的小花园！我真希望看到人们用栅栏将它围起来，在里面竖一块纪念碑，刻上卡尔维斯、戴斯普莱、赛斯提[③]，以及所有在这里——在这个光荣的堡垒上——倒下的勇敢的水兵们的名字。

在拉福尤斯[④]

二月二十日上午。

一个温暖而略有雾霭的好天气。远处，大片的耕地犹如起伏的大海。左边，高高的沙质山丘是瓦莱里安山的分支。右边，吉贝磨坊——一座用石头建起的小磨坊——风翼已经折断，磨坊的平台上设立了一个炮位。沿着

① 市镇名，位于巴黎南郊。

② 市镇名，位于巴黎南郊。

③ 卡尔维斯和戴斯普莱是作者都德的同学；赛斯提是海军司令，普法战争期间率领海军增援巴黎，并负责巴黎东部诸多要塞的指挥。

④ 农庄名，曾为拿破仑三世所拥有，离布森瓦尔城堡不远，1871 年 1 月 19 日，普法两军在附近进行了一次殊死的决战。

通往磨坊的长长的堑壕走了一刻钟,堑壕上飘着一层河氲般的薄雾。那是营火冒出的烟。士兵们蹲在地上煮咖啡,往青绿的树枝里吹火,烟雾熏着了眼睛,呛得他们直咳嗽。干涩而悠长的咳嗽声从堑壕的这头传到了那头……

拉福尤斯。一座树林环绕的农庄。到达那里的时候,正好赶上我们的最后一批军队从战场上撤出。那是巴黎的第三国民别动队。他们在指挥官的带领下,全体列队,井然有序地行进着。自昨天晚上以来,我看到的净是不可理解的溃败景象,眼前的情景使我略微振作了一点。士兵们的后面,有两个人骑马经过我的身边,一个是将军,另一个是他的副官。两匹马并肩前进,两个人则声音洪亮地交谈着。我听见副官那年轻而略带奉承的嗓音:

"是,将军……噢!不,将军……毫无疑问,将军……"

而将军的语气既温和又伤心:

"怎么!他被打死了!噢!可怜的孩子……可怜的孩子!"

接着是一片寂静,只听见马蹄踩在肥沃的土地上发出的声音。

我站在那里,注视了一会儿这宏大而又凄凉的景色,它有点像谢提夫或米提加平原①。凹陷的小路上来了几队担架队员,他们穿着灰色的外套,举着白底的红十字旗。人们恍若身处巴勒斯坦,生活在十字军东征的年代。

① 阿尔及利亚地名。

渡船

战前，这里有一座漂亮的悬索桥，桥下是两座高高的白石桥墩，涂过沥青的悬索在塞纳河的天际缓缓垂下，天空的景色将圆顶的山峰和过往的船只映衬得如此美丽。每天，谢娜号轮船都要冒着滚滚的浓烟，从桥中央的大桥拱下穿过两次，甚至不用放低它的烟囱管；河的两边，掩藏着洗衣妇的捣衣杵和矮脚凳，还有系在绳索环上的小渔船。草地宛若一大块绿色的帷幔，随着清凉的河水飘动着；草地中间延伸着一条种有杨树的小道，一直通往大桥。风景真是如画……

可是，这一年，一切都变了。杨树依然挺拔，小道的尽头却已空无一物。桥没有了。两座桥墩被炸掉了，只剩下大大小小的石头散落在四周。征收过桥费的白色小屋被震塌了一半，看上去既像崭新的废墟，又像街垒或者被拆毁的建筑。大桥的悬索和铁丝悲哀地浸在河水之中；坍塌的桥面陷入河中央的泥沙里，仿佛是一艘巨大的沉船，上面插着一面红旗，以引起水手们的注意。从塞纳河上游漂来的杂草、霉木板等杂物在这里停下，形成了一道水坝，使河水充满了逆流和漩涡。这片景色仿佛被撕裂了开来，张着口子，令人感觉到灾难临头。通往大桥的小道变得亮堂了，这使地平线显得更加凄凉。所有这些漂亮而茂盛的杨树，如今连树梢都被毛虫啃得精光——树木也有遭受侵害的时候——它们伸展着细瘦的枝条，枝条上没有叶芽，树叶也被啃得七零八落。宽大的林荫道已被弃置不用，上面空无一人，只有偌大的白蝴蝶沉重地飞着……

在桥被修复之前，人们在不远处设了一条渡船，其实就是那种特别宽大的木筏，可以运载套好的马车、拖犁的耕马，以及瞪圆眼睛静静地看着滚滚河水的奶牛。牲口和套车停在渡船的中间；两边是乘客：农民、去镇上上学的孩子以及来这里度假的巴黎人。纱巾和绸带在系马绳边上飘动。渡船就像一艘遇难的木筏，前进得非常缓慢。过一次塞纳河要花那么长时间，仿佛它比以前更加宽阔了。在大桥坍塌的废墟后面、塞纳河几乎形同陌路的两条河岸之间，地平线变得更加宏大，看上去既庄严又凄凉。

那天早晨，我一大早就来到渡口，打算过河。河滩上还没有一个人影。艄公的小屋——固定在潮湿的泥沙上的一节旧火车厢——还关着门，门上淌着雾水；屋里传来孩子们的咳嗽声。

“喂，欧热纳！”

“来啦，来啦！”艄公一边说，一边拖着脚步走过来。

这是一个英俊的水手，还很年轻；但在刚刚结束的战争中，他在军队里担任过炮手，回来时因落下严重的风湿病而行走困难，腿上还留着一块弹片，脸上带着刀疤。这个正直的人见到我，微微一笑：

“先生，今天早晨我们不会很拥挤。”

的确，渡船上只有我一个人；可是，正当艄公要解开缆绳时，又来了一些人。首先是一个体态肥胖、眼睛明亮的农妇，胳膊上挂着两只篮子，去科尔贝伊①赶集；她那山野村姑的身体因那两只篮子而得到平衡，走起路来又稳又直。接着，透过晨雾，依稀可以看到在她身后凹凸不平的小道上，来了其他几个乘客，还可以听到他们的说话声。那是一个女人的声音，非常柔和，声泪俱下：

“噢！夏希尼奥先生，求求您，别为难我们了……您知道他现在正在干活……给他一点时间还钱吧……他求您的也就是这些了。”

“我已经给他够多的时间了……不能再给了，”一位缺牙豁齿的老农民恶狠狠地说，“现在，就让执达吏来处理这件事情吧。他爱怎么办就怎么办……喂！欧热纳！”

“是夏希尼奥那个无赖。”艄公低声对我说，“来啦！来啦！”

这时，我看到河滩上来了一个高个子老头，怪里怪气地穿着一件粗呢礼

---

① 法国城镇，位于巴黎南郊，是埃佛利专区埃索纳区的区政府。

服,头上戴着一顶崭新的丝质高礼帽。这个农民的皮肤黝黑而干裂,关节凸出的双手因长期使用铲锹而变了形,身上的绅士礼服使他显得更加焦黑。他长着一个执拗的前额,巨大的鹰钩鼻犹如印第安强盗,嘴巴紧闭,皱纹里充满了狡黠;这副相貌看上去非常凶恶,和夏希尼奥这个名字十分般配。

"好了,欧热纳,快开船吧。"他跳上渡船,用恼怒得发抖的声音说。

艄公起动渡船的时候,农妇走近夏希尼奥:

"您在生谁的气呀,夏希尼奥老爹?"

"啊! 是你呀,拉布朗什? 别提了……我真恼火极了……是马奇利耶那一家子流氓!"

他说着用手指着一个孱弱的身影,那身影正一边抽泣,一边沿着坑坑洼洼的小路往上走。

"那家人,他们做了什么对不起您的事情了?"

"对不起我的事情是,他们欠了我四个季度的租金,还有全部的葡萄酒钱,我却连一个子儿都拿不到! ……所以我现在要去找执达吏,我要把这些无赖全都扫地出门。"

"这马奇利耶可是个老实人哪。他不还您的钱,也许错并不在他……在这场战争中破产的人实在太多了。"

老农民暴跳如雷:

"他是个蠢货! ……他本来可以靠普鲁士人发财的。是他自己不愿意……普鲁士人来的那天,他关上了小酒馆的门,还摘下了它的招牌……其他酒馆战争期间生意红红火火,可他连一分钱的东西都没有卖出去……更糟糕的是,因为傲慢,他被普鲁士人关进了监狱……所以我告诉你,他是个蠢货……所有那些事情跟他又有什么关系? 难道他是军人吗? 他只要像平时那样卖他的葡萄酒和烈酒就行了,这样现在他就能还我的钱……这个浑蛋,好吧! 让我来教你怎么样做一个爱国者!"

他气得满脸通红、坐立不安,尽管他身着肥大的礼服,但笨拙的动作仍然显示出他是一个穿惯短工作服的乡下人。

听他说话的时候,农妇原先对马奇利耶充满同情的明亮的双眼渐渐地干涩起来,甚至流露出一丝蔑视。她也一样,是个农民,这些人是几乎不会尊敬有钱不赚的人的。她先是说:"这对他的女人来说太不幸了。"过了一

会儿又说:“那倒是的……机会来了就不应该让它溜走……”她的结论是:

“您说得对,老爹,欠债就要还钱。”

夏希尼奥则咬牙切齿地重复着:

“这个蠢货!这个蠢货!”艄公一边听着他们的对话,一边沿着渡船撑长篙,他忍不住也参与了进来:

“待人可别这么凶,夏希尼奥老爹……去找执达吏对您有什么好处呢?您把这些可怜的人卖了,就能得到什么便宜吗?既然您有办法,就再等一等吧。”

老头仿佛被咬了一口,猛然转过身来:

“我让你说话了吗?你这个饭桶!你也算得上是那些爱国者当中的一个……如果不是你让人感到可怜!五个孩子,家里没有一分钱,却跑去当炮手玩,又没有人逼你这样做……您倒是说说看,先生(我想他是在跟我说话,这个无耻之徒!),这么做对我们有什么好处?比如说他吧,他得到的好处就是脸上破了相,丢掉了原先不错的职位……现在他就像一个波西米亚人,住在四面透风的破屋里,害得孩子生病,老婆洗衣服洗得连腰都直不起来……这样的人,他不也是个蠢货吗?”

艄公的脸上闪过一丝怒色,在他苍白的脸上,我看到了那道深深的白色刀疤;不过他还是竭力克制住自己,把满腔的怒火移到了长篙上,他将长篙深深插入河泥之中,直到弄弯为止。他再多说一个字,就可能再次失去现在的职位:因为夏希尼奥先生在本地很有权势。

他是镇议会的议员。

旗手

(一)

这个团的士兵正在铁路的斜坡上战斗,集结在对面树林下的整个普鲁士军队向他们倾泻着所有的火力。双方仅隔着八十米的距离相互射击。军官们叫着:“卧倒!……”但没有人服从命令,骄傲的士兵们挺立着,聚集在军旗周围。西下的夕阳照着抽穗的麦子和青青的牧草,在一望无际的地平线上,这群饱受战火折磨的士兵被混沌的硝烟笼罩着,犹如旷野上的羊群,突然遭到了特大暴风雨第一阵狂风的袭击。

此时,落在斜坡上的却是钢铁的枪弹!人们听见的只是排枪齐射的嗒嗒声、军用饭盒在战壕里沉闷的滚动声,以及子弹从战场的这一头穿到那一头时所传来的长久的振颤声,就好像是一件琴弦紧绷的乐器发出的音响,阴森而又洪亮。一面军旗竖立在战士们的头顶上方,迎着枪林弹雨高高飘扬,有时它会在硝烟中倒下。这时,一个低沉而高傲的声音就会响起,它盖过了所有的枪炮声、嘶哑的喘息声和伤员的诅咒声:

“保护军旗,孩子们,保护军旗!……”

话音刚落,一名军官就会一跃而起,在红色的烟雾中,他模糊得就像一个影子。就这样,英雄的标志重获新生,继续高高地飘扬在战场之上。

它已经倒下了二十二次,旗杆带着士兵身体的余温,从垂死的双手滑落！……然而，它又被重新抓住、举起了二十二次。当太阳落山、幸存的士兵——全团人马就剩下几个人了——开始且战且退时，奥尔奴中士手中的军旗已经成了一块褴褛的破布。奥尔奴中士是今天的第二十三名旗手。

（二）

这个奥尔奴中士是一个有着三个臂章[①]的老家伙，只会勉强写自己的名字，服了二十年的役才得到一个士官的军衔。作为一个捡来的孩子，他经历了种种磨难，而军营生活又让他变得木讷、迟钝，这一切都可以从他那又低又执拗的额头、被背包压弯的脊背，以及随队士兵那木然的步伐中看出来。除此之外，他还有点口吃，不过，做旗手是不需要口才的。战斗结束后的当天晚上，上校对他说：

"你得到军旗了，勇敢的人；好吧，好好保管它。"于是，随军食品小卖部的女管理员立刻在他那件饱受风雨和战火的破旧的军大衣上，镶上了上尉的金色滚条。

这是他谦卑的一生中唯一的骄傲。这名老兵的腰杆子一下子直了。这个可怜的人一直习惯躬着背走路，两眼只看着地面；从此，他的脸上充满了骄傲，他总是抬起眼睛，注视这面褴褛的军旗在风中飘扬，他笔直地高举着它，举过了死亡，举过了背叛，举过了溃逃。

您从来没见过像战场上的奥尔奴那么幸福的人。他双手擎着旗杆，将它牢牢地套在皮套中。他一言不发，巍然不动，严肃得就像神甫一般，仿佛手里拿的是一件圣物。他的全部生命、全部力量，都集中在他的手指上和眼睛里：他的手指紧握着这面美丽的金色破旗；他的眼睛则挑战地直视着普鲁士人，仿佛在说："你们倒是试试看，来把它从我手里夺走呀！……"

没有人来试，甚至连死神都没有。在经过了波尔尼之战[②]、格拉夫洛特

---

① 旧时法国军队给重征入伍的士兵颁发臂章，以证明其军龄长久；也可以向其他士兵颁发臂章，以证明其参加过某次战役或负过几次伤。

② 1870 年 8 月 14 日发生于法国东北部城市梅斯附近的一场战斗，普鲁士军队向撤退途中的法国军队发起攻击，法国军队奋起应战，击退了进攻。

之战①,以及其他最为惨烈的战斗之后,军旗已经是千疮百孔、伤痕累累,但尽管如此,它仍然在转战南北;而握着这军旗的,一直是这位老奥尔奴。

(三)

接下来是九月份,部队撤进了梅斯②,城市被普军包围。在这漫长的等待中,大炮在泥浆里生锈,世界上第一流的军队因无所作为、缺乏给养、断绝消息而士气低落,他们在自己的枪架下焦虑烦躁,厌倦不安。无论是长官还是士兵,所有人都悲观绝望,只有奥尔奴一个人依然满怀信心。他那面破烂的三色旗代替了一切,只要他感觉到它的存在,就相信什么都没有失去。不幸的是,因为没有了战斗,上校把军旗保存在梅斯郊区他自己的家里了。正直的奥尔奴犹如一个有着嗷嗷待哺的孩子的母亲,总是对军旗牵肠挂肚。于是,每当思念过于强烈时,他就跑着到梅斯去,只是为了看到军旗仍在原地,静静地靠着墙边。回来后,他勇气倍增,耐心十足;同时,他还把梦想带回了湿透的帐篷,那是战斗的梦想,前进的梦想,让三色旗迎风展开,在普鲁士军队战壕上飘扬的梦想。

可是,一条由巴赞元帅发布的命令③使所有这些梦想全都破灭了。一天早晨,奥尔奴醒来时,看到整个军营都沸沸扬扬的;士兵们三五成群地聚在一起,情绪高昂,表情激愤,他们一边怒吼着,一边朝城里的同一个方向挥舞着拳头,仿佛愤怒是针对某一个罪魁祸首的。他们叫道:"把他抓起来!……枪毙他!……"军官们则对士兵听之任之……他们走到一边,低着头,好像在自己的部下面前羞愧难当。这的确是一个奇耻大辱。有人刚刚向十五万装备精良、身强力壮的士兵们宣读了元帅的命令,要他们一枪不发地向敌人投降。

"那军旗呢?"奥尔奴脸色苍白地问。

---

① 1870 年 8 月 18 日发生在法国东北部城市梅斯以南的另一场战斗,普法两军展开激烈厮杀,以法军撤进梅斯、梅斯被围而告终。

② 法国城市,位于法国东北部边境,摩泽尔河畔。

③ 1870 年 10 月 17 日,被困于梅斯的法国莱茵军司令巴赞元帅下令,向普鲁士军队投降。

军旗和剩下的枪支、辎重以及所有东西一起，缴给普鲁士人……

“天……天……天杀的！”可怜的人结结巴巴地说。“他们别想拿走我的军旗……”说着他就向城里跑去。

（四）

城里也一样乱哄哄的。国民自卫队、有产者，还有别动队呼喊着，闹腾着。一批批代表团浑身颤抖地走过，去拜访元帅。奥尔奴则对周围的一切不闻不问。他一边走在通往郊区的路上，一边自言自语道：

“夺走我的军旗！……得了！这可能吗？他有这个权力吗？让他把自己的东西缴给普鲁士人好了：他那些华丽的镀金四轮马车，还有从墨西哥带回来的整件制成的漂亮金属餐具！可是，那面军旗是我的……它是我的荣誉。我不准别人碰它。”

所有这些片言只语都因为奔跑和结巴而变得支离破碎；但是，这老家伙的内心深处却打定了主意！这主意既明确又坚决：取回军旗，把它带回部队，和所有愿意跟随它的士兵一起，打败普鲁士人。

当他来到上校家时，门卫连门都不让他进。上校也在发怒，不想见任何人……可奥尔奴却不这么认为。

他谩骂着，叫喊着，推搡着值勤的士兵：“我的军旗……我要我的军旗……”最后，终于有一扇窗户打开了：

“是你吗，奥尔奴？”

“是我，上校，我……”

“所有的军旗都在军械库……你只要去那里就行了，他们会给你一张收条的……”

“收条？……要收条干什么？”

“这是元帅的命令……”

“可是，上校……”

“别烦我了！……”

窗户重新关上了。

老奥尔奴像喝醉了酒似的踉踉跄跄。

“一张收条，一张收条……”他机械地重复着……最后，他继续上路，脑子里只有一个念头，就是军旗在军械库里，必须不惜一切代价把它取回来。

（五）

军械库的大门全都敞开着，以便让排队等在院子里的普鲁士军车通过。奥尔奴进去的时候感到一阵战栗。所有的旗手都在那里，大约有五六十名军官，大家都神情悲哀，一言不发；灰暗的军车停在雨中，军车后面聚集着旗手们，人人都光着脑袋：这场面无异于一场葬礼。

巴赞部队的所有军旗都堆在一个角落里，混乱地放在满是泥浆的石板路上。这些色泽鲜艳、褴褛不堪的丝质军旗，这些镶着金丝流苏、做工精致的旗杆碎片，所有这些荣誉的象征都被扔在地上，溅满了雨水和污泥，没有什么比这更令人悲哀的了。一名行政军官在一面一面地清点军旗，每叫到一个部队，所属的旗手就走上前去，领回一张收条。两个普鲁士军官态度生硬、面无表情地监督着将物资装车。

你们就这么走了吗，神圣光荣而破碎的军旗？你们展开着撕裂的旗面，凄凉地扫过路面，宛若折断了翅膀的鸟儿！你们带着美好事物惨遭玷污的耻辱而去，而随着你们当中每一面旗帜离开的，都是法兰西的一部分。在你们熨烫过的褶痕之间，还留着长途征战的阳光。在累累的弹痕之中，你们保存着对无名烈士的记忆，他们就这样倒在了被敌人瞄准的军旗下面……

“奥尔奴，轮到你了……他们在叫你……快去领收条吧……”他要领的确实是收条！

军旗就在这儿，在他面前。这正是他的那面，是所有旗帜中最漂亮、最残缺不全的一面……看到它，他觉得自己还在那座斜坡上面。他听见了呼啸的子弹声、破碎的饭盒声，还有上校的说话声：“保护军旗，孩子们！……”接着，二十二名战友倒下了，他是第二十三个冲上前去重新扶起军旗的，他举起了这面因失去旗手的臂膀而摇摇欲坠的可怜的旗帜。啊！那一天，他曾发誓要捍卫它，要留住它，直到献出生命。可现在……

想到这里，他浑身的血液都涌上了脑袋。他仿佛喝醉了一般，发狂地冲向普鲁士军官，从他手里夺过心爱的军旗，紧紧地攥在手中；然后，他试图再次把它举起来，举得又高又直，一边喊着："保护军……"可是，他的话哽在了喉咙里。他感到旗杆在抖动，在他手中慢慢滑落。疲乏和死亡的气氛沉重地笼罩在这个投降城市的上空，在这样的气氛下，军旗再也飘扬不起来了；任何有自豪感的生命都不能存在……老奥尔奴中弹倒地了。

沙文之死

我第一次碰见他是在火车的车厢里，那是八月的一个星期天，当时所谓的“西班牙—普鲁士事变①”刚刚开始。尽管我从未见过他，但我还是一眼就认出了他。他又高又瘦，头发花白，脸色通红，鼻似鹰钩，圆睁的双眼总是充满了愤怒，只有在看到车厢一角那位受过勋的先生时才显露出一丝温和的神色；他的额头既低又窄，一副固执的样子，在这样的额头上，同一种想法在同一个位置反复雕琢，终于留下一道唯一的、很深的皱纹，颇有帝国主义者憨憨先生②的风格；不过最为特别的，是他在说“法兰西”和“法兰西国旗”时，总是非常厉害地卷起舌头来发小舌音“r”……我心想：“他就是沙文！”

的确是沙文，他穿戴漂亮，语调激昂，动作夸张，总是用手中的报纸鞭挞着普鲁士；进入柏林时，他高高地举着手杖，如痴如醉，对周围的一切听而不闻、视而不见，愤怒得近乎疯狂。在他看来，局势不能再拖延下去，双方也没有和解的可能性。战争！必须不惜一切代价打一场战争！

“可是，要是我们还没有准备好怎么办，沙文？”

“先生，法国人永远枕戈待旦！……”沙文直起身回答道。

从他竖起的小胡子下面，蹦出一连串急促的“r”，连火车的车窗都为之震动……真是个既恼人又愚蠢的家伙！对于那些跟他名字有关的、老掉牙

---

① 指的是法国和普鲁士围绕着西班牙王位继承人而发生的争端，该争端导致了1870年普法战争的爆发。

② “帝国主义者憨憨先生”是法兰西第二帝国时人们为警察起的绰号，因为后者过于死板和严厉。这个绰号起源于多米埃笔下的一个漫画人物。

的嘲讽和故事，我是再了解不过了！而他的可笑，也因此而为人所熟知。

自从第一次见到他之后，我发誓今后要躲着他；然而，奇怪的是，他似乎命里注定要时时刻刻出现在我的眼前。先是在国会，那一天，格拉蒙先生[1]庄严地来到那里，向我们的元老们宣布战争爆发的消息。在一片颤颤巍巍的喝彩声中，一声洪亮的“法兰西万岁”从旁听台上传来，我看到在上面的帷幔里，沙文正挥舞着他那长长的胳膊。不久以后，我又在歌剧院里看到他，他站在吉拉尔坦[2]的包厢里，要求演员们唱《德国的莱茵河》[3]，演员们还不会这首歌，他就对他们叫道：“这么说，学唱《德国的莱茵河》要比攻占德国的莱茵河花更长的时间了！……”

很快，他就像幽灵一样出现在我周围。无论是马路拐角还是林荫大道，到处都可以看到这个荒谬的沙文，站在长凳上或桌子上，在战鼓中、在旗帜中、在《马赛曲》的歌声中，向出征的士兵分发雪茄烟，向军队的救护车喝彩；他那狂热而通红的脑袋在人群中鹤立鸡群，吵闹、夸张、咄咄逼人，以至于令人觉得整个巴黎有六十万个沙文。简直只有把自己关在家里，紧闭门窗，才能逃脱这难以忍受的景象。

然而，维桑堡战役、福尔巴克战役[4]，以及一系列其他的灾难，似乎将我们忧郁的八月变成了一场连续而漫长的噩梦——一个狂热而沉重的夏天的噩梦；在此之后，您还能有什么办法正襟危坐呢？每当报纸有了新闻，或政府出了公告，焦虑便沸沸扬扬地弥漫开来，使一张张惊恐不安的脸整夜地在煤气路灯下徘徊，而您又怎么能置身于这焦虑之外呢？那些天的晚上，我又看见了沙文。他来到大街上，在一群又一群默默无语的人中间高谈阔论；不管如何，他总是充满希望，好消息不断，对胜利坚信不移，他不厌其烦地重复着：“俾斯麦的白衣重骑兵早已被我们杀得片甲不留……”

---

① 格拉蒙公爵是拿破仑三世的最后一位外交部长。

② 埃米尔·德·吉拉尔坦(1806—1881)，法国报业巨头，法国第一份大发行量廉价日报的创始人。

③ 《德国的莱茵河》是法国诗人缪塞创作于1841年的爱国诗歌，这首诗获得了极大的成功。

④ 福尔巴克位于法国洛林地区的摩泽尔省，1870年8月6日，弗罗萨尔将军指挥的法国军队在此大败。

奇怪的是，我觉得沙文已经不像原先那样可笑了。尽管他说的话我一个字都不相信，但这没关系，他的声音让我开心。透过这个讨厌的家伙的盲目、狂热、自大和无知，您可以感觉到一种热烈而顽强的力量，就像身体里有一团火，温暖着您的心。

在这漫长的围城期间，在这以狗食和马肉充饥的可怕冬季，我们真的需要这样一团火。所有巴黎人都可以证明：要是没有沙文，这座城市连一个星期都坚持不住。围城一开始，特罗胥就曾说过：

“他们可以随时进城。”

可沙文却说：“他们休想进来。”

沙文有信心，特罗胥没有。沙文相信一切：他相信经过公证的方案，相信巴赞，相信突围；每天夜里，他都能听见从埃当普[①]方向传来的尚齐将军[②]部队的炮声，以及费戴尔布将军[③]的狙击手从恩格彦[④]射出的枪声；更有甚者，这位英雄笨伯的灵魂终于感染了我们，使我们也和他一样，听见了这些枪炮声。

正直的沙文！

在昏黄低沉、雪花纷飞的天空中，他总是第一个发现鸽子细小而洁白的翅膀。每当甘必大向我们发来达拉斯贡式的激昂命令，站在区政府门前以洪亮的声音朗读的总是沙文。在十二月那些艰苦的夜晚，当排着长队的人们在肉店门口瑟瑟发抖、愁眉苦脸的时候，沙文勇敢地加入了排队的行列；正是因为有了他，所有那些饥寒交迫的人才有力量笑、有力量唱歌、有力量在雪地里跳圆圈舞……

“啦啦啦，让他们过去吧，洛林的普鲁士人。”沙文吼着唱歌的时候，边上的人用木鞋打着节拍，一时间，羊毛软帽下那些苍白的脸仿佛有了一丝生机。可惜！这一切都没有任何作用。一天晚上，我走过特鲁奥大街的时候，

---

① 城镇名，位于巴黎南部的埃松省。

② 阿尔弗雷德·尚齐（1823—1883），法国将军，1870 年普法战争期间指挥卢瓦河军，阻击普鲁士军队直至 1871 年 1 月。

③ 路易·莱昂·恺撒·费戴尔布（1818—1889），法国将军，1870—1871 年间指挥法国北方军，以英勇抵抗普鲁士军队而著名。

④ 城镇名，位于巴黎北部的瓦尔德瓦兹省。

看见一群人焦急而又无声的聚集在区政府附近;偌大的巴黎没有马车,也没有灯光,我只听见沙文庄严的声音在回荡:

“我们去占领蒙特勒都高地①。”

一周之后,一切都结束了。

从那时起,沙文总是隔很长时间才出现一次。我曾经有两三次在大街上看到他,他正手舞足蹈地大谈复仇——小舌音“r”仍然那么振动;但是再也没有人听他讲了。在巴黎,富人们萎靡地不再想找回他们的快乐,穷人们则倦怠地无心再表达他们的愤怒,可怜的沙文无论怎样挥舞他的长臂也无济于事,看到他,人们不再聚拢起来,而是一哄而散。

一些人称他:“讨厌鬼。”

另一些人称他:“告密的家伙!”

接着是暴动的日子:红旗、公社,巴黎落入了奴隶们的手中。沙文成了可疑分子,再也不能走出他的家门。可是,在拆卸旺多姆圆柱的那个著名日子,他好像也来到了现场,躲在旺多姆广场的某个角落里②。人们猜到他会混迹在人群中。那些流氓们尽管没有见到他,但还是在辱骂他:

“喂,沙文!……”他们叫道。

当圆柱倒下的时候,站在参谋部窗前喝着香槟的普鲁士军官们举起酒杯,操着带有口音的法语嘲讽道:

“哈!哈!哈!沙文先生。”

从那天起一直到五月二十三日③,沙文再也没有出现过。这个不幸的家伙躲在一个地窖的深处,绝望地听着法国军队的炮弹呼啸着在巴黎的房屋顶上飞过。终于有一天,乘着炮击的间隙,他冒险来到了外面。大街空空如也,仿佛被拓宽了一样。一边是架着大炮、飘着红旗、气势汹汹的街垒;街

---

① 1871年1月19日,法国军队为了打破普鲁士军队对巴黎的围困,在巴黎远郊的布森瓦尔城堡附近发动了一场突围战斗;在这场战斗中,蒙特勒都是法国军队攻占的目标之一。

② 1871年5月16日,在画家库尔贝的建议下,巴黎公社将炫耀拿破仑战功的旺多姆圆柱拆下并捣毁。

③ 在镇压巴黎公社的“血腥的一星期”中,五月二十三日是一个重要的日子:悌也尔率领的凡尔赛军队占领了巴黎的制高点蒙马特高地,并且夺取了歌剧院广场,这使巴黎公社在军事上处于十分不利的地位。

的另一头，两个来自万森讷的轻步兵在沿着墙根前进，他们躬着腰，枪指着前方：凡尔赛的军队刚刚进入巴黎……

沙文的心怦怦直跳："法兰西万岁！"他叫着朝士兵们冲过去。他的嗓音消失在两声枪响之中。出于凶恶的误解，这个倒霉鬼夹在敌对的双方之间，被原本是彼此瞄准对方的枪弹打死了。有人看见他翻滚在被撬去铺路石的大街中央，他的尸体在那里留了两天，双臂张开，面无生气。

沙文就这样死了，死于内战。他是最后的法国人。

阿尔萨斯！阿尔萨斯！

几年前，我曾经去阿尔萨斯旅行，那是我最美好的回忆。不是坐火车，因为那种乏味的旅行给您留下的印象，只能是被铁轨和电报线分割得七零八落的景色；而是徒步行走，身背行囊，手持硬棍，身边跟着一个不那么唠叨的同伴……这是一种美好的旅行方式，您所看到的一切都能久久地留在记忆之中！

特别是现在，阿尔萨斯已被封锁，从前对这片被割让的国土的印象，连同在它美丽的乡间长久漫步所获得的意想不到的趣味，全都重新浮现在我的脑海里：森林沐浴在阳光之中，宛若绿色的帷幔，树立在宁静的村庄上面；在山角的转弯处，教堂钟楼和工厂随处可见，潺潺的小溪穿越其中，还有锯木厂和磨坊，有时，在一片嫩绿的平原上，会突然闪现出一件不曾见到过的色彩鲜艳的服装……

每天早晨，天刚破晓，我们就起床了。

"先生！……先生！四点钟了！"客栈的伙计带着浓重的口音朝我们叫道。

我们赶忙跳下床，收拾好行囊，摸索着走下嘎嘎作响、摇摇欲坠的木头楼梯。出发之前，我们在楼下客栈的大厨房里喝上一杯樱桃酒，那里早就燃起了炉火；枝蔓颤抖着，令人不禁猜想到门外的雾霭和潮湿的玻璃窗。接着，我们便上路了！

刚开始非常艰苦。此时此刻，前一天所有的疲惫都重新向您袭来。人和天空都还是睡眼朦胧的。然而，冰冷的晨露渐渐消失了，雾气也在阳光下消散……我们行走、前进……暑气过于凝重时，我们就在一眼泉水或一道小溪边停下来吃饭，然后便躺在草地上，枕着潺潺的水声酣然入睡，直到一只大黄蜂像子弹一样振着翅膀从身边一擦而过，把我们惊醒……暑气退去后，我们重新上路。不一会儿，太阳开始西斜，路程似乎也随之在逐渐地缩短。我们寻找一个目标，一个栖身之地，接着就筋疲力尽地躺在客栈的床上，或者是敞开的谷仓里，再或者是草垛下；我们头顶满天星空，聆听鸟的鸣叫、树叶下昆虫的蠕动，以及轻微的跳跃、无声的飞翔。在我们疲惫不堪的时候，这些夜的声音仿佛就是梦的序幕……

我们遇见的那些美丽的阿尔萨斯村庄全都散落在路边，它们都叫什么呢？现在，我已记不得任何名字，但这些村庄是如此相似——特别在上莱茵省——以至于我尽管是在不同时刻穿过了它们，但见到的却好像只有一座村庄；宽阔的大街，镶着铅框的小彩绘玻璃，窗边爬满了啤酒花和玫瑰花，老人倚在栅栏门上抽着巨大的烟斗，女人则俯在上面高喊着街上的孩子……我们早晨经过的时候，一切还在沉睡，勉强可以听见马厩里草料在簌簌作响，狗在门下呼呼地喘着粗气。再走两里路，村庄开始苏醒。百叶窗打开的声音，水桶碰撞的声音，街上排水沟灌满的声音；奶牛一边迈着沉重的脚步走向饮水槽，一边用长长的尾巴驱赶着苍蝇。再走远一点，看到的仍然是同一座村庄，只不过在夏季的午后，它显得非常寂静；唯有蜜蜂嗡嗡地叫着，顺着向上伸展的树枝，一直爬到木屋顶上；一阵阵单调而冗长的歌声从学校里传来。有时，走到一个地方的尽头——这里不仅是某座村庄的偏僻角落，甚至也是整个省份的偏僻角落——可以看到一幢三层楼的白色房屋，门前挂着一块崭新锃亮的保险公司招牌，或是公证人的盾形标识，再或者是医生的门铃。从房屋前走过时，可以听见用钢琴弹奏的华尔兹——一首稍稍有点过时的乐曲，从绿色的百叶窗里传出，落在洒满阳光的大街上。晚些时候，黄昏降临，牲口开始回棚，工人们也从纱厂下班。人声鼎沸，你来我往。所有人都站在家门口，街上是成群的金发孩童，家家户户的玻璃窗被不知何处射来的夕阳的余晖照得通红……

我至今仍能满怀幸福地想起的，是星期天上午做礼拜时的阿尔萨斯村庄；大街上空空荡荡，房屋里杳无一人，只有几个老人在门前晒太阳取暖；教堂里却挤满了人，明亮的蜡烛给彩绘玻璃蒙上了一层美丽而渐弱的玫瑰色调，经过那里时，能听见一阵阵的素歌声，一个唱诗班的孩子穿着猩红的长袍，灵巧地穿过广场，他光着头，手里捧着香炉，去面包店借火……

有时，我们也会接连好几天不进村庄。我们寻找矮树林，寻找遮荫的小道，这些细长的小树林沿着莱茵河，美丽的绿色河水流到这儿，便消失在昆虫嗡嗡乱叫的沼泽里。透过稀稀拉拉的树枝，大河展现在我们眼前，河上漂着的木筏和小船满载着从岛上割来的草料，自己也像是散落在河中的小岛，随着水流，越行越远。然后，是连接罗讷河和莱茵河的运河，运河沿岸有一条长长的杨树林带，杨树绿色的树梢交织在一起，浸在亲密无间的河水中；而河水则仿佛被狭窄的堤岸锁住了一样。陡峭的河岸上，时不时会有一座船闸管理人的小木屋，孩子们赤着脚在船闸的横杠上跑来跑去，在飞溅的浪花中，木筏队缓缓地前进着，占满了运河的整个河面。

等我们在弯弯曲曲的小路上闲逛尽兴之后，就回到通往巴塞尔①的笔直而洁白的大路上，路边栽满了核桃树，树荫带来阵阵清凉，孚日山脉②在路的右边，左边则是黑森林③。

噢！骄阳似火的七月，在通往巴塞尔的大道边的浅沟里，我舒展身子，平躺在干草上歇息，多么惬意！山鹑隔着田野相互呼唤，头顶上的大道却喧闹得令人伤感。那是马车夫的咒骂声、铃铛声、车轴声，还有碎石工人的铁镐声；一名警察策马疾驰而过，惊动了一大群正在行走的鹅；小贩们背着大包小包，疲惫不堪；邮递员身穿镶有红色滚边的蓝色制服，突然离开大道，蹿进两旁长着野篱的小路，野篱的尽头，人们感觉到有村落，有农庄，有一种与世隔绝的生活……

还有那些徒步旅行过程中美好而意外的收获：漫无尽头的近道；马车轮子碾压的和马蹄踩踏出的惑人的小路，把您一直带到田野的中央；房门好像聋子，不愿打开；客栈里住满了客人；还有暴雨——夏季特有的大暴雨——在炙热的空气中很快蒸发干净，以至于平原、羊群身上的毛，甚至牧羊人的宽袖外套，都冒着袅袅的水汽。

---

① 瑞士城市，位于莱茵河畔。

② 位于法国东北部，莱茵河左岸。

③ 位于德国西南部，呈东北—西南走向，长约一百六十公里，是著名的旅游和疗养胜地。

我记得有一次，我们从阿尔萨斯的圆形山顶下来，正在穿越树林的时候，遭到了一场可怕的暴风雨的袭击。我们离开山顶客栈时，乌云还在我们的脚下。只有几棵杉树的树顶露出云端；可是，我们越是往下走，越是主动地进入风雨冰雹之中。不久，我们就身陷其中，被雷电交织起的大网牢牢地缠住。在离我们很近的地方，一棵杉树被雷击中，倒了下来。我们冲下一条供运木撬行驶的小道，透过瓢泼大雨，看到一群小姑娘躲在岩缝中避雨。她们惊恐万状地挤在一起，双手紧紧地抓着印花棉布围裙和小柳条篮，篮子里装满了刚从树上采下的黑色越橘。越橘闪着点点光亮，而那些从岩缝深处注视着我们的黑色小眼睛也像湿漉漉的越橘一样。这棵倒在山坡上的大杉树，这些隆隆的雷电，这些衣衫褴褛却不失可爱、老爱往森林里跑的小家伙们，所有这一切都仿佛是施密特司铎[①]的童话故事……

同样，当我们回到鲁什古特客栈时，那里的炉火是多么温暖！火在壁炉里烧得那么旺，烘干了我们的衣服；与此同时，炒鸡蛋也在炉火中做好了——那是无法模仿的阿尔萨斯炒鸡蛋，如蛋糕一样清脆、金黄！

这场暴风雨过后的第二天，我目睹了一个激动人心的场面：

在通往丹纳玛丽[②]的绿篱小路的一个拐角处，一块茂盛的麦田遭到了暴雨和冰雹的洗劫，麦子倒在地上，田地被冲出一条条水沟，折断的麦秆纵横交错，乱七八糟地撒落在那里。成熟的麦粒从沉甸甸的麦穗上掉下，落在泥浆里；小鸟们拍打着翅膀，扑向这原本可以收割、现在却已成泡影的粮食，它们在满是湿麦秆的水沟里跳跃，弄得麦粒四处飞舞。在这个阳光灿烂、晴空万里的天气里，这样的掠夺真是惨不忍睹……在这块被毁坏殆尽的麦田边，站着一个高个子的驼背农民，他穿着老式的阿尔萨斯服装，默默地注视着这一切。他的脸上真切地流露着痛苦，但同时又显得隐忍而平静，怀着一种模糊而难以名状的希望，仿佛是在说：在倒伏的麦穗下面，这片土地依然属于他，它肥沃、忠诚、生机勃勃；只要土地还在，就不应该失去希望。

---

① 克利斯朵夫·冯·施密特，人称施密特司铎(1768—1854)，德国著名童话作家。

② 法国城镇，位于阿尔萨斯的上莱茵省。

沙漠旅行队客店

每当我想起第一次走进阿尔及利亚的沙漠旅行队客店时所感受到的那种幻想破灭的感觉时，总会忍不住想笑。“沙漠旅行队客店”这个漂亮的字眼，渗透着《一千零一夜》所描述的令人眼花缭乱的整个仙境般的东方，它在我的想象中竖起了一排排尖形的穹窿长廊，和种满了棕榈树的摩尔式庭院，庭院里一条细小清冽的水流缓慢而伤感地滴在釉陶方砖上；四周，趿着拖鞋的旅行者躺在凉席上，躲在露台的阴凉处抽烟斗。在炎炎烈日下，从沙漠旅行队的歇脚之处，升起一股浓烈的麝香味、烧焦的皮革味，以及玫瑰香精味和金色烟草味……

文字总是比事物本身更富有诗意。我看到的沙漠旅行队客店和想象中的并不一样：客店里冬青树的枝条，大门边的石凳，还有在庭院、货场、粮仓和马厩里来来往往的人群，这一切使它更像是巴黎地区的旧客栈，那种大路边上的客栈、运货马车的车站，或是邮政驿站。

这里远没有我的《一千零一夜》之梦。然而，当最初的幻灭过去之后，我很快就体会到了这座兼有欧洲和北非风格的旅店的魅力和优美：它隐居在阿尔及尔一百多里之外广袤无垠的平原之中，平原的尽头，蓝色的山峦宛若波浪紧紧相连。一边是田原风光的东方乡村，有玉米田、沿岸种着夹竹桃的小河，和几座古墓的白色穹顶；另一边是大路，给这《旧约》中的景色带来欧洲生活的喧嚣和热闹。正是这东方和西方的混合体、这现代阿尔及利亚的生花妙笔，才使勋茨夫人的客店显得如此有趣、如此特别。

我至今还记得特雷木森[①]的驿车驶进客店大院、来到骆驼中间的情景，那些骆驼全都蹲在地上，满驮着呢斗篷和鸵鸟蛋。货棚下面，几个黑人在做古斯古斯饭[②]，一些移殖民在为一架犁模拆包，还有几个马耳他人在量麦子用的量斗上打牌。旅行者们走下驿车，客店的伙计帮他们换马；院子被挤得水泄不通。两名警察停在厨房前，脚不离蹬地喝着酒，仿佛是身披红色斗篷的蓝宝石，在为客店的姑娘们表演骑术；一个角落里，穿着蓝色长统袜、头戴鸭舌帽的阿尔及利亚犹太人一边躺在羊毛包裹上睡觉，一边等候集市的开张；因为，每星期都会有两次大型的阿拉伯集市在客店的墙脚下举行。

在那些日子里，每当我早晨打开窗户，跃入眼帘的总是乱七八糟的小帐篷和熙熙攘攘、五颜六色的人潮，卡比尔人[③]的红色小圆帽如同绽放在田间的虞美人一样鲜艳夺目，叫喊声、吵闹声，以及阳光下攒动着的身影，一直要持续到晚上才结束。太阳刚落山，帐篷就被收了起来；人和马全都消失了，随着阳光远去，仿佛是一个纷飞的小小世界，被太阳裹在光线里带走了。高原光秃秃的，平原恢复了宁静，黄昏的一抹虹色从东方掠过天空，犹如肥皂泡一样瞬间即逝。在整整十分钟的时间里，全部空间都是玫瑰色的。我记得，客店的门前有一口老井，在落日余晖的照耀下，那陈旧的井栏仿佛成了玫瑰色的大理石；水桶里打上来的是通红的火焰，井绳上则流动着点点火珠……

渐渐地，这红宝石般美丽的颜色熄灭了，变成了丁香般忧郁的淡紫色。接着，丁香的淡紫色也舒展开来，越来越暗。一阵模糊的簌簌声掠过，一直传到广袤平原的另一头；突然，在黑暗和寂静之中，爆发出非洲之夜野蛮的音乐声、鹤鸟狂乱的嘶鸣声，以及豺狼鬣狗的吠叫声，远处传来一阵沉闷而近乎庄严的咆哮，使马厩中的马和庭院工棚下的骆驼都不寒而栗……

噢！拖着冻僵的身体，从茫茫黑暗中出来，走入沙漠旅行队客店的餐厅，在那里找到欢笑、温暖和光明，找到这鲜艳的桌布带来的美丽奢华，还有那具有法国特色的明亮的水晶器皿，这感觉是多么惬意啊！在餐厅里殷勤

---

① 城市名，位于阿尔及利亚的西部。

② 北非一种用粗麦粉团、牛羊肉、鸡肉或鱼加佐料等做成的食物。

③ 指居住在阿尔及利亚的柏柏尔人。

招待您就餐的，是米卢斯[①]从前的大美人勋茨夫人和她漂亮的女儿勋茨小姐；后者如花似玉而略微黝黑的面庞，和她那两侧带有黑色网眼的阿尔萨斯头巾，使她就像盖布维莱尔[②]或鲁什—古特[③]的一朵野玫瑰，上面停着一只蝴蝶……饭后吃甜点时，母亲给您的杯子里斟满的，是她女儿的眼睛还是自酿的阿尔萨斯葡萄酒？它那么金黄，泡沫又那么丰富，简直就像香槟酒一样！无论如何，沙漠旅行客店的晚餐在南方的营地里一直是享有盛名的……在那里，天蓝色的军服和轻骑兵镶着饰带和肋形胸饰的短上衣紧紧挨着；尽管夜色已深，但客店却依然灯火通明。

晚饭结束后，人们撤掉了餐桌，打开一架在那里沉睡了二十年的老钢琴，唱起法国歌曲；要不，在某一个劳特巴赫[④]的小提琴曲中，某一个挂着扁皮袋[⑤]的少年维特[⑥]会邀请勋茨小姐跳上一曲华尔兹。在军人们略嫌喧闹的快乐气氛中，在军服饰带、马刀和酒杯清脆的碰撞声中，音乐的节奏既忧郁又伤感，两颗随着节拍跳动的心被旋转的华尔兹包围着，山盟海誓般爱的誓言消逝在舞曲的最后一个和弦之中。您再也想像不出能有什么比这更加迷人了。

有时，客店会在晚上敞开大门，院子里则有马儿在踢蹬前蹄。那是附近的某一个阿迦[⑦]厌倦了他的三妻六妾，来这里尝试一下西方式的生活，听一听欧洲人的钢琴，喝几口法国的葡萄酒。穆罕默德在他的《古兰经》中训诫说："沾一滴酒都应该遭到诅咒"；但戒律总有可以妥协之处。每当酒杯斟满后，阿迦在饮用之前总要用指尖沾一滴酒，神色凝重地摇晃一番，然后把这滴该诅咒的酒驱赶走，接着，他就可以心安理得地将剩下的酒一饮而尽。当这位阿拉伯人被音乐和灯光弄得晕头转向之后，便就着自己的呢斗篷躺在地上，露出洁白的牙齿，无声地笑着，火辣辣的眼睛盯着旋转着跳华尔兹

---

① 法国城市，位于法国东北部的上莱茵省。

② 法国城市，位于法国东北部的上莱茵省。

③ 法国城市，位于法国东北部的上莱茵省。

④ 劳特巴赫(1832—1919)，德国小提琴家。

⑤ 1870 年以前法国骑兵的装备品，挂在马刀旁边。

⑥ 德国作家歌德的小说《少年维特之烦恼》中的主人公。

⑦ 阿尔及利亚的高级官吏，穆斯林的尊贵称号。

的人。

……可惜！那些陪勋茨小姐跳华尔兹的舞伴们现在在哪里呢？天蓝色的制服和英俊细腰的轻骑兵又在哪里呢？他们在维桑堡①的啤酒花田里，在格拉夫洛特②的驴食草丛中……再也没有人来勋茨夫人的客店喝自酿的阿尔萨斯葡萄酒了。那两个女人都死了，为了保卫遭到焚毁的客店，她们拿起步枪，同阿拉伯人战斗。从前如此热闹的客店，现在只剩下几堵烧焦的断垣残壁——那是客店房子的骸骨。院子里游荡着几只鬣狗。这里那里，矗立着一小部分残余的马厩，或一个在火灾中幸免的货棚，犹如是生命的显示；而风，两年来一直吹拂在我们可怜的法兰西上空的灾难之风，从莱茵河畔一直吹到拉古阿③，从萨尔河④一直吹到撒哈拉，它呜咽着吹过这些废墟，凄惶地拍打着房子的大门。

---

① 城市名，位于法国东北部下莱茵省，1870 年 8 月 4 日，在与普鲁士军队的交战中，由杜埃将军指挥的法国军队在这里遭到惨败。

② 城市名，位于法国东北部的洛林地区，1870 年 8 月 16 日，巴赞元帅率领的法国军队在这里与普鲁士军队展开激战。

③ 阿尔及利亚境内、撒哈拉沙漠北侧的一处绿洲。

④ 河流名，发源于法国北部，向北流经德国西部，注入莫塞尔河。

我的军帽

今天早晨，我在衣柜深处找到了被遗忘的军帽：灰尘遮住了它的光彩，帽檐早就磨出了线头，金属编号也已经生锈，看不出颜色，甚至没有了形状。看着它，我禁不住笑了起来……

“瞧！我的军帽……”

顿时，我想起了秋末的那一天，人们的激情炙热得如同太阳，我骄傲地戴着崭新的军帽，来到街上，用步枪猛砸玻璃橱窗，以便加入街区的部队，履行公民士兵的义务。啊！有谁胆敢说我不能单枪匹马拯救巴黎、解放法国？我肯定会把刺刀的整个刀尖全都捅进他的肚子……

人们是多么相信国民自卫军①呀！无论是在公园里、街心花园里，还是在大街上、十字路口，都有部队在列队和报数，军服中夹杂着工装，军帽中点缀着便帽；因为人们太匆忙了。至于我们，每天早晨都聚集在一个广场上，周围是低矮的拱廊和宽大的门，广场沉浸在雾和风之中。点名时，几百个名字滑稽地一连串报出，接着操练就开始了。一排排士兵双肘紧贴身体，咬紧牙关，跑步出发：“一二一，一二一！”我们所有人——高个子、矮个子、装腔作势的、病弱体衰的、身穿军服却怀着模糊记忆的，还有高高束着蓝色皮带、看上去像唱诗班孩子的天真汉们——都绕着这小小的广场跑步、转弯，浑身充满了活力和信仰……

---

① 指1789—1871年间由法国公民武装起来的军事组织，主要职责是保障国内秩序，抵御外来侵略。

如果没有大炮的声音，这一切就会显得非常滑稽。大炮声如同持续不断的伴奏，使我们的操练显得自在而且壮大，它盖住了过于尖细的命令，减轻了笨拙和愚蠢，在围困中的巴黎这出磅礴的音乐剧中，它的作用就像是舞台上的音乐，被人们用在戏里营造悲怆的气氛。

最美的时刻是我们上城墙的时候……我仿佛清楚地看到，在那些白雾蔼蔼的早晨，我自豪地在七月柱①前面走过，向它致以军人的敬礼："枪上——肩！……"还有夏罗那②漫长而挤满人群的大街，石板路滑得令我们简直无法走正步；接着，当我们走近堡垒的时候，冲锋的战鼓响了起来。"咚咚咚！……"我似乎身临其境……多么令人激动啊！这巴黎的边界，这些为大炮挖掘的绿色防御工事！工事里热闹非凡，到处是打开的帐篷、野营的炊烟，还有在高处游荡的缩小了的身影，仅有军帽的一截和刺刀的尖端露出在沙包堆的外面。

噢！我的第一次夜间执勤，在黑暗和大雨中一边摸索一边奔跑，巡逻队沿着湿透的工事滚爬、推搡，士兵们一个接一个地紧挨在路上，把队伍最后的我留在高得令人生畏的蒙特勒伊城门上。那天夜里的天气可真糟糕！城市和乡村笼罩在一片寂静之中，只听见风在城墙周围呼啸，吹弯了哨兵的腰，吹走了口令，吹得城下巡逻道路上的旧路灯玻璃啪啪作响！我总好像听见普鲁士枪骑兵拖着马刀的声音，于是我站在那里，高举着武器，嘴里不停地问："什么人！"突然，雨变得更冷了。巴黎的天空开始泛白。可以看见一幢高楼、一座穹顶高高地显露出来。远处驶过一辆马车，教堂的钟楼在敲钟。巨人般的城市正在苏醒，在早晨的第一丝战栗中，它略微震撼了周围的生活。工事的另一面，一只公鸡在鸣唱……我的脚下，在仍然黑漆漆的巡逻道路上，传来一阵脚步声和铁器的碰撞声；我用可怕的嗓门叫道："站住！什么人？"一个细小、腼腆而颤抖的声音在晨雾中传上来：

"卖咖啡的！"

还能有什么办法？那时候围城刚刚开始，我们这些天真的民兵总以为

① 位于巴黎的巴士底狱广场，于1840年4月28日建成，旨在纪念牺牲于"光荣的三天"的革命者。"光荣的三天"指1830年7月27—29日，即七月革命中巴黎人民开始武装起义直到攻占杜伊勒里宫推翻查理十世的三天。

② 城镇名，于1860年并入巴黎。

普鲁士人将要从要塞的战火下穿过，兵临城下，在一个晴朗之夜，呼叫着，在黑暗中摇曳着火把，架起云梯，爬上城来……有着如此丰富的想象力，难怪我们要乱发警报了……几乎每天夜里，都会有"拿起武器！拿起武器！"的叫喊，大家惊跳着醒来，相互推挤着穿过被推倒的枪架，军官们惊恐地对我们叫："镇静！镇静！"试图以此使他们自己镇静下来；后来，天色大亮，人们看到的是一匹倒霉的马挣脱了缰绳，一边在要塞上蹦跳，一边吃着工事上的青草；它根本不会想到，区区一匹马，却被当作了一小队身穿白色军服的普鲁士重骑兵，而且曾经是整座全副武装的要塞所瞄准的靶子……

这一切都是我的军帽给我的回忆；那是说不尽的情感、历险和景致。楠泰尔、库尔讷夫、穆兰—萨凯①，还有马恩河那美丽的一角②，在那里，英勇无畏的九十六营③第一次，也是最后一次接受了战火的洗礼。普鲁士军队的大炮就在我们对面，在小树林后面的公路边一字排开，好像是一道宁静的篱笆，可以透过树枝看到冒出的硝烟；我们被统率遗忘在露天的铁路线上，那里，炮弹如雨一般落下，带来震耳欲聋的撞击，迸出阴森可怕的火星……啊！我可怜的军帽，那天你并不那么勇敢，你行了好几次军礼，甚至让我把腰弯得比规定的还要低。

不过没关系，这些都是美丽的回忆，有些滑稽，但略带一点英雄主义；你还能带给我一些其他的回忆吗……可惜，这其中也有巴黎的夜间执勤、设在待租店铺里的哨所、令人窒息的火炉、上过防水漆的长凳，以及站在市政府门前站岗放哨的单调乏味——冬日的泥泞使市政府广场变得湿漉漉的，将整座城市倒映在小溪般的流水中；还有在路边充当警察、踩着水洼巡逻和收容醉酒的士兵、流浪者、妓女、小偷；天色苍白的早晨，我们筋疲力尽地回到家，脸上仿佛蒙着一张灰尘的面具，衣服上沾满了烟草、油灯和旧海藻的气味。还有那些漫长而愚蠢的白天，充满帮派间的争吵和闲聊的军官选举，告别酒会，一轮又一轮地喝小盅烧酒，在咖啡桌上用火柴梗比划着解释战斗计

---

① 穆兰—萨凯位于巴黎东南郊的维勒瑞弗镇，是法军两个重要防御要塞的前哨，曾给普鲁士军队造成很大威胁。巴黎被围之初，它被巴黎城防司令特罗胥将军放弃，1870 年 9 月 22 日又被毛德威将军夺回。此后直至普法战争结束，穆兰—萨凯一直是法军的战略要地。

② 指的是 1870 年 11 月 29 日至 12 月 2 日发生在马恩河畔小镇尚比尼的著名的战斗。

③ 九十六营是作者都德所属的部队。

划，没完没了的投票，政治和它的姐妹——神圣地闲逛，无所事事却又不知如何打发光阴，蹉跎的时间将您裹在空虚的气氛中，而您却渴望着行动和叫喊。还有抓捕间谍、荒唐的怀疑、过度的信任、全民突围、突破口……所有这一切，都是被围困的百姓所做出的疯狂而近乎妄想的举动。

可怕的军帽呀，这就是我看着你回忆起的一切。你也一样，前面提到的疯狂你曾全都经历过。如果我没有在布森瓦尔突围[①]的第二天将你束之高阁，如果我和其他许多人一样，坚决把你留着，用不凋花和金色的军官条纹来装饰你，继续在残缺不全的部队里凌乱地凑数，那么谁能知道你最终会把我拖向哪一个街垒呢[②]……啊！归根到底，叛乱和无序的军帽，懒惰、醉酒、俱乐部、啰嗦的军帽，内战的军帽，你甚至不配被扔在我家堆放杂物的角落里。

可耻啊！……

---

① 1871 年 1 月 19 日，法军最后一次试图冲破普鲁士军队对巴黎的包围。突围以失败而告终。

② 作者影射的是在巴黎公社期间，军队被用来镇压依靠街垒进行抵抗的公社社员。

公社的阿尔及利亚步兵

他是土著步兵团的一名小个子鼓手，名字叫卡杜尔，来自德让戴尔部落，是随维诺阿将军①的部队调入巴黎的为数不多的阿尔及利亚步兵之一。从维桑堡到尚比尼，他参加了所有的战役，带着铁制响板和阿拉伯战鼓，像暴风雨中的小鸟，穿梭于战场之上；他是那么敏捷、那么好动，连子弹都不知道在什么地方找他。这个有着古铜色皮肤的小个子非洲人被机关枪喷出的火舌烤得通红，然而，当冬天来临时，他却受不了在漫漫长夜中站岗放哨、在冰天雪地里一动不动；终于，一月的一个早晨，人们在马恩河边发现了他，双脚已经冻僵，身体因寒冷而蜷缩成一团。他在野战医院里待了很久，我就是在那里见到他的。

这名步兵犹如一条生病的狗，忧愁而又耐心；他睁大眼睛看着四周的一切。别人和他说话时，他就微微一笑，露出他的牙齿。他所能做的只有这些，因为他不懂我们的语言，只能勉强说两句萨比尔语，这种阿尔及利亚土语由普罗旺斯方言、意大利语、阿拉伯语混杂而成，五花八门的词汇如同从拉丁语的海洋里捡来的贝壳。

只有阿拉伯战鼓才能给卡杜尔带来一点消遣。有时他实在太无聊了，人们就把战鼓放到他的床上，允许他敲打一番，但不能大声，以免影响其他病人。这时，他那在昏黄的日光下和冬日凄凉的景色中变得如此暗淡无神

---

① 约瑟夫·维诺阿（1800—1880），法国将军，曾在阿尔及利亚服役，普法战争中率领法国军队抵抗普鲁士军，停战后指挥凡尔赛的政府军镇压巴黎公社。

的可怜的黑脸蛋，就会活跃起来，扮着鬼脸，随着节奏舞动。他一会儿敲起冲锋鼓，洁白的牙齿在凶猛的笑声中时隐时现；一会儿又敲起穆斯林的晨曲，这时，他的眼眶湿润了，鼻子一鼓一鼓的，在野战医院乏味的气息中，在药瓶和纱布堆里，他又看见了结满橙子的布里达树林，和刚刚洗浴出来、戴着白色面纱、浑身散发着马鞭草芳香的摩尔姑娘。

就这样两个月过去了。在这两个月的时间里，巴黎发生了许多事情；但卡杜尔对此却全然不知。他听见成群被解除了武装并遣返回家的士兵拖着疲惫的脚步从窗下经过，远处从早到晚都传来大炮被拖来拖去时轮子的滚动声，还有丧钟的声音和大炮射击的声音。这一切他都不懂，只知道外面仍然在打仗，而他则可以重返战场，因为他的腿已经痊愈。于是他出发了，背着战鼓，去寻找他的部队。他没费太多的时间。路过的公社战士把他带到了广场上。经过长时间的审问，由于无法从这个满口土语的非洲兵嘴里掏出任何东西，当日值班的将军只好给了他十个法郎和一匹原先用来拖公共马车的马，把他留在了参谋部。

公社的参谋部里什么东西都有：红色的马夫布褂儿、波兰斗篷、匈牙利紧身衣、水手的粗布工作服，还有金银、丝绒、金属片、装饰品，等等。我们的阿尔及利亚步兵身穿镶有黄边的蓝色上衣，扎着头巾，背着战鼓，更为这化装舞会增添了不少色彩。这位掉队的士兵兴高采烈地加入到如此美妙的行列之中，被阳光、炮声、大街的喧嚣、以及五花八门的武器和军服所陶醉，他坚信法国仍然在和普鲁士人交战，而且战争正在一种难以名状的活跃和自由气氛中继续着。他浑然不知、天真无邪地被卷入巴黎这场宏大的狂欢之中，一时间竟然成了知名人士。他所到之处，公社战士们都会鼓掌欢迎，热情款待。公社因有了这样一名成员而自豪，所以拿他像帽徽一样到处展示、炫耀、佩戴。他被从广场派到陆军部，又从陆军部派到市政厅，一天来来回回二十多次。说到底，是因为公社战士们听得太多，说什么他们的海军士兵是假货，他们的炮手是冒牌！……至少，这个阿尔及利亚步兵是名副其实的。要想证实这一点，只要看一看他那小猴子般机灵的脸蛋、在高头大马上杂耍般翻滚腾挪的野蛮而娇小的身躯就行了。

但是，卡杜尔的幸福之中还缺少一点东西。他希望战斗，希望让火药去说话。可惜的是，公社和帝国的情况差不多，参谋部并不经常上前线。除了来回奔波、炫耀展示之外，这位可怜的阿尔及利亚士兵只好在旺多姆广场上或陆军部的院子里打发时间，他的四周是乱七八糟的兵营，兵营里塞满了永远开着口子的酒桶、被割得坑坑洼洼的大堆膘肉，和暴露在风雨之中的美味珍馐，在所有这一切散发出的香味之中，人们却还能嗅到巴黎被困期间的饥馑。卡杜尔是个善良的穆斯林，他不会加入到大吃大喝的行列中，而是谨慎安静地待在远处，躲在角落里沐浴净身，用一小把粗面粉做他的古斯古斯饭；饭后，他敲一会儿小鼓，便裹在自己的呢斗篷里，躺在石阶上，在营火的映照下酣然睡去。

五月的一个早晨，阿尔及利亚步兵被一阵可怕的枪声惊醒。陆军部里一片混乱；所有人都在奔跑逃命。他也和其他人一样，糊里糊涂地跳上马，跟随参谋部出发了。街上到处是疯狂的军号声和溃散的部队。人们掀起铺路的石头，筑起街垒。很明显，发生了什么不同寻常的事情……越接近河岸，枪声越清晰，人声也越嘈杂。在协和大桥上，卡杜尔和参谋部失散了。再走一段路，他的马也被要走了，问他要马的是一个头戴八条杠[①]军帽的军官，正急着去市政厅看那里发生了什么事。卡杜尔愤怒极了，他朝战场跑去。一边跑，一边把步枪的子弹推上膛，咬牙切齿地用土话说："杀掉该死的普鲁士人……"因为他还是以为是普鲁士人进城了。子弹已经在方尖碑[②]周围和杜伊勒里花园[③]的树丛中呼啸了。在里沃利大街[④]的街垒上，弗洛朗[⑤]的复仇者们朝他高喊着："唉！阿尔及利亚步兵！阿尔及利亚步兵！……"他们只剩下大约十二个人了，但卡杜尔一个人就能顶得上一个军的士兵。

他傲然挺立在街垒上，宛若一面旗帜，引人注目。他在枪林弹雨中一边战斗，一边蹦跳、叫喊。有时，在炮击的间歇，从地面上升起的烟雾稍稍散开，使他得以看见聚集在香榭丽舍大街上的士兵的红裤子。而后，一切又变

---

① 军衔标志。

② 位于巴黎市中心的协和广场，是拿破仑远征埃及带回法国的战利品。

③ 位于协和广场的东端，王宫杜伊勒里宫即位于此。

④ 巴黎著名的商业街，位于协和广场和杜伊勒里花园的背面。

⑤ 古斯塔夫·弗洛朗(1838—1871)，法国教授、革命家、巴黎公社成员，于1871年4月3日被宪兵杀害。

得模糊不清。他以为自己看错了，于是便更猛烈地开火射击。

突然，街垒沉寂下来。最后一名炮手打完最后几颗炮弹之后，便溜之大吉了。阿尔及利亚步兵则岿然不动。他埋伏着，随时准备冲向敌人；他一边用力校准刺刀，一边等着头戴尖顶钢盔的普鲁士士兵出现……一队士兵过来了！……在沉闷的冲锋脚步声中，军官们高喊道：

“投降吧！”

阿尔及利亚步兵先是愣了一分钟，然后高举着步枪，一跃而起：

“好呀，好呀，法国人！……”

在他没有开化的脑子里，隐约觉得这是巴黎人民盼望已久的法国军队，是在费戴尔布和尚齐①指挥下前来解放巴黎的。所以，他是多么高兴！他露出一口白牙向他们笑着！……转眼之间，街垒里挤满了士兵。他们围着他，推搡着他。

“让我们看看你的步枪。”

他的步枪还是烫的。

“让我们看看你的手。”

他的双手被硝烟熏黑了。这位阿尔及利亚步兵自豪地伸出手给他们看，脸上依旧带着善良的微笑。

这时，士兵们把他推到墙边，“砰！……”

他就这样死了，连为何而死都不知道……

---

① 色当大败之后，残余的法国军队整编为卢瓦河军，下属两大集团，分别由费戴尔布和尚齐两位将军指挥。巴黎民众对他们寄予厚望，希望他们指挥的军队能解巴黎之围。

拉雪兹神父公墓之战[①]

守墓人笑了起来：

“在这儿打仗？……这儿从来没有打过仗。那是报纸编出来的……事情的经过只不过是这样的：二十二日是星期天[②]，那天晚上，我们看见三十多名巴黎公社的炮手，带着一组七门大炮和一挺新式机枪，来到这里。他们占据了公墓的制高点作为阵地。因为那个区域恰巧由我负责，所以是我接待的他们。他们的机枪架在小道的这边，离我的岗亭很近；大炮则架在稍低一点的土台上。他们一到，就命令我打开好几个小祭堂。我原以为他们会把里面的东西砸个精光、洗劫一空，可他们的指挥官却有言在先，他站在战士们的中间，说了这样一句简短的话：

“‘哪个猪猡胆敢第一个碰里面的东西，我就烧掉他的猪头……解散！……’

“指挥官是一个白发苍苍的老头，戴着克里米亚战争和意大利战役[③]的勋章，看样子不太好说话。战士们把他的命令奉为圣旨，所以，说句公道话，

---

① 1871年5月21日，凡尔赛军队进入巴黎，开始对巴黎公社进行血腥镇压。从5月21日至27日的一个星期，史称“血腥的一星期”。最后一批巴黎公社战士于5月27至28日夜在拉雪兹神父公墓遭到杀害。

② 作者在此犯了一个错误：5月22日并非星期天，而是星期一；凡尔赛军队也并非在那天进入拉雪兹神父公墓，而是在5月27日晚。

③ 克里米亚战争（1854—1855）是以俄国为一方，奥斯曼帝国、英国和法国为另一方的战争；意大利战役（1859）是法国和奥地利为争夺意大利的部分领土而发生的战争。

他们没有拿墓地里的任何东西，连莫尔尼公爵[1]那价值两千法郎的十字架都没动过。

“要知道，这些公社的炮手可是一群卑鄙的恶棍。他们都是些廉价商品，只想着如何把他们三个半法郎的高额军饷变成酒一口气喝光……只要看一看他们在公墓里的生活就行了！他们横七竖八地躺在莫尔尼或法芙罗娜的墓室里，法芙罗娜的墓室安葬的可是皇帝[2]的奶妈。他们把葡萄酒凉在尚波[3]的墓室里，那里有一眼泉水；然后，他们还弄来了一些女人。他们通宵达旦地饮酒作乐。啊！我敢保证，公墓的死者听到了不少不堪入耳的话。

“不过，尽管这些强盗笨头笨脑的，对巴黎的危害却不小。他们阵地的位置十分有利。他们不时接到命令：

“‘向卢浮宫开炮……向王宫开炮。’

“于是，老指挥官把大炮瞄准那些地方，煤油燃烧弹便迅速地朝城市上空飞去。炮弹落下的地方到底发生了什么事，我们这里没有人知道。我们听见枪声渐渐地在逼近；可是公社战士们却一点都不着急。他们认为，在肖蒙高地、蒙马特高地和拉雪兹神父公墓的交叉火力打击下，凡尔赛军队是不可能前进的。让他们清醒过来的，是海军士兵占领蒙马特高地后向我们发射的第一发炮弹。

“他们做梦也没有想到！

“我本人也和他们在一起，靠在莫尔尼的墓室边抽烟斗。听见炮弹飞过来，我连忙扑倒在地。起先，炮手们以为是炮弹打错了地方，或是哪个同伴喝醉了酒在胡闹……错了！五分钟后，蒙马特高地又闪起了炮火的光芒，另一发炮弹朝我们砸来，像第一发一样准确。顿时，那些炮手们扔下大炮和机枪，撒开双腿便逃。公墓对他们来说太小了。他们叫着：

“‘我们被出卖了……我们被出卖了……’

“只有老指挥官一个人留在弹雨之中，竭尽全力地在大炮中间疲于奔

---

① 莫尔尼公爵（1811—1865），法国政治家，拿破仑三世的同母异父兄弟。

② 皇帝指的是拿破仑三世。

③ 纪尧姆·德·尚波（约 1070—1121），法国神学家、哲学家。

命。看到他的炮手们扔下他四处逃命，他气恼得落下了眼泪。

“不过，傍晚到了发军饷的时候，有几个人回到了他的身边。您看，先生，朝我的岗亭上看。上面还刻着那天晚上来领饷的人的名字。老指挥官一边点名，一边记录：

“‘西丹，到；舒戴拉，到；比约，沃龙……’

“您也看到了，剩下的只有四五个人，他们还带着女人……啊！我永远也忘不了这个发饷的夜晚。山下，巴黎在燃烧：市政厅、阿瑟那尔图书馆、装满粮食的谷仓。从拉雪兹神父公墓看去，远处亮如白昼。公社战士们试图重新回到大炮那里，可是他们人数不够，再说蒙马特高地的炮火也让他们害怕。于是，他们便躲进一个墓室，开始和那些女人们一起喝酒、唱歌。老指挥官坐在法芙罗娜墓室门前两个巨大的石像中间，看着火光冲天的巴黎，神色十分可怕。他好像早已料到这将是他生命中的最后一个夜晚。

“此后的事情，我就不太清楚了。我回家去了，我的家就是您看见的那座小木棚，在那儿，在树丛中间。我累极了，连衣服也没脱就上床了，不过我让油灯彻夜亮着，如同在暴风雨之夜……突然，有人猛烈地敲门。我妻子浑身哆嗦着去开门。我们以为又是公社战士……原来是海军：一名少校，几名尉官，还有一名军医。他们对我说：

“‘起来……给我们煮一点咖啡。’

“我起床给他们煮了点咖啡。我们听见公墓里传来窃窃的私语和隐约的骚动声，仿佛所有的死者都醒了过来，准备参加最后的审判。军官们全都站着，很快地喝完咖啡，然后带着我和他们一起出去了。

“外面到处是士兵和水兵。他们让我为一个班带路，我们开始逐个坟墓地搜查公墓。有时，士兵看到树叶在动，就朝小径深处、半身人像或铁栅栏开枪。我们在这儿或是那儿发现了几个藏在小祭堂角落里的倒霉蛋，对他们的处置并不用很长时间……我的那些炮手们也是同样的结局。他们全被我找到了，男的、女的，堆在我的岗亭前，最上面的是那个戴着勋章的老指挥官。在寒冷的早晨看到这情景并不令人愉快……嗬嗬……不过，最让我震惊的，是一长队国民自卫军士兵，他们在拉罗格特监狱[1]度过了夜晚，现在从那里被押过来。他们如同送葬的队伍，缓慢地沿大路而上。听不见一句话、一声抱怨。这些不幸的人是如此疲惫、如此饥饿！有些人甚至一边走，一边睡，即使是死到临头的想法也不能让他们醒过来。他们被带到公墓的尽头，接着枪杀就开始了。总共是一百四十七个人。您可以想象一下，这需要多长时间……这就是所谓的‘拉雪兹神父公墓之战’……”

这时，守墓人看见了他的组长，便立刻离开了我。我独自一人待在那里，注视着那些在巴黎的冲天火光中被刻在岗亭上的最后一次领饷的人的名字。在我的眼前，浮现出那个五月的夜晚：炮弹横飞，鲜血和火光映红了天空；诺大的公墓空无一人，却被照亮得如同节日的城市；大炮被遗弃在十字路口的中央，周围是门洞大开的墓室，以及墓穴里的狂饮；不远处，在杂乱无章的圆形坟顶、石柱和被摇曳的火光照耀得栩栩如生的石像之间，宽额大眼的巴尔扎克半身像正注视着眼前发生的一切。

---

① 巴黎的一座监狱，建于 1830 年，1900 年拆除；1871 年 5 月 24 日，大批巴黎公社战士在该监狱被杀害。

小馅饼

（一）

星期天[①]一大早，杜莱那大街的糕点商苏罗就把他的小伙计叫来，对他说：

“这是波尼卡先生订的小馅饼……你给他送过去，快去快回……听说凡尔赛的军队已经开进巴黎了。”

小伙计对政治一窍不通，他把热乎乎的小馅饼放进烘焙馅饼的模子，把模子裹在一条白色的毛巾里，再把毛巾四平八稳地顶在无边软帽上，一路小跑地朝圣—路易岛[②]赶去，波尼卡先生就住在那里。早晨的天气非常宜人，五月的阳光洒满了水果店，店里堆着成捆的丁香和扎成束的樱桃。尽管能听见远处的枪声和大街拐角处的军号声，但整个古老的马莱区[③]却依旧保持着平静的景象。空气中洋溢着节日的气氛，孩子们在庭院深处跳着圆圈舞，大姑娘们在门前玩着三毛球，加上这个白色的瘦小身影，挟着热乎乎的馅饼的香味，在空无一人的大街中央小跑，更为这个战斗的早晨增添了一丝

---

① 即1871年5月21日星期天，镇压巴黎公社的凡尔赛军队于这一天开进巴黎。

② 位于巴黎市中心塞纳河上的小岛，巴黎圣母院在咫尺之遥的西岱岛上。

③ 巴黎街区名，位于市区的第三和第四区，多古建筑，19世纪时是手工艺者的聚集地。

天真和节日的气息。这个街区所有的热闹景象似乎都蔓延到了里沃利大街。人们有的在拖大炮,有的在筑街垒;每走一步,都可以遇到聚集的人群和忙忙碌碌的国民自卫军士兵。不过,这位糕点铺的小伙计可没有被弄昏头。这些孩子太熟悉在大街的人群和喧嚣中穿行了!其实每逢大街被挤得水泄不通的节日或封斋前的星期天,他们要跑的路最多;所以他们对革命的景象几乎已经习以为常了。

白色的小软帽在军帽和刺刀中间穿行,它避开冲撞,优雅地摇晃,一会儿走得很快,一会儿又被迫慢下来,但人们仍然能感觉到想奔跑的强烈愿望。看着这情景真让人心情愉快!打仗跟他又有什么关系!最重要的是要在十二点赶到波尼卡先生家,麻利地将在前厅搁板上等着他的小费取走。

突然,人群中一阵可怕的拥挤;共和国收养的战争孤儿们一边唱着歌,一边列队跑步经过。他们都是些十二到十五岁的孩子,背着步枪,扎着红皮带,脚蹬大皮靴,样子十分滑稽;他们对自己士兵的装扮非常自豪,好像是在封斋前的星期二,头戴纸帽、撑着奇形怪状的粉红色破阳伞,在满是泥泞的大街上奔跑一样。这一次,小伙计费了好大的劲儿才在拥挤的人群中保持住平衡;不过,他曾经顶着他的馅饼模子,无数次在冰上滑过,无数次在人行道上玩过造房子游戏①,因此小馅饼们最多只是受到一点点惊吓而已。不幸的是,这欢乐的场景、这歌声、这红皮带,还有羡慕和好奇,所有这些都让小伙计萌发出跟着这支漂亮的队伍走一程的愿望。他不知不觉地走过了市政厅和通往圣—路易岛的桥,随着风尘仆仆、疯狂奔跑的队伍,被带到了不知什么地方。

(二)

波尼卡一家每个星期天都要吃小馅饼,这个习惯至少已经养成二十五年了。每到十二点整,全家老小聚在客厅里,这时传来一阵活跃而欢快的门铃声,于是大家不约而同地说:

“啊!送馅饼的来了。”

---

① 一种在地上画方格,然后在方格内跳跃的游戏。

接着,在椅子的移动声中,在节日服装的窸窣声中,在站在摆好餐具的桌子面前的孩子们的大笑声中,这个资产阶级家庭的所有成员围着整齐地堆放在银烤炉上的小馅饼,幸福地坐了下来。

可是这一天,门铃却哑然无声。波尼卡先生气愤地看着座钟,那是一台旧座钟,上面放着一只鹭鸟的标本,它向来都走得很准,既没有快过,也没有慢过。孩子们一面朝着玻璃窗打哈欠,一面窥视着小伙计平时出现的大街拐角。谈话变得越来越有气无力;座钟连续敲打了十二下,令一家人更加饥肠辘辘;尽管古色古香的银餐具在缎纹桌布上闪闪地发着光,尽管四周的餐巾被叠成了笔直挺拔的白色小锥角,但整个餐厅却显得很大、很凄凉。

老女佣已经咬着主人的耳朵报告好几次了……烤肉烤糊了……豌豆煮过头了……可是固执的波尼卡先生没有小馅饼就是不开饭。他对苏罗恼怒万分,决定亲自去看一看,究竟这史无前例的迟到是什么原因。看到他挥舞着手杖、怒气冲冲地出门,邻居们提醒他:

"小心,波尼卡先生……听说凡尔赛的军队已经进城了。"

他什么也不想听,甚至包括从讷伊①方向的水面上传来的枪声,以及从市政厅发出的能把整个街区的玻璃都震碎的预警大炮声。

"噢!这个苏罗……这个苏罗!"

他一边怒气冲冲地跑着,一边自言自语,好像已经看到自己站在糕点铺里,用手杖敲打着地砖,震得玻璃窗和装罗姆酒水果蛋糕的碟子直抖。可是,路易—菲利普桥上的街垒却使他怒上加怒。那里有几个相貌凶恶的公社战士,正懒洋洋地躺在除去了铺路石的地上晒太阳。

"你去哪儿,公民?"

公民向他们解释;可是小馅饼的故事显得有些可疑,更何况波尼卡先生穿着漂亮的节日礼服,戴着金丝边眼镜,完全是一副老反动派的模样。

"他是个密探,"战士们说,"得把他送到里戈②那里去。"

说着,四名战士——他们并不因为自己离开街垒而生气——自告奋勇

---

① 市镇名,位于巴黎西郊。

② 拉乌尔·里戈(1846—1871),记者、政治家,巴黎公社第二届行政委员会成员兼总检查官,1871 年 5 月 24 日被枪杀。

地跟在这个恼怒异常的可怜人身后，用枪托推搡着他，把他押走了。

我不知道他们究竟搞了些什么，反正半个小时之后，他们已经被前线的军队缴了械，归入一队长长的囚犯队伍，准备出发去凡尔赛。波尼卡先生不断地抗议，挥舞着手杖，成千上百遍地讲述他的故事。不幸的是，在这个大动乱的年代里，有关小馅饼的谎言是如此荒谬、如此令人难以置信，以至于军官们听了只是一笑了之。

“行了，行了，老伙计……到凡尔赛去解释吧。”

就这样，囚犯队伍夹在两队轻装士兵之间，经过仍旧弥漫着战火硝烟的香榭丽舍大街，出发了。

（三）

囚犯们五人一行，紧紧地排成队走着。为了避免队伍散得太开，士兵们强迫他们相互挽着胳膊；长长的队伍像牲口一样走在公路的漫天灰尘之中，发出暴风雨般的脚步声。

可怜的波尼卡以为自己是在做梦。他汗流浃背、气喘吁吁，恐惧和疲劳使他呆若木鸡；他拖在队伍的最后，走在两个浑身散发着汽油味和烧酒味的老妖婆之间。周围的人们听见他总是唠唠叨叨地诅咒“糕点师傅、小馅饼”都认为他疯了。

事实上，这个可怜的人已经失去了理智。每逢上下坡、队伍稍稍散开的时候，他不是觉得自己在远处满天飞舞的灰尘之中，看到了苏罗糕点铺那个身穿白褂、头戴软帽的小伙计吗？这种幻觉在路上已经出现过十次了！这矮小的白色身影在他眼前一闪而过，仿佛是在嘲弄他，然后就又消失在军装、工装和破烂衣衫的人潮之中。

终于，太阳落山的时候，队伍到达了凡尔赛。人们看到这个资产阶级老头戴着眼镜、衣冠不整、满身尘土、惶恐不安的形象，一致认为他是一个坏蛋。他们说：

"他是费力克斯·比亚[①]……不！是德莱克吕兹[②]。"

押送囚犯的士兵花了好大力气才把他平安无事的送到橙园的院子里。到了那里,可怜的队伍获准散开,躺在地上喘一口气。人们有的在睡觉,有的在咒骂,有的在咳嗽,还有的在哭泣。波尼卡既不睡也不哭。他坐在石阶上,双手抱头,几乎就要死于饥饿、羞耻和疲劳;他在脑子里重新回想了一遍这倒霉的一天:从家里出发、饭桌边家人们的担心、一直摆放到晚上而且现在还在等着他的餐具,还有侮辱、谩骂、枪托的殴打,所有这些仅仅是因为一个不守时的糕点铺伙计。

"波尼卡先生,这是您的小馅饼！……"忽然有一个声音在他身边说。

老好人抬起头,惊讶地看到苏罗糕点铺的小伙计把藏在白围裙下的馅饼模子拿出来递给他。他是和那些共和国的孤儿们一起被抓来的。于是,尽管发生了骚乱和牢狱之灾,这个星期天和以往一样,波尼卡先生吃到了小馅饼。

---

① 费力克斯·比亚(1810—1889),法国记者、政治家,巴黎公社成员,法国社会主义运动的领袖之一。

② 德莱克吕兹(1809—1871),法国记者、政治家,著名革命者,巴黎公社成员,1871 年 5 月 25 日被杀于街垒。

法兰西仙女
——虚构的故事

"被告,请站起来!"庭长说。

坐满女纵火犯的令人生恶的长凳上一阵骚动,一个奇丑无比、浑身颤抖的东西走上前来,倚在法庭的栏杆上。这是一堆破烂的衣衫,上面满是洞眼,打满补丁,系着绳子,装饰着旧花和羽冠;衣衫下面是一张干瘪、憔悴、棕褐色的脸,布满皱纹,皮肤皲裂,一双狡猾的黑色小眼睛在皱纹中间转来转去,如同一条躲在旧墙缝里的蜥蜴。

"你叫什么名字?"庭长问他。

"梅鲁西纳。"

"叫什么? ……"

她非常严肃地重复道:

"梅鲁西纳。"

庭长那龙骑兵上校般浓重的髭髯下露出了一丝微笑,他眉头也不皱地继续问:

"你的年龄?"

"我忘了。"

"你的职业?"

"我是仙女! ……"

话音未落,整个旁听席、陪审团,以及政府特派员本人都哗然大笑起来;然而这个妇人一点也不慌乱,她那嘹亮、颤抖的声音在大厅里响起,如梦呓般回荡着。她继续说:

“啊！法兰西仙女，她们在哪里呀！她们全都死了，我仁慈的先生们。我是最后一个，只剩下我了……其实这是一大憾事，因为原来有仙女的时候，法国比现在美丽得多。我们是这个国家的诗歌、信仰、纯真和青春。无论是荆棘丛生的公园深处、潺潺泉水的石头上面，还是旧城堡的角塔里、池塘的薄雾中，或者是沼泽遍地的大荒原上，只要是我们的所到之处，都会因为我们的到来而被赋予了难以名状的神奇和伟大。在神奇传说的指点下，人们看见我们拖着长裙，在月光里四处飞翔，或踮着脚在草地上奔跑。农民们热爱我们，向我们致敬。

“在人们天真的想象中，我们头戴珍珠花环，手持魔杖或魔杆，使人们在对我们感到崇敬之余，不免有一丝害怕。所以，我们的泉水永远是清澈的。铧犁停在我们看守的小路上；我们是世界上最老的女人，我们让人们尊敬古老的东西，正因如此，从法国的这一头到那一头，人们都听任森林随意成长、石头自由坍塌。

“但是，时代在前进。铁路出现了。人们开凿隧道，填平池塘，砍伐了那么多森林，以至于不久之后，我们再也不知道在何处藏身。农民们渐渐地不再相信我们。晚上，当我们敲打罗宾汉①们的窗户时，他们说：‘那是风’，然后又睡去了。过去，女人们常来我们的池塘里洗衣服，可现在她们再也不来了。我们只是依靠百姓的信仰生存，失去了信仰，我们就失去了一切。我们的魔杖失去了法力；过去我们是无所不能的女王，现在却沦为满脸皱纹、凶神恶煞的老妇人，如同被人遗忘的仙女；除此之外，我们还要养活自己，可我们的双手却什么都不会做。有时，人们看见我们在森林里拖枯枝，或者在公路边捡落穗。可是看林人对我们非常刻薄，农民们则朝我们扔石头。于是，我们只好像那些在故乡无法挣钱糊口的穷人，来到大城市找工作、求活路。

“有的仙女进了纺织厂。有的则在冬天的桥头卖苹果，或在教堂门前卖念珠。我们推着装满橙子的大车，向路人递上一文钱一束的鲜花，可是无人问津，孩子们嘲笑我们颤动的下巴，警察追得我们四处奔逃，公共马车把我们撞翻在地。此外还有疾病、贫困、头上蒙着的救济院的被单……法国就是这样让它的仙女们统统死去的。它也因此受到了惩罚！

---

① 罗宾汉是英国传说中的绿林好汉，专门抑强扶弱、杀掉贪官污吏。

“是的，是的，笑吧，正直的人们。现在，我们刚刚看到没有仙女的国家是什么样子。我们看到了那些酒足饭饱、满脸谄笑的农民，他们为普鲁士人打开粮柜、指引道路。就是这样！罗宾汉再也不相信巫术，但他们对祖国的信任也并不多到哪里去……啊！要是我们在的话，所有那些侵入法国的德国人不会有一个活着回去。我们的恶龙、我们的磷火会将他们引向沼泽。我们会在以我们名字命名的清泉中掺入魔水，让他们喝了以后变成疯子；当我们聚集在月光下时，只需一个神奇的字眼，就能把公路和河流混淆，把他们经常埋伏的树林中的荆棘和灌木弄得乱七八糟，就连德·莫尔科特①的小猫眼睛也永远辨别不清。有了我们，农民一定会相信国家。我们会把池塘里的花朵变成疗伤的膏药，把蜘蛛的游丝织成我们的纱布；在战场上，垂死的士兵会看到家乡的仙女俯身站在他半闭的眼前，为他指示树林中的一个角落、公路上的一个弯道，或是能令他想起故乡的东西。这才是所谓全民的战争，神圣的战争。但可惜的是，在一个没有信仰、失去仙女的国家，这样的战争是不可能发生的。”

说到这里，微弱尖细的声音停顿了片刻。庭长说话了：

“你的话不能说明当士兵逮捕你时，你在用你身上所携带的火油干什么。”

“我在焚烧巴黎，我的先生，”老妇人十分平静地回答，“我之所以要这样做，是因为它嘲笑一切，它是杀死我们的罪魁。是它派来了学者，分析我们美丽而神奇的泉水，精确地说明里面所含的铁和硫的成分。它在它的剧院里讥讽我们。我们的魔法成了骗人的伎俩和粗俗的把戏，人们看见在我们玫瑰色的衣裙下、展翅飞翔的战车里、焰火般五彩缤纷的月光中，藏着这么多猥琐的面孔，以至于一想到我们就要发笑。有些小孩子知道我们的名字，他们既喜欢我们，也有点怕我们；可是，巴黎不让他们在那些带有插图的漂亮的镀金图书中读我们的故事，而是让他们去学习科学，烦恼如同阴郁的灰尘从厚重的书中升起，擦去了我们在孩子们眼中的魔幻城堡和神奇镜子……噢！是的，看到你们的巴黎火光冲天，我的确非常高兴……是我在放火

① 德·莫尔科特伯爵(1800—1891)，普鲁士总参谋长，致力于革新和重组普鲁士军队，并率领其在1870年的普法战争中大获全胜。

姑娘们的盒子里灌满了火油,并亲自把她们带到了放火的地点:‘去吧,姑娘们,把所有的东西都烧光,烧光,烧光!……’”

“毫无疑问,这老太婆疯了,”庭长说。“把她带走。”

记事员

“哇……好大的雾呀！……”这家伙一来到街上就这样说。

他立刻翻起大衣的领子，用围巾裹住嘴巴，低下头，双手插在裤子的后袋里，一边吹着口哨，一边朝办公室走去。

这的确是一场大雾。走在街上，这雾还算不了什么；在市中心，大雾持续的时间不比积雪更长。屋顶会把它撕开，墙壁会将它吞噬；打开房门，雾便消失在房子里，楼梯因此会变得更滑，扶手也是湿漉漉的。穿行的马车、来往的行人——这些一大清早便行色匆匆的贫穷的行人——会把大雾切碎、带走、驱散。雾水附在短小细窄的办公服上，商店营业小姐的雨衣上，轻薄柔软的面纱上，还有巨大的油布纸箱上。但是，在尚无人迹的河岸、大桥、河堤、河流上面，大雾则显得沉重、厚实、纹丝不动，太阳在这雾气中升起，挂在圣母院后面的天上，就像夜灯透过磨砂玻璃灯罩，射出光亮。

尽管风大雾大，这个男人仍然沿着河岸——他总是沿着河岸——朝办公室走去。其实他可以走另一条路，可这河似乎对他有一种神秘的吸引力。每当走在河岸长长的护墙边，或紧靠着被散步者的胳膊肘磨旧的石头扶手前行，他总是感到很快乐。在这个时候、这种天气下，散步者很少。但是，走着走着，他会遇见一个背着衣物的妇女，靠在护墙上休息；或是某个穷鬼，脑袋支在臂肘上，神情忧郁地倾身望着河水。每次走过，男人都要转过头来，好奇地看看他们，再看看他们身后流淌的河水，好像在他的脑子里，有一种隐秘的思想将这些人和这条河混为一体。

今天早晨，河流似乎不那么令人愉快。从波浪中升腾而起的雾气，似乎使它变得沉重。房子的屋顶则让河岸显得阴沉昏暗,所有那些高高低低、歪歪斜斜的烟囱管倒映在河水中间,相互交错,吐着浓烟,令人不禁想到塞纳河深处某个不知名的工厂,正悲伤地将它所有的浓烟化为大雾,送到巴黎。可是,我们的这位男人好像并不觉得眼前的情景令人忧伤。潮气浸透了他的全身,他的衣服没有一根纺线是干的!但他仍然吹着口哨走路,嘴角还挂着幸福的微笑。很久以来,他已经习惯了塞纳河上的雾了!再说,他知道到了办公室之后,会有一双裹着厚厚毛皮的暖脚套和一只嗞嗞作响的火炉等着他,还有火炉上被烧得热乎乎的小铁板,他每天早晨都在这铁板上做饭。这便是小职员的幸福,只有那些注定要在办公室的角落里度过此生的可怜的小人物,才会体会到这种蹲监狱般的幸福。

“千万别忘了买土豆。”他时不时地提醒自己。

他还是吹着口哨,加快了脚步。您肯定从来不曾见过有谁像他那样快乐地去上班。

除了河岸还是河岸,接着是一座桥。现在他来到了圣母院的背面。在岛的这个顶端①,雾比刚才任何时候都更加浓厚。雾气同时来自三个方向,淹没了教堂的半个钟楼,聚集在桥的一角,仿佛是要掩藏什么东西。男人在这里停了下来;他到了。

依稀可见一些昏暗的影子,有人蹲在人行道上,似乎在等待什么,小贩的货摊铺开着,好像在救济院或街心花园的栅栏前一样,上满放着一排排饼干、橙子和土豆。噢!多么漂亮的土豆!在雾气里它显得如此新鲜、如此红润……他一边往衣袋里装土豆,一边朝小贩微笑;小贩把双脚搁在脚炉上,但还是冻得浑身发抖。接着,他在雾中推开一扇门,穿过一个小天井,天井里停着一辆套好的大车。

“有什么东西给我们吗?”他走过的时候问。

赶车人浑身雾水,回答道:

“有,先生,而且是好东西。”

于是,他赶快走进办公室。

---

① 巴黎圣母院位于塞纳河中间的西岱岛上,正面朝西,背面朝东。自 1864 年起,巴黎陈尸所就设立在西岱岛东端、圣母院背后。本文的主人公实际上是该陈尸所的书记员。

那里才暖和、舒服呢。火炉在角落里作响。暖脚套放在原来的位置上。窗边的光亮处，小扶手椅在等着他。大雾宛若贴在窗前的帘子，让光线变得既均匀又柔和；书架上，厚厚的记事卷宗有着绿色的书脊，整齐地排列着。这简直就是一间公证人的办公室。

男人吸了一口气；他到家了。

在开始干活之前，他打开一个大柜子，从里面拿出一双塔夫绸袖套，仔细地为自己戴上；又拿出一个红土盘子和几块咖啡糖；然后他满足地打量着四周，开始削土豆。事实上，没有人能找到一间比这里更快乐、更明亮、更井井有条的办公室了。比如，它的独到之处是潺潺的水声，它围绕着您，包裹着您，无论在哪里都可以听到，使您感觉仿佛置身于一艘船的舱室里。窗下，塞纳河低吼着撞在桥拱上，在这挤满木板、桩基和漂浮物的小岛的顶端，将泛着泡沫的波涛撕开。而在房子里，在办公室的周围，则是成罐的水被倒出的流淌声，以及大清洗的嘈杂声。不知为何，您只要听到这水的声音，就会不寒而栗。您可以感觉到它在拍打坚硬的地面，在宽大的石板上或大理石桌上反弹起来，使得它听起来更加寒冷。

这幢奇怪的房子里究竟有什么东西需要这样清洗？这难以去除的污迹到底是什么？

有时，流淌声会停止，房子深处便传来一滴一滴的水声，就好像坚冰融化或大雨过后一样。您会说这是聚集在屋顶和墙壁上的雾气，在火炉的烘烤下融化成水，不断地往下滴落。

男人对此全然不关心。他聚精会神地关注着他的土豆，这些土豆散发着红糖的清香，已经开始在红土盘子里唱歌了，动听的歌声使他听不见水声——那阴沉的水声。

“请过来一下，书记员！……”房子尽头的房间里传来一个嘶哑的声音。

他看了看土豆，不无遗憾地走开了。他去哪里？透过微微打开那么一分钟的房门，吹进一阵乏味、寒冷、夹带着芦苇和沼泽气息的风，恍惚之间，可以看见一些退了色的外套、短工作服，以及一条靠袖口垂直悬挂着的滴着水的印度棉长裙，就像是一群猎狗被拴在绳索上晾干一样。

事情办完了。现在他回来了。他把几件被水淋湿的小东西放在桌上，哆嗦着回到火炉前,暖一暖冻得通红的双手。

“这鬼天气,她们肯定是疯了……”他一边打颤,一边嘟囔着,“她们究竟是怎么了?”

等他暖和过来,糖块也开始在盘子的边沿结成小珠,于是他在办公室的一个角落里吃起了早饭。他一边吃,一边打开一本卷宗,津津有味地翻阅起来。这本厚厚的卷宗记录得可真好!一行行文字笔直整齐,台头用蓝墨水写就,金粉闪烁着微弱的光芒,每一页都用吸水纸吸过,显得既细心,又有序……

看来生意不错。这个正直的男人似乎很满意,就像一个会计看到一份出色的年终报表一样。他正高兴地一页一页翻着卷宗,旁边大厅的门被打开了,传来一群人走在地砖上的脚步声;有人压低了嗓门在说话,仿佛是在教堂里一样:

“噢!她多年轻呀……真可惜!……”

人们一边往前挤,一边窃窃私语……

她很年轻,这关他什么事?他平静地吃完土豆,把刚才带回来的东西拉到眼前。一个满是沙土的骰子;一个钱袋,里面有一文钱;一把锈迹斑斑的剪刀,锈得已经不能再用了——噢!肯定不能用了;一本女工手册,里面的纸张都相互粘在了一起;一封破碎的信,字迹已经模糊,只能看清几个字:“孩子……,没有钱……哺乳月……”

记事员耸了耸肩,似乎在说:“这我见得多了……”

说着,他拿起一支笔,仔细地吹掉卷宗上的面包屑,摆了个姿势,以便让手放得更舒服些,然后,他用最漂亮的浑圆的字体,写上他刚刚在手册里辨认出的名字:

“费丽丝·拉莫,金属上光女工,十七岁。”

吉拉尔坦[①]答应我的三十万法郎！

您从来不曾有过这样的经验吗：出门时步履轻盈，心情愉快，可在巴黎转了两个钟头之后，回家时却情绪低落，因为某种无端的忧愁或莫名的不适而沮丧万分？您暗自思量："我这是怎么了？……"您枉然地寻找着原因，可什么答案都找不到。一路上一切都好好的，人行道是干的，太阳也是暖洋洋的；可是您心里却有一种痛苦的焦虑，仿佛是感受了某种忧伤后留下的印迹。

那是因为在这偌大的巴黎，人们表面上觉得自己不受监视，自由自在，其实每走一步路，都会撞见什么令人伤心的意外事情，就像雨天的马车，经过时溅得您浑身是泥，给您留下印迹。我要说的不仅仅是那些人们知道的、感兴趣的不幸事件；也不单是朋友们的那份悲伤，因为这悲伤多少也是我们自己的，它的突然出现仿佛是一种内疚，让我们感到揪心；更不是那种与己无关的忧愁，这种忧愁您听起来心不在焉，却在不知不觉中让您难过。我要说的是那种完全陌生的痛苦，人们只是在匆匆经过它身边时的那一分钟，在来回跑动的脚步里，在熙熙攘攘的大街上，才能隐约瞥见它。

这种痛苦，是被来往马车搅得断断续续的对话片断，是自言自语、大声说出的混沌而盲目的牵挂，是疲惫的肩膀、疯狂的举动、火热的双眼，是眼泪纵横的苍白的脸，和黑纱遮掩不住的新丧。此外，它们还是那些转瞬即逝的

---

① 埃米尔·德·吉拉尔坦（1806—1881），法国报业巨头，是法国现代报业的创始人，被视为成功商业人士的典范。

细节,如此无足轻重！就像一条被洗刷得破旧不堪的衣领,寻找着默默无闻的角落;一架发不出声的八音琴,在门廊里空自转动;一条驼背颈上的丝绒围巾,端正而残酷地系在他一高一低的肩膀中间……所有这些陌生而不幸的幻象一晃而过,您一边走一边就将它们忘记,可是,您已经感到它们的忧郁在您身上擦过,您的衣服浸透了它们带来的烦恼;在一天行将结束之际,您觉得您身上所有的激动和痛苦都在蠢动,因为您在不知不觉中把那条无形的线挂在了一个街角、一扇门前,这条线串连着所有的不幸,并将它们一起摇动了起来。

这是我一天早晨想到的——因为巴黎经常在早晨显露出它的悲惨——我看见一个可怜的家伙走在我的前面,他身材瘦小,穿一件很窄的短大衣,这使他的步伐显得很大,也使他所有的动作变得十分夸张。他佝偻着身体,如同一棵被狂风刮弯的树,走得很快。他时不时地把手伸进裤子后袋,掰下一小块面包,偷偷地塞进嘴里,好像在街上吃东西是一种羞耻。

当我看到泥水匠们清晨坐在人行道上,大口大口地嚼着新鲜的圆面包,我会胃口大开。那些小职员们也让我羡慕不已,他们从面包店跑回办公室,耳朵上夹着水笔,嘴巴塞得满满的,因为这露天的早餐而高兴满意。然而,这个真正饥饿的人却让我感到饥饿的羞耻,看到这个不幸的家伙只敢在裤袋里把面包掰碎,小撮小撮地吃,真叫人可怜。

我跟着他走了一会儿。突然——就像在那些狼狈窘迫的人身上经常发生的那样——他猛地改变了方向和主意,转过身来,和我打了个照面

"啊呀！是你呀……"

出于偶然,我认识他。他是那种巴黎街头多如牛毛的大忙人、发明家、荒唐报纸的创办人,有一段时间,吹捧他的文章和关于他的消息很多,可是近三个月来,他亏损了很多钱,便销声匿迹了。他一蹶不振的新闻沸沸扬扬地传播了几天之后,一切如水面一样恢复了平静,人们再也不提起他。他看见我,显得有点慌乱;为了堵住我的提问,也许也是为了转移我的视线,不让我注意到他那肮脏的衣服和廉价的面包,他装出高兴的语气,连珠炮似的和我说起话来……他说他的生意很好,非常好……前一段时间只不过是暂停了一会儿。现在他正在做一笔大买卖……一份大型的工业画报……会赚很多钱,已经签了一笔大宗的广告合同！……说着,他的脸部表情生动了起

来,腰也挺直了。渐渐地,他打起了保护者的腔调,好像已经坐在总编办公室里,甚至还在向我约稿:

“你知道,”他得意地补充道,“这可是一笔包赚的生意……吉拉尔坦答应给我三十万法郎作启动资金!”

吉拉尔坦!

这个名字总是被挂在那些白日做梦者的嘴上。每当别人在我面前提到这个名字,我就仿佛看到崭新的街区、建造中的楼房,还有刚刚印刷完毕的报纸,报纸上印着股东和董事的名单。有多少次,我听到别人在谈论天方夜谭般的计划时说:“这得找吉拉尔坦谈谈!……”

他也一样,这个可怜的家伙,竟然也想找吉拉尔坦谈这件事。他肯定一夜未眠,忙着做计划、算账目;然后,他出了家门,走路时心情格外激动,这笔生意是如此美好,以至于当我们相遇的时候,他觉得吉拉尔坦不可能拒绝他的要求。所以,这个不幸的家伙说别人答应给他三十万法郎时,他并没有在撒谎,只是在继续做他的白日梦而已。

在他跟我说话的这段时间里,我们不断地被行人撞到,被推到墙边。我们站在一条繁华大街的人行道上,这条大街从证券交易所通到银行,街上到处是行色匆匆、心不在焉、满脑子生意的人群:小店老板们焦急地跑着去提款,长相庸俗的交易所小职员一边走一边报着数字。在这川流不息的人群中,在这投机者们狂热而迫不及待地碰运气的街区里,听见有人谈起这些前景如画的计划,我犹如在茫茫大海上听见一则海难的故事,感到不寒而栗。我曾在其他人的脸上,真切地看到过眼前这个人跟我所说的一切,以及他的灾难;我也曾在其他迷失的眼睛里,看到过他光芒四射的希望。他和我攀谈了几句之后,便突然离开了我,义无反顾地投入了那充斥着疯狂、梦想和谎言的漩涡,这漩涡被他们那帮人美其名曰“生意”。

五分钟后,我已经忘记了他。可是,晚上回到家,当我在拍打街头灰尘的同时排遣白天所有的忧郁时,我眼前又浮现出那张烦恼而苍白的脸、那块一文钱就能买到的面包,还有用来强调那些大话的手势:“有了吉拉尔坦答应我的三十万法郎……”

亚瑟

几年前，我住在香榭丽舍大街附近、杜兹美颂巷的一幢小房子里。您可以想像一下，那是近郊一个偏僻的角落，隐没在宽阔而具有贵族气派的大街中间，这些大街冷清而安静，似乎只有坐马车的人才经过那里。不知是主人心血来潮，还是哪个吝啬鬼或老脑筋有什么怪癖，让这个漂亮街区的中心留着这么一块空地，空地的小花园杂草丛生，低矮的房屋歪歪扭扭，楼梯都建在室外，木头阳台上到处是摊开晾晒的衣服、关兔子的笼子、骨瘦如柴的猫，以及被驯养的乌鸦。那里住着几户工人、靠微薄年金度日的食利者、一些艺术家——只要有树生长的地方都有艺术家，还有两三幢带家具的出租房，看上去肮脏不堪，仿佛这些污垢是因为几代人的贫穷而积攒下来的。空地四周，是流光溢彩和喧闹嘈杂的香榭丽舍大街；街上车轮不停地滚动着，马鞍的碰撞声和马儿轻盈的步伐声清脆响亮，大门在马车过后重重地关上，而马车则震得门廊摇晃不已，远处传来沉闷的钢琴声和玛碧曳舞厅[①]的小提琴声，地平线上无声地耸立着有着圆形拐角的大饭店，浅色的丝绸窗帘使饭店的窗户带着一丝细腻的情调，高高的无锡汞镜映射出水晶吊灯的镀金支架和花架上的奇花异草……

这条黑暗的杜兹美颂巷只靠巷头的一盏路灯照明，它犹如周围美丽布景的后台。所有奢华背后的陪衬全都藏匿在这里：仆役制服的饰带、小丑的背心、一大群过着放纵生活的英国马夫和马戏演员、两个赛马场的马车夫副

① 巴黎著名的公共舞厅，位于香榭丽舍大街。

手以及他们的孪生小种马和广告牌、羊车、木偶、卖蛋卷的女贩子，还有好几帮盲人；这些盲人每天晚上回来，肩上背着帆布马扎、手风琴和木碗。我住在巷子里的时候，其中有一个盲人结婚。我们因而领教了一整夜空幻奇怪的音乐会，有单簧管、双簧管、管风琴、手风琴，这些乐器奏出不同而单调的曲调，令人仿佛将巴黎所有的桥一一浏览过来……不过，平时小巷还是非常安静的。那些在街头游荡的人只是在夜雾弥漫的时候才拖着疲乏的身躯回来！吵闹只会在每个星期六发生，那天是亚瑟领工资的日子。

这个亚瑟是我的邻居。我的屋子和他们夫妇租借的房子只隔着一道篱笆墙。因此，尽管我不愿意，但他们还是渗入了我的生活；每个星期六，我都要一字不漏地听一遍发生在这户工人家庭里的可怕的巴黎式悲剧。悲剧的开始总是千篇一律：女人在做晚饭，孩子们围着她转悠，她一边忙碌，一边细声跟他们说话。七点钟，八点钟：丈夫连人影都没有……随着时间的流逝，她的嗓音开始变化，话中带着哽咽，语气也更加烦躁。孩子们饿了、倦了，开始埋怨。男人仍然没有回家。于是一家人不等他，把饭吃了。等孩子们躺下睡着之后，她来到木头阳台上，我听见她低声啜泣着说：

“噢！这个流氓！流氓！”

回家的邻居们看到她在阳台上，感到非常同情。

“快去睡觉吧，亚瑟太太。您知道他是不会回来的，今天是发工资的日子。”

接着便是各式各样的劝告和嚼舌。

“我要是您的话，就会这样做……您为什么不跟他老板说呢？”

所有这些同情话让她哭得更加厉害；可是她仍然怀着希望，坚持等待，并在心中暗自恼火。邻居的房门关上了，小巷回复了平静，她以为自己独自一人，便用胳膊肘支着身体站在那里，全部的心思都集中在一个念头上，自言自语地高声诉说她的忧愁，语气中带着一丝放任，那是一生中有一半时光在大街上度过的百姓所特有的放任。她说到了拖欠的房租、让她心烦的商店老板、不再愿意卖面包给她的面包店主……如果他还是分文不剩地回来，那她该怎么办？她等待着迟到的脚步，计算着流逝的时间，终于，她感到累了，于是回到了屋里。可是，过了很久，当我以为一切都已结束时，有人在离我很近的走廊上咳嗽。这个不幸的人，她还在那里：担心促使她又回来了，她双眼死死地盯着漆黑的小巷,可看到的却只是自己的忧伤。

大约一点,或是两点,有时更晚一些,有人在小巷的头上唱歌。那是亚瑟回来了。他经常让一个同伴陪他回家,一直把他拖到自己的家门口:"来吧……来吧……"即使到了家门口,他仍然晃悠着,犹豫着是否回家,因为他知道家里有什么在等着他……睡梦中的房屋非常安静,因此他上楼梯时的脚步更加显得沉重,这让他感到很难堪,仿佛对自己的举动感到后悔。他在每一个房间门前停下,独自一人高声说:"晚上好,韦伯太太……晚上好,马蒂厄太太。"要是没有回答,他就破口大骂,直到所有的房门和窗户都打开,从里面传出回敬的诅咒声为止。这恰恰是他想要的。他喝酒之后,就是喜欢喧闹和争吵。再说,这样一来,他便会感到热血沸腾、怒气冲冲,踏进家门时也不那么害怕了。

回家的场面恐怖异常……

"开门,是我……"

我听见女人赤脚走在方砖上,点亮火柴;男人一进门就结巴着试图编一个故事,而这故事总是一成不变:同伴、冲动……东西,你知道……那个在铁路上干活的东西。女人根本不听他的:

"钱呢?"

"没有了。"亚瑟的声音回答。

"撒谎!……"

他的确在撒谎。即使酒精令他冲动,他总会留那么几文钱,以便星期一酒瘾来的时候用;而她想夺取的正是这部分剩下的工资。亚瑟挣扎着:

"我跟你说钱全被我喝光了!"他叫道。

她一言不发,满腔愤怒,使尽全力揪住他,一边摇晃着他的身体,一边翻他的口袋搜寻。过了一会儿,我听见钱币在地上滚动的声音,女人扑上前去,胜利地笑着。

"啊!你瞧。"

接着是一声咒骂和一阵沉闷的殴打……这是醉鬼在复仇。他一旦打起人来,就再也停不了手。他是在铁路道口的栅栏后面喝下这些酒的,现在,所有溶解在酒精里的暴躁和破坏欲全都涌上了他的脑子,喷薄欲出。女人尖叫着,破屋里仅剩的一些家具被砸得四分五裂、到处乱飞,孩子们被惊醒,害怕得放声大哭。小巷里的窗户全打开了。人们在说："那是亚瑟！那是亚瑟！……"

亚瑟的丈人是一个年老的拾荒者，就住在隔壁的出租房里，有时，他也会赶来援救女儿；不过，亚瑟会把门反锁起来，以便自己的行动不受打扰。于是，一场可怕的对白穿过门锁，在丈人和女婿之间展开，有些话我们听起来简直触目惊心：

"难道你两年的监狱还没有蹲够吗，强盗！"老头叫道。

醉鬼用高人一等的语气说：

"不错，我是蹲了两年的监狱……这又怎么了？至少我把欠公司的债还清了……你倒是试试看把你的债也还清呢！……"

他觉得事情非常简单：我偷了东西，你们把我关进监狱，这样我们就两讫了……不过，要是老头抓住这一点不放的话，亚瑟会不耐烦地打开房门，面对丈人、丈母娘，还有邻居们，像滑稽可笑的意大利木偶一样，殴打所有人。

其实，他并不是一个凶恶的男人。星期天，也就是殊死搏斗后的第二天，醉鬼平静下来，没有钱再去喝酒，这时他经常会在家待一整天。韦伯太太、马蒂厄太太、出租房里的所有人，大家都从自己的房间里拿出椅子，坐在阳台上说话聊天。亚瑟一副和蔼、睿智的样子，就好像是一名读夜校的模范工人。他讲话的语调平直而又甜腻，神情夸张地把四处听来的支离破碎的主张告诉大家，什么工人的权利，资本的专制，等等。他可怜的妻子遭受了前一夜的殴打之后，变得更加温柔，现在正敬佩地看着自己的丈夫，而这样看着亚瑟的并不止她一个人。

"这可是亚瑟啊，要是他愿意这样的话！"韦伯太太叹了口气，低声说。

接着，女人们让亚瑟唱歌……他唱起了德·贝朗杰[①]先生的《燕子歌》……噢！这充满喉音的歌声啊！它带着虚假的哭腔和工人傻乎乎的伤感……在用柏油纸搭建的发了霉的阳台屋檐下，透过晾晒褴褛衣衫的绳子，

---

① 贝朗杰(1780—1857)，法国歌谣作者，《燕子歌》是他的作品之一。1870 年普法战争之后，人们根据时事，在这首歌的最后加了两句副歌，内容是："燕子啊，你是不是在和我谈祖国的不幸？"

可以看到蓝天的一角;这一群以自己的方式渴望理想的穷鬼无赖,正转动着泪水沾湿的双眼。

尽管如此,这一切并不妨碍亚瑟下个星期六继续喝光他的工资,殴打他的妻子;而在这些破屋之中,还生活着成群的小亚瑟,他们等待的只是长到父亲的年龄,能喝光他们自己的工资、殴打他们自己的妻子……这些人却想要主宰世界!……啊!痼疾!正如我在小巷里的邻居们所说的那样。

三次警告

"如果悌也尔[1]老爹认为他刚刚给予我们的教训能起什么作用的话,那他就太不了解巴黎人民了,这一点就跟我的名字叫贝利塞尔、现在手里拿着一把刨子一样千真万确。您瞧,先生,他们成批地枪杀我们、流放我们、驱逐我们,在萨托里兵营[2]审判我们之后再把我们流放到卡延岛[3],将我们满满地塞进沙丁鱼桶般的船底,可这一切都没有用,巴黎人天生喜欢闹事,任何东西都不能改变他们这种爱好!他们的血液里流淌着叛逆的性格。您还能有什么办法?让我们感到有趣的不仅仅是政治,还有政治带来的生活方式:工厂关门、集会、闲逛,另外还有其他一些我也说不清楚的事情。

"要理解这些,就必须像我一样,出生在奥利翁街的一个木匠作坊里,从八岁到十五岁在那里当学徒,并且坐在装满刨花的手推车里走遍整个市郊。啊!当然啦!可以说,在那些年里,我得到的报酬就是革命。我小的时候,个子还没有一只靴子高,可是只要巴黎有什么风吹草动,您肯定能在造反的人群中看到我矮小的身影。几乎每次闹事,我都能事先得到消息。当我看到工人们手挽手前往市郊、将人行道占得满满的,女人们站在门前一边说

① 阿道夫·悌也尔(1797—1877),法国政治家、记者、历史学家,1871 年 2 月执掌法国政府,同年 8 月任共和国总统。1871 年 5 月,他指挥凡尔赛军队血腥镇压了巴黎公社,被认为是屠杀公社战士的刽子手。

② 萨托里兵营位于凡尔赛附近,巴黎公社遭镇压后,这里是关押并审判被捕的公社成员的地方。

③ 小岛名,位于法属圭亚那,是巴黎公社社员的流放地之一。

话、一边手舞足蹈,大批的人从禁止通行的栅栏上下来时,我便一边推着我的刨花,一边在心里说:‘好家伙!又要发生什么事了……’

“事实上,这种事从来就不曾少过。晚上回家时,我经常看到小店里挤满了人;父亲的朋友们围着工作台谈论着政治,几个邻居给他送来了报纸;因为那个时候不像现在,没有一文钱就能买得到的报纸。若想看报,好几个同楼的人得凑钱才能订一份,然后一层楼一层楼地相互传阅……不管发生什么事,贝利塞尔老伯总是不停下手中的活儿,他一边愤怒地推着木刨,一边听着新闻;我记得那几天,每当坐下来吃饭时,妈妈总是对我们说:

“‘安静点,孩子们……爸爸在不高兴,因为政治上的事情。’

“我嘛,您想,我对这些该死的事情也懂得不多。不过,有些词听多了,也就慢慢记住了,比如:

“‘基佐①这个浑蛋,他去根特②了!’

“我不认识这个基佐是谁,也不知道去根特意味着什么;可这没有关系!我只是学着别人的样子说:‘基佐这个浑蛋……基佐这个浑蛋……’

“我非常乐意把这个可怜的基佐称为浑蛋,更何况我在脑子里把他和城里的一个流氓警察混为一谈,那家伙总是站在奥利翁街的拐角处,看到我装满刨花的车子就招惹我……街区里没有人喜欢这个浑蛋!甚至连狗和孩子都离他远远的;只有酒店老板为了逗弄他,才常常从虚掩的店门里塞给他一杯葡萄酒喝。那流氓警察装作若无其事地走到门前,左顾右盼一番,确认没有长官在场之后,便迅速接过酒杯,一饮而尽……我从来不会像他那样身手敏捷地喝完一杯酒。最为恶毒的做法,是瞅准他仰头举杯的时刻,跑到他身后大喝一声:

“‘小心,警察!……长官来了。’

“巴黎的老百姓就是这样,因为警察动不动就处罚人。大家已经习惯痛恨这些可怜的恶棍,并把他们视作恶狗。部长们干了蠢事,付出代价的总是警察;而一旦发生革命,部长们都逃到凡尔赛去,被打入水沟的却又是警察

---

① 弗朗索瓦·基佐(1787—1874),法国政治家、历史学家,曾任内政部长、国民教育部长、外交部长、共和国参议院主席等职位,是大资产阶级利益的代言人。

② 比利时城市,1815 年拿破仑“百日政变”期间,当时的法国国王路易十八就在该城市避难。

……

“我还是接着我的话题说：只要巴黎有什么风吹草动，我总是第一批知道消息的人。在那些天，街区所有的孩子们都会约好一起去市郊。有人高声叫道：

“‘去蒙马特高地……不！……去圣德尼门。’

“人们便朝那里跑去，不一会儿他们怒气冲冲地折返回来，因为没能过得去。女人们跑着去面包店。那些平时进出马车的大门都被关得紧紧的。这一切使我们热血上涌。我们唱着歌，一路上挤撞着那些街头小贩，吓得他们像大风来临的日子那样，慌不择迭地收摊。有时，当我们来到运河时，闸桥已经被拉起来了。出租马车和货车都停在那里。车夫们咒骂着，乘客们则焦急万分。步行天桥满是阶梯，将市郊和寺庙街隔开；我们奔跑着翻过这座天桥，来到大街上。

“大街最有趣的时候，莫过于封斋节前的星期二和暴动的那些日子。那时候几乎没有马车；人们可以在宽阔的马路上随意行走。这些街区的小店主们见到我们经过那里，十分明白将会发生什么事，于是连忙关上店门。只听见噼里啪啦一片上门板的声音。不过，店铺的门关好之后，那些人就站到了家门口的人行道上，因为巴黎人的好奇心永远胜过一切。

“最后，我们见到黑压压的一群人拥挤在一起。就是这里！……只是要看得真切，就必须挤到第一排去；说实话，为此我们挨了不少巴掌！……但是，我们推呀、挤呀，还在人群的大腿中间钻来钻去，终于来到了前排……我们占据了一个好位置，在所有人的前面；这时，我们长嘘一口气，感到非常自豪。事实上，将要发生的场面值得我们这样做。

“您瞧，不管是波卡日还是梅兰格①，谁都不曾让我如此心跳！我看见在大街尽头的空地上，警察局长披着绶带，向我们走来……其他人喊道：

“‘警察局长！警察局长！’

“我没有跟着喊。不知为何，我既害怕又高兴，紧咬着牙关；我在心里想：

“‘警察局长在这儿……等一会儿要小心警棍……’

---

① 波卡日（1797—1863）和梅兰格（1808—1875）均为19世纪中期著名的演员。

“其实我心慌的还不是警棍，而是这个恶鬼般的家伙，他身穿黑色制服，外面披着一条绶带，头戴一顶巨大的圆帽，看上去就像是在巡视军营一样，这给我留下了深刻的印象！……一阵鼓声响过之后，警察局长开始含混不清地讲起什么来。由于他离我们很远，所以尽管街上一片寂静，可他的声音却十分飘忽，我们只听见：‘嗯……嗯……嗯……’

“不过，我们和他一样熟悉有关集会的法律规定。我们知道，在遭受警棍的殴打之前，我们有权享受三次警告。所以，第一次警告发出后，谁都没有动。大家非常平静地站在那里，双手插在裤袋里……第二次警告时，人们的脸色开始发青，大家左顾右盼，看从哪个方向逃跑……第三次警告一响，人们呼啦一声散开，就像山鹑起飞一般；叫喊声、呜咽声此起彼伏，围裙、帽子漫天飞舞，人群后面，警棍开始打来。没有一出戏能让您感到如此激动，真的。经历过的人可以把这场面向别人讲整整一个星期，而且可以骄傲地说：

“‘我听见了第三次警告！……’

“应该说，玩这个游戏，有时也要受一些皮肉之苦。您想，有一天，在圣厄斯塔斯教堂①的尖端处，我不知道警察局长是如何数数的；第二次警告刚刚发出，警察就挥舞着警棍出动了。您也知道，我不会傻待在那里等他们来。可是无论我怎样拉长自己的腿跑都没用，一个身材高大的警察紧紧地追着我，离我越来越近、越来越近，我有两三次感觉到警棍挟着风在我身后划过，此后终于被当头击中。我的天哪，多么厉害的一击啊！我的眼前从来没有冒过这么多金星……我的脸被打破了，大家把我抬回了家，您也许以为这下我要改邪归正了……啊！是的，在可怜的贝利塞尔大妈给我敷药时，我不停地在叫：

“‘这可不是我的错……是那个无赖警察局长骗了我们……他只发出了两次警告！’”

① 教堂名，位于巴黎的雷阿尔区，建于 13 世纪，重建于 1532 至 1637 年。

最后一本书[1]

“他死了！……”有人在楼梯上对我说。

几天以来，我一直感觉这个悲伤的消息会来临。我知道，我随时都会在这门前听到这个噩耗；然而，它还是像一件始料未及的事情一样，让我感到震惊。我怀着沉重的心情，嘴唇颤抖着走进这位作家简陋的屋子，屋子的大部分地方都是工作室，主人的书籍专横地占据了屋子里最舒适、最光亮的地方。

他就躺在那里，在一张很低的铁床上。桌上摊满了稿纸，偌大的字体只写了半张便中断了，羽毛笔仍然插在墨水瓶里，这一切都说明死神来得多么突然。铁床后面有一个高高的橡木柜，里面塞满了手稿和废纸，柜子的门虚掩着，几乎就在他的头顶。四周全是书，除了书还是书，到处都是：搁板上、椅子上、书桌上、墙角边的地上，甚至是床脚上。他坐在桌前写作的时候，这种拥挤、这种一尘不染的杂乱一定非常悦目：从中我们可以感受到生命的活力和工作的生机。可是，在死者的房间里，这样的拥挤和杂乱却显得很凄凉。所有这些可怜的书籍都成堆地坍塌下来，似乎已经准备好离开，消失在任意一家大型图书馆里，或者分散在沿河马路或书摊上出售，任凭清风和闲逛的行人乱翻。

---

① 本篇小说所描述的作家名叫阿尔弗雷德·戴尔沃（于 1867 年 5 月去逝），他写的最后一本书名为《十四行诗的敲钟人》（于 1867 年 4 月印刷完毕）。戴尔沃曾经和都德一起去阿尔萨斯旅行。

我在床边亲吻了他，然后站在那里看着他，他那石头般冰凉而沉重的额头令我震惊。突然，门开了。一名书店的伙计扛着一包书，气喘吁吁、兴高采烈地走进来，把书放在桌子上。那是刚刚印刷出来的新书。

“这是巴什兰书店送来的。”他大声说道。

随后，他看见了铁床上的人，后退了一步，摘下帽子，悄悄走了。

巴什兰书店这次送书太具讽刺意味了：病人焦急地等待着，可书却迟到了一个月，等他收到时早已不在人世……可怜的朋友！这是他的最后一本书，也是他寄予最大希望的一本。尽管他的双手已经因高烧而颤抖不止，但他用这双手修改校样时仍然是那么仔细！他是多么迫切希望拿到第一本样书！在临终前的日子里，他已经说不出话，可他的眼睛依然盯着房门；要是印刷厂的工人、监工、装订工，所有为一个人的作品而被雇用的人，能看到这焦急而期盼的眼神，他们的双手就会加快工作，文字就会加快排成版面，而版面则会加快装订成册，以便书能按时——也就是说提前一天——送达，让垂死的人在新书的墨香和整洁的文字中，满怀欣喜地找回那已经离他而去、在他身上逐渐黯淡的思想。

对作家而言，即使在他生命力最为旺盛的时候，新书的出版也是他永不厌倦的幸福。打开自己作品的第一本样书，看到它像浮雕一样固定成了铅字，而不再是混沌骚动的大脑中模糊不清的东西，这是多么惬意的感觉！这种感觉会令年轻的您头晕目眩：书中的文字闪烁着、延伸着，变成蓝色、黄色，仿佛阳光洒满了整个脑袋。片刻之后，在这发明家的快乐之中掺入了一丝忧愁，一种未能把想要说的话全部说出的遗憾。作家心中的作品总是比写出来的更美妙。在这从大脑到双手的旅程之中，会失去多少东西啊！朝梦境深处看去，书的思想就像地中海里美丽的水母，如漂浮的色调在海上经过；而一旦到了沙滩上面，它就只不过是几滴水，几滴很快就会被风吹干的无色的水。

可惜！这个可怜的孩子没能从他最后的作品当中获得任何东西：既没有那种快乐，也没有那种幻灭。看到他那沉重而毫无生气的脑袋睡在枕头上面，边上放着崭新的书，这情景真是令人难受！那本书即将被放到橱窗里，混杂在大街的喧嚣和白天的生机之中，路人们机械地读着书的标题，将它和作者的名字一起带进记忆、带进眼帘的深处；作者的名字即将留在市政府悲伤的死亡名单上,可它印在浅色的封面上却是那么欢笑、那么明快。灵魂和肉体的问题似乎在这里得到了充分的体现:这具僵硬的躯体即将归于沉土、被人遗忘,而这本书则将离躯体而去,如同一个看得见的、活生生的、也许是不朽的灵魂……

"他曾经答应给我一本样书的……"一个声音哽咽着在我身边低低地说道。

我转过身去,看见了金丝边眼镜后面一双炯炯有神、四处搜寻的眼睛,我认识这双眼睛,您也认识,所有的作家朋友们都认识。他是一名藏书爱好者,只要您的著作一宣布出版,他就会按响您家的门铃,两声短促的铃声很羞怯,却非常坚决,就像他这个人一样。他笑吟吟地走进门,谦恭地围着您转来转去,称您为"亲爱的大师",不拿到您最近的新书绝不离开。他只要最近的新书!其他的他都有,唯独缺这一本。您能有什么办法拒绝他?他来得恰是时候:您正沉浸在我刚才说过的快乐之中,沉浸在赠书、题词的忘乎所以之中,他十分善于在这个时候找到您。啊!这个可怕的小家伙!无论是闭门羹、冷面孔,还是刮风下雨、路途遥远,没有什么能让他气馁。早晨,人们在蓬普街看见他轻敲帕西老人①的小门;晚上,他从马尔利②回来,胳膊下夹着萨尔都③的最新剧本。就这样,他成天跑来跑去地搜寻着新书,虽然无所事事,却充实了他的生活,同时还分文不花地充实了他的书架。

他对书籍的狂热肯定是强烈至极,才会一直来到死者的床边。

"嗨!拿去吧,你的样书。"我不耐烦地对他说。

他不是拿,而是贪婪地吞下去的。他把书深深地藏进衣袋之后,仍然一动不动地站在那里,不说一句话,脑袋耷拉在肩上,感动地擦着眼镜。他在等什么?是什么让他留下来不走?也许是羞耻让他不好意思立刻就走,好像他来就是为了要一本书似的?

根本不是!

---

① "帕西老人"是儒勒·雅南的绰号。儒勒·雅南(1804—1874),法国作家、戏剧评论家。本篇小说所描写的故事发生时,他已经六十三岁,居住在巴黎西部一个名为帕西的街区。他所居住的"帕西小屋"在当时的文学界颇为有名。

② 小镇名,位于巴黎以西,依夫林省。

③ 维克多里安·萨尔都(1831—1908),法国剧作家。

他看到桌上揭开一半的包装纸里有几本供藏书爱好者收藏的书，书芯的切口很厚，书沿尚未裁齐，有着宽大的白边、花饰和尾花；尽管他表面上做出一副沉思的样子，可他的眼光和心思全都在那些书上……他贪婪地瞟着它们，可恶的家伙！

可这恰恰是观察者的癖好！我任凭自己从悲伤的情感中分出神来，透过盈眶的热泪，注视着这出在死者床前上演的伤心的喜剧。藏书者慢慢地、神不知鬼不觉地靠近桌子。他的手似乎在无意中放到了一本书上；他把它反转过来，打开，摸了摸纸张。他的眼睛渐渐发亮，血液也涌到了脸上。书的魔力在他身上起作用了。最后，他再也忍不住，于是就拿了一本：

"这是给德·圣—伯夫[①]先生的。"他低声对我说。

他头脑发热，心绪不宁，又担心别人把书要回去，也许还是为了让我相信书的确是要送给德·圣—伯夫先生的，他带着一种难以名状的庄重和严肃的表情，补充道：

"就是法兰西学院的那位！……"说完，他就消失了。

---

① 德·圣—伯夫(1804—1869)，法国文艺评论家，戴尔沃的最后一本书正是在他的资助下完成的。

房屋出售

这是一扇关不严的木门，使小花园的很大一片沙地混进了从公路上吹来的泥土；很久以来，木门上方一直挂着一块招牌，在夏日的烈日下纹丝不动，在秋天的狂风里飘摇震颤，招牌上面写着：房屋出售，这几个字似乎也意味着这是一幢被遗弃的房屋，因为周围实在是太静谧了。

但是房屋里却住着人。一缕淡淡的青烟，从略微高出墙头的砖头烟囱里冒出，表明这里有人正过着隐蔽、审慎、凄凉的生活，就如同这缕穷人家的炊烟一样。此外，透过摇摇晃晃的门板缝隙，我们看到的不是遗弃、荒废，以及预示着房屋出售和主人离开的杂乱景象，而是整齐的小径、圆顶的凉棚、放在水池边的浇水壶，以及靠在小屋边的园艺工具。这只不过是一幢农民的住房，一道小楼梯使它在这个花园的斜坡上显得非常平衡，楼上朝北，楼下朝南。朝北的那一面似乎是一间暖棚。楼梯的台阶上叠着许多玻璃罩，一些空花盆被打翻在地，另一些则栽着老鹤草和马鞭草，整整齐齐地摆放在热乎乎的白沙地上。除了两三棵梧桐树的树荫以外，整个花园都沐浴在阳光之中。果树要么呈扇形在铁丝上展开，要么靠墙排列，暴露在灼热的太阳底下，有些地方树叶稀疏，那是为了让果实照到阳光。花园里还种着草莓苗和爬上支架的豌豆。而在所有这些植物中间，在这井然有序和静谧安详的气氛之中，一位老人头戴草帽，整天在小径上转悠，清凉的时候浇花，其他时候则修剪枝桠。

老人在附近没有一个熟人。除了面包店的马车会在村庄唯一的街道上挨家挨户地停一停，他就再也没有其他来访的客人了。有时，某个过路人想寻找一块位于半山腰、适合作可爱果园的肥沃土地，看见门上的招牌，便停下来敲门。起初，房子里没有动静。再敲两下，就听见有木鞋的声音缓缓从花园深处走来，老人微微打开大门，一脸怒色：

“您有什么事？”

“这房屋出售吗？”

“是的，”老人吃力地回答，“是的……这房子要卖出去，不过我要事先告诉您，它的卖价非常贵……”

他的手挡住门，随时准备再把它关上。他的双眼喷着怒火，将您拒之门外；他站在那里，像一条恶龙，守卫着他的几方菜地和沙土庭院。于是过路人只得重新上路，心里纳闷怎么会碰上这么一个怪僻的人，在发什么神经病，既要出售自己的房屋，却又如此强烈地希望留着它。

这个谜终于被我解开了。一天，我经过小屋，听见里面有愤怒的争吵声。

“必须卖掉，爸爸，必须卖掉……您答应过我们的……”

老人用颤抖的声音说：

“可是，孩子，我也想卖掉……你瞧，我把招牌都挂出去了。”

我这才知道，那是他在巴黎开小店的儿子和媳妇，他们逼老人卖掉这块心爱的土地。为什么呢？我也不知道。但可以肯定的是，他们开始觉得事情拖得太久了，于是从那一天起，他们每星期天都定期来这里骚扰这位可怜的老人，强迫他履行自己的诺言。星期天，一切都静悄悄的，田地经过一个星期的耕耘和播种，也在休息；我站在路上，他们的话听得一清二楚。小店主们一边说话讨论，一边玩着投饼游戏①，在他们尖厉的嗓音中，“钱”这个字显得特别生硬响亮，就像圆饼的撞击声一样。晚上，所有人都走了；老人送他们到路上，走了几步就马上回来，满心欢喜地关上厚重的大门，又获得了一个星期的喘息时间。这一个星期的时间里，小屋变得十分安静。在被太阳烤晒着的小花园里，听到的只是沙土被沉重的脚步压过或被钉耙犁过的声音。

---

① 一种游戏，在一个箱顶设若干槽口，分别标有分数，将金属圆饼投入槽口者得分，分数高者获胜。

然而，一个星期又一个星期过去了，老人被催得更急，受的折磨也更深。小店主们什么办法都用上了。他们还带来了孩子诱惑他：

“您瞧，爷爷，房子卖掉以后，您就来和我们住。大家在一起多快乐呀！……”

他们在每一个角落密谈，在花园的小径上没完没了地散步，高声计算价钱。有一次，我听见老人的一个女儿喊道：

“这破屋子值不了一百个苏……只配被拆掉。”

老人默默无语地听着，他们在谈论他，仿佛他已经死了；谈论他的房子，仿佛它已经塌了。他驼着背，含着眼泪走着，一路上习惯地寻找着需要修剪的树枝、需要照顾的果实；可以感觉到，他的生命如此深深地扎根于这一小块土地，他是永远没有力量离它而去的。事实上，不管别人对他说些什么，他总是把离开的时间往后推。夏天，当樱桃、醋栗、茶黑藨子——这些略带酸味、散发着一年青涩的果子成熟时，他自言自语道：“等到收获以后吧……收获以后我马上就来。”

可是，收获结束了，樱桃的季节过去了，接下来便是桃子，然后是葡萄，葡萄过后是那些几乎要在雪地里采摘的漂亮的棕色欧楂。于是冬天来了。农村一片灰暗，花园里也空空如也。再也没有过路人，再也没有买主。甚至连小店主们星期天也不来了。整整三个月的休息时间，用来准备播种，为果树修剪枝桠；这时，那块无用的招牌仍然在路边摇晃，在风雨中飘零。

渐渐地，孩子们越来越不耐烦，他们深信老人在想方设法让买主避而远之，所以做出了一个重大的决定。他的一个媳妇搬来跟他住在一起，她是那种店铺里的小女人，从早晨就开始打扮，装出一副讨人喜欢的样子和虚情假意的温柔，一种生意人惯有的阿谀的殷勤。门前的马路好像是属于她的。她把门开得大大的，高声讲话，笑迎路人，仿佛在说：

“请进……您瞧……这幢房子准备出售！”

老人再也没有喘息的时间了。有时，他试图忘记她的存在，于是便用铁锹翻一翻那几方菜地，重新播撒种子，犹如临死的人爱做计划，以排遣对死亡的恐惧一样。那个小店铺的女主人成天跟着他，折磨他：

“唉！何苦呢？……您这样辛苦，结果还不都是为了别人？”

他不理她，执拗异常地继续专注于他手头的活儿。听任他的花园荒芜下去,这无异于已经开始失去它、离开它。因此,花园里的小径依旧没有一丝杂草,蔷薇也没有一根多余的枝条。

在此期间,并没有买主上门。现在是战争时期,尽管女人敞开大门,朝行人挤眉弄眼,但这一切都是枉然,路上经过的净是搬家的人,而跑进大门的则只有一些尘土。日复一日,女人变得越来越尖刻。巴黎的生意需要她回去照料。我听见她对公公横加指责,向他大发脾气,还用力砸门。老人佝偻着脊背,一言不发,望着日渐长高的豌豆自我安慰。那块招牌则依然挂在老地方:房屋出售。

今年,我回到乡下,发现房子还在;不过,可惜的是,那块招牌已经不见了。墙上仍然挂着撕碎霉烂的布告。结束了,房子卖出去了!原来的灰色大门现在成了绿色,最近刚油漆过,门楣也变成了圆形;透过门上开着的栅栏窗,可以看到里面的花园。它已不再是原来的果园了,到处是花篮、草坪和瀑布,所有这些弥漫着有钱人气息的杂乱无章的东西,全都映射在一个巨大的金属球上。金属球在石阶前摇晃着,映在上面的小径变成了束缚鲜花的绳子,上面还可以看到两张宽大而夸张的脸:一个满头红发的胖男人,浑身是汗地坐在一张土里土气的椅子上;一个身材高大的女人,气喘吁吁地挥舞着浇水壶喊道:

"我给大凤仙浇了十四壶水!"

新主人在房子上加建了一层楼,翻新了栅栏。在这座整修一新、还散发着油漆味的小房子里,一架钢琴飞快地演奏着的著名四对舞曲和公众舞会上的波尔卡舞曲。舞曲声传到路上,听起来令人浑身燥热;加上七月漫天的尘土、令人炫目的巨大花朵和胖女人,以及这流露无遗的平淡庸俗的快乐,所有这一切都让我感到揪心。我想起了那位可怜的老人,他在这里散步的时候是那么幸福、那么平静;我想像着他在巴黎,戴着他的草帽,弯着园艺工苍老的脊背,在某一个店铺的后院游荡;他忧愁、羞怯、热泪盈眶,而此时,他的媳妇却以胜利者的姿态坐在崭新的柜台后面,柜台里传来出售小屋所得的钱的叮当声。

圣诞故事

(一)
马莱区的圣诞晚餐

马杰斯代先生是一位汽水制造商,住在马莱区,他刚刚在王家广场的朋友家吃完圣诞晚餐出来,哼着小曲往家里走……圣保罗教堂敲响了凌晨两点的钟声。“时间真是不早了!”这位正直的人暗自说着,加快了脚步。可是,石板路很滑,街上黑黢黢的,加上这见鬼的老街区早在马车还十分少见的时候就建造起来了,所以到处都是弯道、墙角,以及门前用来拴马的石桩。这些都妨碍他加快速度,更何况他的两条腿已经像灌了铅似的沉重,双眼也因为圣诞晚餐上的祝酒而昏花迷离……终于,马杰斯代先生回到了家。他在一扇装饰得富丽堂皇的大门前停下,门上有一块古老的盾形纹章,在月光下闪闪发光;纹章被修饰一新,还镀了一层金,被他作为工场的标志,上面写着:

前贵族德·奈斯蒙公馆
马杰斯代少爷
汽水制造商

在工厂所有的虹吸瓶、账单票据和信纸抬头上，都刻着奈斯蒙家族的古老而熠熠生辉的纹章。

走进大门，是一个院子，院子宽敞、通风、明亮，白天打开院子的大门，整条马路都会为之一亮。院子尽头，有一幢非常古老的建筑，黑色的墙壁做工精细，上面雕着花；圆形的阳台上装着铁制的栏杆，其他阳台则安着石头柱子；窗户又大又高，上面的三角楣和柱头一直伸到房子的最高层楼，犹如大屋顶下面的许多小屋顶；屋脊上面，石板瓦中间，开着圆形的阁楼天窗，天窗四周镶着花饰，好像镜子一般，非常别致。除此之外，屋前还有一条宽大的石阶，在雨水的侵蚀下长出了青苔；一根细瘦的葡萄藤爬在墙上，与在顶楼的滑轮上来回摆荡的绳子一样黑、一样扭曲。整座房子透出一股难以名状的破败和凄凉的气息……这就是原来的德·奈斯蒙公馆。

白天，公馆的面貌就大不相同了。墙上到处都写着财务室、仓库、工场入口的金色字样，在太阳下闪闪发光，使古老的墙壁生机勃勃、青春焕发。铁路公司的卡车摇晃着大门，伙计们在石阶上上上下下，耳朵上夹着羽毛笔，忙着接受货物。院子里堆满了箱子、篮子、稻草和包装布，让您感觉到自己置身于工场之中……但夜幕降临之后，一切都归于平静，冬日的月亮照在杂乱而复杂的屋顶之间，投下重重影子，古老的奈斯蒙公馆这才恢复了贵族的气派。阳台镶上了花边，中央大院显得更加空旷，破旧的楼梯在若明若暗的光线的照耀下，如同教堂的幽暗处，带着空空的壁龛和损坏的阶梯，活象是一座座祭台。

尤其在那天夜里，马杰斯代先生觉得他的房子看上去特别宏大。当他穿过空荡荡的院子时，发出的脚步声令他自己都感到惊讶。楼梯似乎变得硕大无比，而且爬起来十分吃力。可能是刚才吃了圣诞晚餐的关系……来到二层楼，他停下来喘一口气，便走近一扇窗户。这就是住在历史建筑里的滋味！马杰斯代先生可不是诗人，噢！远远不是；然而，当他看到这贵族气派的漂亮庭院被月亮蒙上蓝色光芒的帷幔，这古老的贵族府邸和它麻木的屋顶一起被盖在白雪的斗篷下面，他不禁产生了一种身处世外的感觉：

“嗯……话说回来，要是奈斯蒙家族卷土重来的话……”

这时，突然响起了一声清脆的门铃声。两扇大门被迅速而猛烈地打开，连路灯都因此而熄灭；在几分钟的时间里，大门的阴暗处传来一阵模糊的摩擦声和嘀咕声。有人在争吵、在拥挤，要抢先进来。是仆人，很多仆人；还有几辆四轮马车，车上的玻璃窗在月光下闪闪发亮；还有一些轿子在火把之间摇摇晃晃，火把在大门前被风一吹，烧得更旺了。一眨眼工夫，院子里就挤满了人。但人群到了台阶下面，便不再混乱。人们从车上下来，相互致意，一边说话，一边走进房子，似乎对这里很熟悉。石阶上传来丝绸的摩擦声和佩剑的碰撞声。到处是白色的发套，上面扑了一层厚厚的粉，光泽全无；到处是细小明亮而略微颤抖的嗓音、低沉平淡的笑声，以及轻柔的脚步声。所有这些人看上去都很老、很老。他们目光混浊，首饰暗淡，刺绣的旧丝绸衣服泛出变换不定的朦胧色调，在火把的照耀下闪着柔和的光泽；在所有这些人和东西的上面，飘浮着一层薄薄的扑粉，扑粉从盘得又高又卷的头发上升起，一直升到每一位漂亮大人的身边，这些大人却因他们的佩剑和巨大的裙环而显得有些做作……不多会儿，整幢房子似乎成了鬼屋。火把在一扇又一扇窗户里亮起，在曲折的楼梯上上上下下，最后照亮了阁楼的天窗，闪耀着节日和生命的火花。整个奈斯蒙公馆被照得通明透亮，仿佛一缕强烈的夕阳点燃了它所有的窗户。

“啊！上帝！他们要放火烧房子！……”马杰斯代先生思忖着。他从惊愕中缓过神来，试着挪了挪麻木的双腿，迅速下到院子里。那里，仆人们刚点起一堆熊熊大火。马杰斯代先生走近他们，和他们说话。仆人们不理他，继续低声地相互交谈，可是，在冰天雪地的漆黑夜晚中，没有一丝热气从他们的嘴唇里冒出。马杰斯代先生很不高兴；不过有一件事使他安下心来，原来这烧得又高又旺的大火非常奇怪，它发出光亮，却没有一点热量，根本不灼人。他在这件事情上放下了心，便跨过石阶，进了仓库。

这些仓库都位于底楼，过去一定是非常漂亮的会客大厅。大厅的角落里，一些退了色的金片还闪耀着暗淡的光泽。天花板上、镜子周围、门楣上方，都画着一些神话题材的油画，色彩模糊而略微暗淡，好像是遥远年代的记忆。可惜的是，仓库里已经没有了窗帘和家具，只剩下一些墙纸、装满锡头虹吸瓶的箱子和一棵爬在窗户外面的黑乎乎的老丁香树的干枯枝桠。马杰斯代先生走进仓库，发现里面灯火通明，人头攒动。他跟他们打招呼，可没有人注意他。穿着缎袄的女人们挽着骑士的胳膊，继续合乎礼仪地做着媚态，大家踱来踱去，交头接耳，四处散开。这些苍老的侯爵们好像真的在他们自己的家里一样。一个娇小的身影，在挂在壁炉上方的一幅油画前面停下来，用颤抖的声音说："这就是我，这就是我！"她微笑地看着画中的月亮女神升起在护墙板的上方，女神修长、红润，额头上挂着一轮新月。

"奈斯蒙，快来看您家的纹章！"

看到奈斯蒙家族的纹章印在包装纸上，下面还有马杰斯代的名字，大家都大笑起来。

"啊！啊！啊！……马杰斯代！……难道法国还有姓马杰斯代的人吗？"

接着便是无尽的欢快，笛声般清脆的窃笑，举起的手指，撒娇的嘴巴……

突然，有人叫道：

"香槟！香槟！"

"噢，不是！"

"是的！……是的，这是香槟……来吧，伯爵夫人，快让我们吃一顿圣诞晚餐吧。"

他们把马杰斯代先生的汽水当作了香槟。尽管它稍稍有点走气，但没关系，大家还是照喝不误。这些可怜的小影子酒量似乎不大，汽水的泡沫渐渐地使他们活跃起来、兴奋起来，令他们有了跳舞的欲望。于是他们跳起了小步舞。奈斯蒙请来四个小提琴手，演奏起拉莫①的一首悠长的曲子，曲子全部由三连音组成，纤细、幽怨，却不失活泼。所有这些漂亮的老妇人都缓缓地旋转着，和着节拍庄重地向舞伴致意。她们的首饰、金色的背心、织锦的上衣，还有钻石扣环的皮鞋，都因此而变得年轻了。连护墙板听到了这昔日的乐曲，也似乎恢复了生机。嵌在墙上两百多年的旧镜子也认出了这些人，尽管已被划得伤痕累累，镜角也已经发黑，但它们依旧慢慢地闪亮起来，

① 让—菲利普·拉莫(1683—1764)，法国作曲家、音乐理论家。

映射出翩翩起舞的人们的形象，这些形象有些模糊，似乎带着一丝温柔的遗憾。马杰斯代先生置身于这优雅的舞曲之中，感到有点难堪。他蹲在一个箱子后面，偷偷地看着……

可是，白昼渐渐来临。透过仓库的玻璃门，可以看到院子开始泛白，接着是窗户的上方，再接着是客厅的整个这一面墙。随着光线的到来，那些人影逐渐模糊、混淆。不多久，马杰斯代先生只看到两把滞留在墙角的小提琴，它们一被阳光照射到，便蒸发得无影无踪了。在院子里，他仍然能依稀辨出一顶轿子的轮廓、一个扑满发粉并点缀着绿宝石的人头，以及仆人们扔在铺路石上的火把的最后一丝火星；一辆运货马车通过敞开的大门，轰隆隆地驶进院子，车轮碾过街石，迸出点点火星，与火把交相辉映……

（二）

三场小弥撒

1

“两只块菰火鸡，加利古？”

“是呀，神甫大人，两只肥美的火鸡，全都塞满了块菰。我再清楚不过了，因为是我帮他们把块菰塞到火鸡肚子里的。火鸡的皮绷得紧紧的，烤的时候简直就会爆开来……”

“圣母玛利亚！我太喜欢吃块菰了……快把我的法衣给我，加利古……除了块菰，你还在厨房里看见了什么？”

“噢！净是些好东西……从中午开始，我们一直在为野鸡、鸡冠鸟、榛鸡、大松鸡拔毛。鸡毛飞得满天都是……另外，他们还从池塘里捕来鳗鱼、金鲤鱼、鳟鱼，还有……”

“那些鳟鱼有多大，加利古？”

“这么大，神甫大人……大极了！”

“噢！上帝，我好像亲眼看见它们了！……你把葡萄酒倒进细颈瓶了吗？”

“是的，神甫大人，我把葡萄酒倒进细颈瓶了……当然啦，比起您等一会儿做完午夜弥撒后要喝的葡萄酒来，它差远了。要是您在城堡的餐厅里，亲眼看到所有这些装满葡萄酒的五颜六色的玻璃酒瓶的话该多好……还有银餐具、雕镂器皿、鲜花、大烛台！……从来没有见过这样的圣诞晚餐……侯爵先生请了附近所有的贵族，你们在餐桌上至少会有四十个人，还不包括大法官和公证人……啊！作为宾客的一员，您一定很高兴，神甫大人……我只是嗅了嗅那些肥美的火鸡，身上就沾满了块菰的气味……真好闻！

“好了，好了，我的孩子。小心别犯了贪吃戒，特别是在耶稣诞生之夜……快去点亮蜡烛，敲响弥撒的第一声钟声；午夜临近了，我们可不能迟到……”

以上对话发生在公元16××年的圣诞之夜，对话双方是令人尊敬的巴拉盖尔神甫和他的小教士加利古。巴拉盖尔神甫曾经是巴尔纳伯会[①]隐修院的院长，现在是管理小教堂的神甫，从特兰格拉格的领主们那里领取薪水；他以为和他说话的是小教士加利古，但您不久就会知道，这天晚上，恶魔伪装成一个长着圆脸、优柔寡断的年轻教徒的模样，以便勾起神甫的欲望，引诱他触犯可怕的贪吃戒。于是，当所谓的加利古（哼哼！）甩开膀子敲打着领主小教堂的大钟时，尊敬的神甫在城堡的圣器室里穿上了祭披，他的脑子已经被那些有关美食的描述弄得晕晕乎乎了，所以他一边穿衣服，一边不停地自言自语：“烤火鸡……金鲤鱼……这么大的鳟鱼！……”

屋外，夜风将钟声吹散开去，渐渐地，灯光在旺都山[②]山腰的阴暗处亮起，特兰格拉格古老的城楼就建在旺都山的山顶。来城堡聆听午夜弥撒的都是些佃农家庭。他们五个一组，六个一群，一边爬山，一边唱歌，父亲手提灯笼走在前面，女人则披着棕色的大斗篷，孩子们拥挤着躲在里面。尽管夜色已深、天气寒冷，但这些正直的百姓却快乐地走着，他们深信，做完弥撒出来，山下的厨房里会和往年一样，有一桌饭菜在等着他们。有时，在陡峭的上山路上，驶来一辆贵族的四轮马车，马车前走着打灯笼的仆人，马车的玻璃窗在月光的照耀下闪烁着；或是一头骡子，一边小跑，一边晃荡着系在脖子上的铃铛，借着风灯雾蒙蒙的光亮，佃农们认出这是大法官，于是经过他跟前时纷纷向他致意：

---

① 天主教修会组织，1530年成立于意大利的米兰。

② 山名，位于法国南部，阿尔卑斯山与平原的过渡地带。

“晚上好，晚上好，阿尔诺顿法官。”

“晚上好，晚上好，孩子们。”

夜色皎洁，星星也因为寒冷而更加活跃；寒风刺痛着皮肤，一阵细微的霰雪落在衣服上，并没有将它们打湿，仅仅是保持了圣诞节白雪皑皑的传统。山上的城堡就是目的地，它显现出城楼和山墙那巨大而敦实的身影，小教堂的钟楼耸立在暗蓝色的天空中，一群微小的光亮闪烁着，来来往往，停顿在所有的窗前，在建筑物阴暗的背景下，这些光亮犹如烧焦的纸烬中流动的火星……走过吊桥和暗道之后，必须穿过第一个院子，才能到达小教堂。院子里挤满了四轮马车、仆役和轿子，火把和厨房的炉火把它照得亮如白昼。可以听见烤肉用的旋转铁叉的丁当声、平底锅的撞击声、水晶器皿的碰撞声，还有银餐具在准备晚餐过程中的搅拌声；除了所有这一切之外，空气中还飘浮着一阵温热的蒸气，蒸气里夹带着烤肉和各种辛香佐料的香味，似乎要让佃农、神甫、大法官，以及其他所有人说：

“弥撒结束后，我们将会吃到多么丰盛的圣诞晚餐呀！”

2

滴零零！……滴零零！……

午夜弥撒开始了。城堡的小教堂宛若一座微缩的主教教堂，里面的窗拱纵横交错，橡木护墙板堪与墙面比高，所有的挂毯都被展开，所有的烛台都被点亮。这么多人！这么多漂亮的衣服！首先是德·特兰格拉格老爷，他坐在祭坛周围的雕刻祷告席上，身着橙红色塔夫绸外衣，身边坐着所有他邀请来的贵族。在他对面包着天鹅绒的跪凳上，跪着老侯爵的遗孀和年轻的德·特兰格拉格夫人，前者穿一条火红色的锦缎裙子，后者则戴一顶镶着轧制凹凸花边的塔形高帽子，这是法国宫廷的最新流行款式。往下一点的地方，可以看到大法官托马斯·阿尔诺顿和公证人昂布洛瓦先生，他们一身黑衣，头戴巨大的尖形假发，脸上的胡子刮得光光的，好像是夹在鲜艳丝绸和花纹锦缎中的两个沉重的音符。随后就是管家、书童、乐工、总管，我的天哪，所有这些钥匙都挂在腰间一个用细银打制的钥匙圈上。教堂深处的长凳上，坐着职位较低的神职人员、仆人、佃农，以及他们的家人；最后，在那边，厨房的学徒先生们悄悄地把教堂的门微微推开，旋即又把它关上，他们倚在那里，趁着准备两道菜之间的间隙来听弥撒曲，同时也给充满节日气氛，并被这么多明亮的蜡烛照得暖融融的教堂带来圣诞晚餐的气息。

让主祭分心的，是这些白色的小厨师帽，还是加利古的摇铃声？这疯狂的摇铃在祭台脚下暴风骤雨般地响起，仿佛在不停地说：

“快点，快点……结束得越早，开饭的时间也就越早。”事实上，只要这恶魔般的摇铃声一响，神甫就忘记了他的弥撒，心中只想着圣诞晚餐了。他想象着喧闹的厨房、燃着旺火的炉子，以及从半开的锅盖上冒出的水汽，水汽中有两只肥美的火鸡，肚子里塞满了块菰，皮肤紧绷，还呈现出大理石般的花纹。

或者，他还看见一队小书童从眼前经过，手里托着笼罩在诱人蒸气之中的菜盘；他跟着他们，走进大厅，那里已经做好了盛宴的准备。噢！美味的菜肴！巨大的餐桌已经摆得满满的，照耀在明亮的蜡烛光下；孔雀披着羽毛，野鸡张开了金褐色的翅膀，玻璃瓶呈现出红宝石的颜色，水果在绿色枝杈间堆成金字塔状，加利古——是呀，这个加利古——先前谈到的鲜美的鱼被放在茴香垫层上，鱼鳞散发出珍珠的光泽，仿佛刚刚从水里捞出来，怪兽一样的鼻孔里还插着一束味道浓烈的绿草。这些美味的幻觉是如此强烈，以至于巴拉盖尔神甫觉得，所有那些奇妙的菜肴全都上到了他的面前，放在祭台的刺绣台布上了；有那么两三次，他应该说“愿主与我们同在”，可他惊讶地发觉自己说的却是餐前的祷告语。除了这些小小的失误以外，这位尊贵的神甫念弥撒时非常用心，既没有跳过一行字，也没有漏掉一个跪拜礼，一切都进行得非常好，直到第一场弥撒结束。您知道，在圣诞夜，主祭必须连续主持三场弥撒。

“第一场结束了！”神甫轻松地喘了口气，暗自说道；然后，他一分钟也不耽搁，向小教士——或者说是他眼中的小教士——做了一个手势，于是……

滴零零！……滴零零！

第二场弥撒开始了，与此同时，巴拉盖尔神甫的罪恶也开始了。“快，快，快点结束！”加利古的摇铃以尖细刺耳的声音向他喊道。这一次，可怜的主祭完全被贪吃的恶魔控制了，他扑向弥撒经书，极其贪婪而又激动地念完一页又一页祷文。他狂乱地弯下腰、直起身、画着十字、行跪拜礼,对所有的动作都偷工减料,以便早一点结束。读到弥撒的福音节时,他敷衍了事地张开双臂;而读到悔罪经时,他则胡乱地拍了拍胸。他和教士之间正进行着一场比赛,看谁念得更快。经文和颂歌匆忙地从嘴中挤出;单词只读了一半,因为是闭着嘴读的——否则太花时间——所以到头来它们都变成了听不懂的呢喃声。

“请众同祈……祈……祈……

“捶胸认错……错……错……”

他俩就像心急火燎的葡萄收获者在酒桶里榨葡萄汁一样,唾沫飞溅地胡乱朗诵着拉丁文弥撒。

“尊敬的……斯科姆!……”巴拉盖尔说。

“……司徒图奥!……”加利古回应道。在此期间,该死的小摇铃每时每刻都在他们的耳边回响,就像挂在邮政驿马身上的铃铛,为的是让马跑得更快。您可以想像,按照这样的速度,一场小弥撒很快就可以做完。

“第二场结束了!”神甫气喘吁吁地说;接着,他顾不上喘气,满脸通红、汗流浃背地跑下祭台的台阶,于是……

滴零零!……滴零零!……

第三场弥撒开始了。现在离餐厅只有几步之遥了;可是,不幸的是,圣诞晚餐越是接近,可怜的巴拉盖尔就越是焦急、越是嘴馋,几乎都要疯了。他的幻觉越来越强烈:金鲤鱼、烤火鸡,它们都在这里。他用手去摸……他……噢!上帝……菜肴散着热气,美酒发出香味;小铃铛疯狂地摇着,对着他喊道:

“快点,快点,再快点!……”

可是,他怎么可能再快呢?他的嘴唇几乎不动了,也已经不再朗读单词……除非彻底欺骗上帝,把这场弥撒跳过。而这个可怜虫恰恰就是这么做的!在一个又一个诱惑的驱使下,他先是跳过一段经文,接着跳过两段;使徒的书信太长了,他就念一半;福音书一笔带过,信经也是浅尝辄止,天主经索性不念,序祷更是远远地绕过。就这样,他连跳带跃地冲向永恒的地狱之罪,身后跟着卑鄙下流的加利古(滚回去吧,恶魔),后者“情投意合”地帮助他,替他卷起祭披,两页两页地翻弥撒经,推倒搁书架,打翻圣水壶,还不停地摇着铃铛,一下比一下响,一下比一下急。

看看他助手们惊恐万状的脸吧!他们一个字都听不见,只得根据神甫的手势和表情继续这场弥撒,于是有的人站起来,有的人却跪下;有的人坐下,有的人却站着;在长凳上、在态度迥异的人群中,这场奇特弥撒的所有话语都混杂在了一起。圣诞之星行走在小马棚那边的天路上,看到这样的一片胡乱,也害怕得脸色发白……

"神甫念得太快了……我们跟不上。"老侯爵的遗孀一边喃喃地说,一边茫然地挥动着她的帽子。

阿尔诺顿先生鼻梁上架着大大的钢丝边眼镜,在祈祷书里寻找他们念到什么地方了。可是,这些正直的人也在心底里盼望着圣诞晚餐,所以对做得飞快的弥撒并不生气;当巴拉盖尔神甫容光焕发地转过身来,竭尽全力地朝着助手们高喊"弥撒结束"的时候,整个教堂里只有一个声音回答"感谢上帝";这回答是如此快乐、如此动人,以至于大家觉得自己已经坐在了餐桌旁,正在喝第一杯圣诞祝酒呢。

3

五分钟后,贵族们在大客厅里落座,神甫也和他们在一起。整个城堡从上到下灯火通明,到处都回荡着歌声、叫声、笑声、嘈杂声。尊敬的巴拉盖尔神甫用餐叉插在榛鸡的翅膀上,将因犯戒而引起的悔恨淹没在教皇的葡萄酒和鲜美的肉汁里。这个可怜的信徒,他吃了那么多菜、喝了那么多酒,以至于当天夜里,他突然心脏病发作死了,连忏悔的时间都没有。早晨,他来到天国,那里还洋溢着前一天夜里的节日喧嚣;大家可以想象一下,他受到了什么样的接待:

"赶快从我眼前消失吧,你这个不称职的基督徒,"我们共同的主人、至高无上的审判官说,"你犯的错太大,足以擦去你一生的美德……啊!你窃走了我一晚的弥撒……好吧,你就用三百场弥撒来补偿,你只有在你自己的小教堂里,当着所有因为你的过错而和你一起犯下罪孽的人的面,主持完这三百场圣诞弥撒,才能进入天堂……"

这就是在橄榄树的故乡广为流传的巴拉盖尔神甫的传奇。如今,特兰格拉格城堡已不复存在，但小教堂仍然高高地耸立在旺都山的顶峰，掩映在一片绿色的橡树丛中。北风吹打着它合不拢的大门，野草淹没了它的门槛；鸟儿在祭台的角落和高大的窗洞里筑起了巢，而窗户的彩绘玻璃则早就没有了踪影。可是，听说每年圣诞，总有一缕超乎自然的光线在废墟间游移，农民们去做弥撒和吃圣诞晚餐时，会看到小教堂里的辉煌景象，但照亮教堂的烛火却无影无踪，它在露天燃烧，即使风雪也不能让它熄灭。您听了也许会笑，随您的便吧！但是，当地有一个葡萄农，名叫加力格，也许是加利古的后代，他告诉我，有一个圣诞节的夜晚，他喝醉了酒，在特兰格拉格附近的山里迷了路，于是看到了这样的情景……晚上十一点之前，什么动静都没有。万籁俱寂，没有一丝光亮，一切都是死气沉沉的。午夜时分，钟楼上方突然传来一阵钟声，那是一座很老、很老的钟，仿佛离这里有十里远。不久，加力格看到上山的路上有火光在颤抖，有模糊的人影在移动。有人在小教堂的门廊下走动、低语：

"晚上好，阿尔诺顿法官。"

"晚上好，晚上好，孩子们。"

众人走进教堂后，那位勇敢的葡萄农便蹑手蹑脚地走上前去，透过破败的大门，看到了一幅奇特的景象。所有那些在他眼前经过的人都在大殿的废墟中，围着祭坛而坐，仿佛原来的长凳现在还在。漂亮的贵妇身着锦缎衣服，头戴花边女帽；老爷们从头到脚一身精致的打扮；农民们则穿着绣花礼服，就像我们祖父辈的人那样。所有人看上去都很苍老、很憔悴，满身尘土，疲惫不堪。有时，小教堂的常客——鸟儿们被这里的光芒惊醒，便绕着烛台游荡起来；烛火燃得又高又直，但模糊不清，仿佛外面罩着一层薄纱。最让加力格好笑的，是一个戴着宽大钢丝边眼镜的人，他不时地抖动着高高的黑色假发，假发上笔直地站着一只笨拙的小鸟，无声地拍打着翅膀……

教堂深处，一个身材如孩子般瘦小的老人跪在祭坛中央，他绝望地摇动着一个铃铛，铃铛上没有铃，也发不出声响；与此同时，一个身穿旧金缕衣的神甫在祭台上走来走去，毫无声息地背诵着祷告词……无疑，这就是巴拉盖尔神甫，他正在念他的第三遍小弥撒。

教皇死了

我的童年是在外省的一座大城市度过的。一条河流穿城而过,河水奔腾不息,河上千桅林立,它使我在很小的时候就爱上了水上旅行和生活。特别是在一座名叫圣樊尚的人行天桥附近,有一段沿河堤岸,即便在今天,我想起它就按捺不住激动的心情。我的眼前又浮现出那块钉在木桩顶端的牌子,上面写着:高尔奈,小船出租;一座小楼梯伸进水里,因潮湿而变得又滑又黑;挨着楼梯的水面上泊着一排小船,刚刚刷过油漆,色彩鲜艳夺目,它们紧靠在一起,轻轻地摇晃着,仿佛在为自己美丽的名字而陶醉:海鸥号、燕子号;这些名字,都用白色的字母,写在每一条船的船尾。

河边的斜坡上,靠着许多有待晒干的长桨,桨上的铅白油漆在太阳底下闪闪发光。高尔奈老爹提着油漆桶,拿着油漆刷,在这些长桨中间走来走去;他长着一张古铜色的脸,皮肤粗糙,布满深深的皱纹,如同夜晚被寒风吹皱的河面……噢!这个高尔奈老爹。他是我童年的恶魔、痛苦的喜好,是我的罪恶、我的悔恨。因为他的小船,我犯了多少过错!我逃学,把课本卖掉。为了划一个下午的船,我还有什么不能卖的呢?

我把所有的课堂练习本都扔在船底,脱下外衣,帽子推在后脑勺上,任头发迎着河面上的微风飘舞。我用力划着桨,皱着眉头,装出一副久经风浪的老水手的模样。在城区的河段上,我总是把船划到河的中央,与两岸都保持同样的距离,因为离岸太近的话,久经风浪的老水手就可能被认出来。置身于这么多舢板、筏子、木排、汽船之间,是多么神气的一件事情呀!这些船擦肩而过,相互避让,船与船之间只隔着一道细细的波浪!一些大船在河中掉头，以便逆流泊岸，不想掀起的波浪却推开了许多小船。

突然，一艘汽船在我附近转动起水轮；或是一个巨大的影子黑压压地罩在我的头上，原来是一艘运送土豆的大船。

“当心点，小家伙！”一个嘶哑的声音对我喊道。

我汗流浃背，苦苦挣扎，在这船来船往、生机勃勃的河面上显得狼狈不堪。街上的场景，通过河面上的桥梁和人行步道，不时地穿插而过，将公共马车的倒影投射在船桨下的河水中。桥拱附近的水流是多么湍急：逆流、漩涡，构成了一个又一个笑里藏刀的死亡之洞！要知道，一个十二岁的孩子，没有任何人替他掌舵，要在这样的河面上靠自己的双臂劈波斩浪，可不是一件容易的事。

有时运气好的话，我会碰上拖轮。我就赶紧搭在这长长船队的尾巴上，任由它拖着行驶。我放下桨，让它们像张开滑翔的翅膀，一动不动地伸在水面上；我听凭自己静静地快速滑行，将河面犁出长长的浪沟，看着岸上的树木和房屋迅速地往后退去。在我前面很远的地方，传来螺旋桨单调的盘旋声，拖船上有一条狗在汪汪地叫着，一缕细烟从船上低矮的烟囱里冒出。这情景让我恍然置身于长途旅行之中，仿佛过上了真正的水手生活。

可惜，碰上拖船的机会很少。通常，我必须顶着烈日不停地划船。噢！正午的太阳直射在河面上，至今还似乎烧灼着我的皮肤。河水好像燃烧着，发出粼粼的波光。炫目嘈杂的空气飘浮在波浪上面，随着每一个运动而震颤；在这样的空气里，木桨每划一下，纤绳每一次湿淋淋地从水中拉起，都会带出一片刺眼的银光。我闭着眼睛划船。有时，根据我所用的力气，根据船下水流的速度，我以为船走得很快；可是，当我抬起头来，看到的却仍然是河岸上的那棵树、那堵墙。

在费了九牛二虎之力，热得大汗淋漓、满脸通红之后，我终于把船划出了城外。河中洗浴的吵闹声、洗衣船的喧嚣声、上下客趸船的嘈杂声都渐渐减弱了。河面变得宽阔起来，河上的桥也越来越少。几座城郊的花园、几根工厂的烟囱时不时地倒映在水中。地平线上，闪动着一些绿茸茸的小岛。我实在累极了，便把船靠到岸边嗡嗡作响的芦苇丛中；在那里，由于日晒、劳累，还有从闪闪发光的黄色大河上蒸腾上来的暑气，久经风浪的老水手终于头昏眼花，鼻子流血不止。我的水上旅行每次都是以这个结局而告终。您还想怎样？我觉得它美妙极了。

不过，可怕的是返程，是回家。尽管我奋力划桨，可是依然无济于事，我总是到得太晚，远远超过了放学的时间。夜幕逐渐降临，雾霭中煤气灯一盏一盏地亮起，兵营吹起了归营的号角，这一切都让我平添了一丝不安与内疚。我真羡慕那些在我面前走过、可以安安心心回家的人们；我拼命跑着，脑袋沉甸甸的，里面装满了阳光和河水，耳朵深处依然响着贝壳的隆隆声。想到我将要编造的谎话，我的脸已经红了。

因为，我每次都要编一个谎话，对付在门口等着我的可怕的问题："你上哪儿去了？"我最怕的就是进屋前的这番审讯。我必须在楼梯的平台上，在抬脚进屋的一刹那做出回答；我得时刻准备好一个故事、一个理由，越令人震惊、令人骇异越好，这样他们就不会再问其他的问题。我则趁此机会溜进屋子，喘一口气。要做到这一点，我不费吹灰之力。我可以编造出灾难、革命，还有各种可怕的事件，比如城市的哪个区域发生了大火，哪一座铁路桥坍在了河里，等等。不过，我最骇人的谎话还是下面那个：

那一天晚上，我回家很晚。母亲站在楼梯上面看着，已经等了我足足一个多小时。

"你上哪儿去了？"她朝我喊道。

请告诉我孩子的脑袋瓜里会有一些什么样的调皮诡计！那天我什么理由都没有想过，什么谎话都没有准备。我回家太急了……突然，我脑海里闪过一个疯狂的念头。我知道我亲爱的母亲非常虔诚，是一个像罗马人那样狂热的天主教徒，于是我激动得上气不接下气地回答说：

"噢，妈妈……您不知道……"

"怎么了……出什么事了……"

"教皇死了。"

"教皇死了！……"可怜的母亲重复了一遍。

她脸色苍白地靠在墙上。我立刻溜进房间，被自己的成功和这么大的谎话吓坏了。但是，我还是鼓足了勇气，把牛皮吹到了最后。我还记得那个悲哀而温馨的夜晚，父亲脸色沉重，母亲惊恐不安……大家围着餐桌低声说着话。我不敢抬起眼睛。我的逃学，早就被一家人深深的悲恸所埋没，已经没有人再提起它。

每个人都争先恐后地缅怀着教皇庇乌九世的美德;接着,谈话渐渐地转到了历代教皇的故事上来了。萝丝姑妈谈起了庇乌七世,她清楚地记得自己曾经在南方见过他,当时教皇坐在驿车里,由军警在两边护卫着。大家还想起了教皇和皇帝那次著名的争吵:"喜剧!……悲剧!……"这可怕的故事我已经听了一百遍了,而且每一次讲总是那几种音调、那几个手势、那种世代相传而且一成不变的家庭传统,它们持续着,既幼稚又乡气,宛如修道院里的故事。

不过没关系,这故事似乎从来没有这么有趣过。

我一边听,一边虚伪地叹着气,提着问题,装出一副很感兴趣的样子。可我在心里不停地说:"明天早晨,他们知道教皇没有死,会非常高兴,那样就不会有人再来责骂我了。"

想到这里,我的眼睛不由自主地闭了起来,仿佛看见一只只漆成蓝色的小船,漂浮在索恩河[①]暑气浓重的水面上,银蛛伸着长脚在那里爬来爬去,就像钻石尖一样,在光滑如镜的水面上划出道道波痕。

---

① 法国东部河流,发源于东北部的孚日山西部,向南流,在里昂市南部汇入罗讷河。全长四百八十公里。作者在小说中提到的"外省的大城市"即为里昂。

美食风景

龙虾汤

我们沿着撒丁岛①的海岸线，朝玛德莱纳岛②方向前进。这是一次清晨漫步。船夫把船划得很慢，我俯身在船舷上面，看见海水如泉水般清澈，阳光可以一直照到海底。水母和海星躺在海苔之中；硕大的龙虾将长长的触须垂在细沙上，一动不动地在睡觉。所有这景色都位于海底十八到二十英尺的深度，就像在水晶鱼缸里看到的那样，显得很不自然。一个渔夫站在船头，手中拿着一根劈开的长芦苇作鱼叉，对船夫做着手势："慢一点……慢一点……"突然，他的鱼叉尖上多了一只漂亮的龙虾，这龙虾还没有睡醒，惊恐地伸展着肢足。我身边，另一个渔夫将渔线扔在船后的水面上，钓起许多美丽的小鱼，这些垂死的小鱼色彩缤纷，亮丽鲜艳，还不断变化着光泽，如同透过棱镜看到的一样。

海钓结束之后，我们便在高高的灰色岩石间靠了岸。大家很快生起了火，在烈日下，火光显得十分苍白；面包被大片大片地切在红土盘子里，我们坐在烧锅周围，伸着盘子，张开鼻翼……是不是因为这美景、这阳光，还有这

---

① 意大利岛屿，位于亚平宁半岛西面的地中海之中。

② 位于撒丁岛正北的一个小岛。

海天一色的地平线的缘故？总之，我从来没有吃到过比这龙虾汤更加鲜美的东西。接下来在沙滩上的小憩又是多么惬意！我们枕着海浪的摇篮昏昏睡去，即使闭上眼，仍能看到细小的波浪如成千上万片闪闪发光的鳞片在纷飞旋舞。

蒜泥蛋黄酱

我们如同置身于西西里岛海边渔民的陋屋里，就像忒奥克里托斯①在诗歌里所描绘的那样。其实，这里只是普罗旺斯②的卡马尔格岛③，我们在一个渔警的家里。陋屋是用芦苇搭建起来的，墙上挂着许多渔网，屋里放着船桨、长枪等类似于设陷阱捕猎，或是水陆两栖猎手的工具。门前是宏大的平原景色，清风徐徐，使这风景显得更加空旷。渔警的妻子正在为漂亮的活鳗鱼去皮，鱼儿们在太阳底下扭动着；远处，阵风挟带着白光，吹得纤细的树木弯下了腰，仿佛要逃跑的样子，露出树叶浅色的一面。芦苇丛中，沼泽犹如一面破碎的镜子，这儿那儿地闪着光。再远处，一条闪烁的长带占据了整个地平线：那是瓦卡莱斯湖④。

屋里，用葡萄藤燃起的火苗噼啪地响着，光芒四射；渔警虔诚地将蒜瓣放在研钵中捣碎，同时还往里面一滴一滴地加橄榄油。在这狭小的陋屋里，通往阁楼的梯子占据了最大的地方；我们坐在小木桌前高高的板凳上，将鳗鱼蘸着蒜泥蛋黄酱吃。我们可以猜到，在这如此狭小的房子周围，是一望无际的地平线，阵风在上面吹过，候鸟在上面急急地飞过；四周的空间可以通过马帮和牛群身上的系铃声推算出大小，这铃声时而清脆洪亮，时而渐远渐弱，传到耳边时就像是失去的音符，随着密史脱拉风飘扬远去。

---

① 忒奥克里托斯（前310—前250），古希腊诗人，田园诗的首创者，诗风活泼、优美，现存完整诗篇三十首。

② 地区名，位于法国东南部，地中海沿岸。

③ 普罗旺斯一个多沼泽的地区，面积七百四十平方公里。

④ 位于普罗旺斯的卡马尔格，面积六千公顷，为动植物自然保护区。

古斯古斯饭

那是在阿尔及利亚谢里夫平原的一位阿加[1]家。主人在屋子前为我们支起一座巨大而宏伟的帐篷,从那里,我们看到夜色披着轻纱,悄然降临;夕阳带着美丽的红色,渐渐地消失在泛着紫色的黑夜中;在这凉爽的夜晚,在半掩着的帐篷中央,烛火一动不动地在一支用卡比利亚[2]棕榈木做的烛台上燃烧着,引来无数害怕地扇动着翅膀的夜虫。我们围成一圈,蹲坐在凉席上,静静地吃着:好几只整羊被叉在烤杆上抬了上来,上面还淌着黄油;还有蜂蜜糕点、麝香葡萄酱,最后上来的是一个大木盘,木盘里盛着用金色的粗面粉做的古斯古斯饭,饭上面还有鸡肉。

这时,天色完全黑了。月亮升起在附近的山丘上,那是一轮东方的细月,月牙里还藏着一颗星星。帐篷前,露天下,燃起了一堆熊熊大火,跳舞的人们和乐手们一起,围在火堆周围。我记得有一个身材高大的黑人,光着身子穿一件旧时轻装兵的制服,跳跃着让自己的影子在整个屋顶上翻飞……看着这食人族的舞蹈,听着这急促得令人喘气的阿拉伯小鼓,还有在平原上此起彼伏、遥相呼应的豺狗的尖叫,我觉得自己似乎置身于一个野蛮的国度。然而,在帐篷里——它是游牧部落的避风港,就像安置在静止场所中的一叶固定风帆——披着白色羊毛斗篷的阿加,对我来说,仿佛是出现在荒蛮时代的神灵。在他神色凝重地吃着古斯古斯饭的时候,我心想:这道阿拉伯的国菜,一定就是《圣经》中提到的神赐予希伯来人的食物了。

栗子粥

十一月的一个晚上,科西嘉岛海岸—— 我们冒着大雨,在一个荒无人烟的地方靠了岸。卢卡[3]的烧炭人把烤火的位子让给了我们,接着,一个当

---

① 对阿尔及利亚高级官吏的称呼。

② 阿尔及利亚山区名。

③ 意大利地名,位于该国中部的托斯卡纳地区。

地的羊倌请我们到他的破屋里喝栗子粥,这个羊倌穿着山羊皮衣服,看上去就像野人。我们弯着腰,缩紧身体,走进一间直不起腰的茅草房。房子中央,几根青色的树枝在四块焦黑的石头间燃烧着;青烟从火堆上升起,飘向开在草屋顶上的小洞,却立刻被风雨打了回来,在屋里弥漫开来。一盏小灯——就是在普罗旺斯被称为“卡莱”的灯——在这沉闷的空气中腼腆地睁着一只眼睛。每当烟雾稍稍散去,就时不时地会出现一个女人和几个孩子;屋子深处,一头猪在叫。我们看到一些沉船的残骸:一条用船板做成的长凳,一只贴着船运单据的木箱,还有一个取自某个船头、被海水浸泡过的木制美人鱼头。

栗子粥十分难喝。栗子碾得不够碎,有 股发霉的味道,好像是在雨中的树下待得太久了。接着上来的是“布吕克肖”奶酪,那膻味令流浪的山羊梦牵魂绕……我们这是在意大利最为贫穷的地方。没有栖身的房子。这里的气候是如此之好,要活下去太容易了!只要在大雨天有一个藏身的窝就行了。那么,烟雾弥漫、灯光飘摇又有什么关系呢?这里的人都知道:房屋是监牢,只有沐浴在阳光中才能生活得更好。

海边收获

从早晨起，我们就在平原上奔驰，寻找大海。布列塔尼的海岸是由海湾、岬角和半岛构成的，大海藏匿其中，仿佛故意躲着我们。

有时，海蓝色的一角在天际展开，犹如从天上掉下来的一块，颜色更深，流动更快；可是，那些蜿蜒曲折的公路简直就是打伏击和起义者梦想的天堂，它们很快就把这惊鸿一瞥的海景重新封闭了起来。就这样，我们来到一座小村庄，村庄破旧而简陋，街道又黑又窄，好似在阿尔及利亚，到处是粪便、鹅鸭和猪牛。房屋宛若茅屋，房门低矮，呈尖拱形，四周漆成白色，门上用石灰画着十字；百叶窗都用长长的斜杠固定着，只有在大风频繁的地区才见得到这种情景。不过，这座布列塔尼的小村庄看上去十分隐蔽、沉闷、宁静，似乎深入陆地二十里之遥。当我们来到教堂前的广场上时，眼前突然豁然开朗，海风徐徐，涛声隆隆。这就是大海，无边无际、一望无垠的大海！上涨的潮水，随着它每一次拍岸的激浪，带来清新而夹杂着咸味的空气和这一阵阵的大风。小村庄伸向大海，耸立在岸边，街道连着防波堤，防波堤的尽头有一个小小的码头，里面泊着几艘小渔船。教堂的钟楼高耸着，就像海边的航标；周围是一个墓地，也是大陆的尽头，墓地里的十字架歪歪斜斜、杂草丛生，低矮的围墙已经风化，墙边还靠着几条石头长凳。

这座村庄淹没在乱石丛中，两面临海，一派田园风光，再也没有哪个地方比它更美丽、更幽远了。这里的人，无论是渔夫还是农民，都是神色冷峻，不苟言笑。他们并没有邀请您留在那里，相反，是您自己去的。不过，渐渐地，他们变得可亲起来，您会惊讶地发现，在这冷淡的背后，是如此淳朴善良的村民。他们就像他们的家乡,就像那多石而坚硬的土地;这土地的矿物质含量如此之高,以至于即使在太阳底下,大路也呈现出一片黑色,闪耀着铜和锡的光芒。光秃秃的石头海岸险峻、荒蛮、布满荆棘;到处是坍塌的泥石、陡峭的绝壁,海浪涌进自己掘出的岩洞,在里面汹涌、咆哮。潮水退后,一望无际的暗礁钻出水面,露出闪亮着雪白泡沫的怪兽般的脊背,就像是一条条搁浅的巨鲸。

与此构成鲜明对比的是,在离海岸咫尺之遥的地方,有着大片的麦田、葡萄园和苜蓿地;它们由一堵堵矮墙隔开,矮墙和树篱一般高,上面附满了荆藤,一片绿色。看累了高得令人晕眩的峭壁、必须借助嵌在石缝中的绳索才能下去的深渊,还有翻腾着泡沫的巨浪,再看一看这无边无际的平原和熟悉、亲切的自然风景,您会觉得眼睛分外舒服。从弯弯曲曲的山间小路上,从两幢房屋的屋脊之间,从墙垣的缺口里,从小巷的尽头处,到处都可以看到无时不在的大海;而在这海蓝色的背景之上,哪怕是最微小的乡村细节也被放大了。在更加广阔的空间里,公鸡的啼鸣显得更加嘹亮。不过最美的景色,莫过于海边收割后的麦堆,映衬在碧波之上的金色麦垛,麦场上随着节拍此起彼落的连枷,以及一群群站在峭壁顶上、面朝麦场、如招魂一般举起双臂、簸扬麦子的女人了。麦粒像雨点一样规则而密集地落下,草秸则被海风吹走,在空中旋舞飘扬。无论是教堂前的广场上,还是在码头上、防波堤上,到处都有女人在扬麦;而在防波堤上,更是摊开晾晒着许多巨大的渔网,网眼里还嵌着水草。

与此同时,还有另外一场收获,它是在岩石底下,在潮水时而占据、时而退却的中间地带进行的。那就是收获海藻。每一次海浪汹涌地扑向岸边,总要留下它的足迹,那就是一条由海藻、海带等构成的海洋植物曲线。起风的时候,这些海藻会跑到海滩上,尽管大海会退到离岩石很远的地方,但海藻却像湿漉漉的头发一样贴在岩石上,在上面铺开。人们大把大把地将海藻捡起来,堆在岸边;它们的颜色很深,呈紫色,带着波浪的光泽和奇怪的虹色,原来那是死鱼或枯草的颜色。海藻晒干之后,人们就把它们烧掉,从中提取苏打。

这种奇特的收获,必须在退潮的时候进行。男女老少挽起裤腿,走到海水撤退时留下的成千上万个清澈的小水洼里。大家都拿着巨大的草耙,来到湿滑的岩石中间。他们所到之处,海蟹惊恐地奔逃躲藏,压扁了身体,伸长着螯钳;而那些透明的小虾,则躲在被搅浑的水中,看不出来了。海藻收上来后,被堆在一起,装到牛车上;牛儿低着头,吃力地拉着车,行走在崎岖不平的地上。不管您转身朝向何处,总可以看到这样的牛车。有时,在牛车几乎无法抵达、只有通过陡峭的小径才能上去的地方,会突然冒出一个男子,手持缰绳,牵着一匹马,马背上驮着的海藻一条条地垂下,还淌着水。您也可以看到孩子们把树枝扎成担架的模样,运送着遗落的海藻。这景象构成了一幅忧伤而又感人的图画。海鸥受到了惊吓,一边叫,一边在空中绕着自己的蛋飞翔。大海的威胁仍然在那里,但最终使这一场景变得庄严的,是当人们在海浪犁出的细沟中收获海藻——一如他们在田里收获庄稼——的时候,天地一片宁静,这宁静中涵盖着勤劳,涵盖着一个民族面对吝啬而又桀骜的自然所做的努力。人们所能听见的,只是一两声赶牛的吆喝,以及海水拍打在岩洞里发出的尖厉的声响。我们似乎遇见了一个缄口苦修的教士团体,来到了一个规定在露天工作却必须永远保持沉默的修道院。赶车人从您身边经过时,甚至都不回头看您一眼;只有拉车的牛瞪大眼睛,一动不动地盯着您。然而,这里的人一点都不忧伤。每逢星期天,他们会兴高采烈地跳起古老的布列塔尼圆舞。晚上八点左右,大家聚集在教堂和墓地前的堤岸上。墓地这个词听起来可怕,可要是您见到这块地方,就不会害怕了。那里没有一丝嘈杂,没有一棵紫杉,也没有一块大理石墓碑;任何约定俗成或庄严肃穆的东西都没有。只有一具具竖起的十字架,上面刻着很多相同的姓氏,这情景在许多小地方都一样,因为居民们都是亲戚;还有一成不变的高高的野草和低矮的墙头,孩子们玩耍的时候可以轻而易举地翻过它,而在有葬礼的日子,人们则可以站在墓地外面,从墙头上看见奔丧的人屈膝下跪的情景。

矮墙根下,老人们常来晒太阳,或者纺线,或者在这荒僻宁静的园子和澎湃不息的大海之间睡上一觉……

星期天晚上,年轻人们也是在这墓地前面翩翩起舞的。当防波堤边的海浪还映照在落日的余晖之下,姑娘和小伙子们便成群结队地聚集到这里。圆圈围起来了,首先是一个尖细的声音和着节拍在独自领唱:

在银锡盘的院子里……

所有声音一起重复唱道：

在银锡盘的院子里……

圆舞跳起来了。白色的圆锥女帽上下翻飞着，两边微微开了口，仿佛是蝴蝶的翅膀。每句歌词几乎总有一半要被海风吹走：

……失去了我的仆人……
……带来了我的色彩……

歌声断断续续，有时会奇怪地省去几个元音，就如同当地用来伴舞的歌曲，注重的是节奏而不是歌词的意思；这样的歌声，听起来反而更加纯朴、更加迷人。除了一道迷蒙的月光，再无别的光亮，这使舞蹈显得更加空幻。一切都是灰色、黑色或白色的，这中性的色调，最适合配恍然的梦，而不是眼前真切的景象。月亮渐渐地升了上来，墓地里的十字架，就是立在角落里、有着很大的耶稣受难像的那一具，开始拉长影子，向圆舞的圈子延伸过来，最终和跳舞的人影交织在了一起……终于，十点的钟声响了，大家分手道别。每个人都经过村庄的小巷回家；此时此刻，小巷也呈现出一种奇怪的面貌。屋子外面残缺不全的楼梯台阶，屋顶的角落，漆黑一片的厂棚，所有这一切都歪歪斜斜地缠绕着、拥挤着。人们沿着古老的墙垣走着，墙边长着高大的无花果树；走在路上，踩在空心的麦秸上，一股海的气味，伴随着热烘烘的麦香和沉睡中牲口棚的气息，钻进您的鼻翼。

我们借住的房子在村庄外面的田野里。在回家的路上，我们隐约看到，在树篱的上方，许多灯塔一闪一闪地照亮了整个半岛：有一座闪光的灯塔、一座旋转的航标灯和一座固定的航标灯。因为看不见大海，所有那些露出水面的黑色礁石，都似乎融入了宁静的田野。

红山鹑的感愤

您知道，山鹑总是成群结队地飞翔，一起在田间低洼的犁沟里休息，一有风吹草动便一哄而散、飞上天空，犹如撒出去的一把种子。我们这群山鹑成员众多，而且非常快乐，大家住在一片大树林的边上，树林两边既有猎物又有舒适的栖身巢窝。因此，自从我羽毛丰满、学会奔跑之后，我便不愁吃喝，生活幸福。然而，有一件事让我稍感不安，就是关于狩猎的开禁令，母亲们早就在小声谈论这件事了。不过，有一位我们山鹑家族的老朋友总是对我说：

“别害怕，小红鸟 —— 大家都叫我小红鸟，因为我的嘴和脚都是红色的——别害怕，小红鸟。开禁的那一天，我会带上你走，我肯定你不会有事的。”

这是一只上了年纪的公鸡，精明而狡猾，尽管他胸前已经长出了马蹄形的红色羽毛，而且有些地方的羽毛也变成了白色，但他仍然机敏灵活。年轻的时候，他的翅膀曾经被一颗铅弹击中，使他活动起来不那么灵便，所以在起飞之前，他总要朝翅膀看两眼，耽误一会儿工夫，才能飞上天。他常常把我带到树林的入口处，那里有一幢奇怪的房子，房子搭在栗树林里，门总是关着，里面寂静无声，仿佛没有住客似的。

“好好看看这幢房子，小家伙，”老公鸡对我说，“要是你看到屋顶上有炊烟升起，门窗都打开的话，那么我们就有灾难了。”

我相信他的话，我知道他肯定见到过门窗打开的情景。

果然，一天早晨，天刚蒙蒙亮，我听见有人在下面的犁沟里叫我……

“小红鸟！小红鸟！”

原来是我的老公鸡朋友。他的眼神非常奇怪。

“快来，”他对我说，“跟我走。”

我睡眼惺忪地跟着他，就像老鼠一样悄悄地走在土块当中，既不飞也不跳。我们朝树林的方向走去；一路上，我看见小屋的烟囱里升起了炊烟，窗户上透出灯光，敞开的门前有几个全副武装的猎人，猎狗们在他们身边跳来跳去。我们经过那里时，其中一个猎人叫道：

“上午到平原上去打猎，下午再到树林里打。”

我这才明白为什么我的老朋友先带我们来大树底下。不过，我的心还是怦怦直跳，特别是当我想到还在树林外面的可怜的朋友们时。

我们来到树林边的时候，猎狗突然朝我们跑来……

“卧倒！卧倒！”老公鸡一边命令我，一边伏下身子。

与此同时，在离我们十步远的地方，一只鹌鹑惊慌失措地张开翅膀和嘴巴，害怕地一边惊叫，一边飞起来。我听见一声巨响，然后便被笼罩在尘土之中；这尘土带着一股奇怪的气味，颜色是白的，非常灼人，尽管太阳才刚刚露头。我害怕极了，连跑都跑不动。幸好我们进了树林。我的老朋友蹲在一棵小橡树后面，我待在他身边。我们就这样躲着，透过树叶，看着外面。

这时，田野上响起了可怕的枪声。每听见一声枪响，我就不知所措地闭上眼睛；当我再次睁开眼睛时，看到在空空荡荡的田野上，猎狗们来回奔跑着，在秸秆间、草垛里四处搜索，像疯子一样绕着自己转圈子。猎人们在它们身后一边咒骂，一边呼叫；阳光下长枪一闪一闪地发着光。有时候，我好像在硝烟之中看到树叶四散着飞扬开去——尽管周围没有一棵树木。我的老公鸡朋友告诉我那是羽毛；果然，在我们前面一百步远的地方，一只漂亮的灰色山鹑仰着血淋淋的脑袋，掉在犁沟里。

当太阳升得很高，而且变得非常炎热时，枪声突然停止了。猎人们回到小屋，屋里传来火在树枝上燃烧的噼啪声。他们扛着枪，相互说着话，谈论着每一枪的得失；与此同时，猎狗们拖着舌头，疲惫不堪地跟在他们身后……

“他们要吃午饭了，”我的老朋友对我说，“我们也去填饱肚子吧。”

我们走进树林边上的一块荞麦田里，田很大，黑白相间，荞麦已经开花结穗，散发着杏子的香味。有几只长着一身美丽的金色羽毛的野鸡也在那里啄食，它们低下红色的鸡冠，生怕被猎人发现。啊！它们可不比平时神气了。它们一边吃，一边向我们打听消息，问我们是否有同伴被打死。这时候，猎人们原先静悄悄的午餐变得喧闹起来；我们听见酒杯在碰撞，酒瓶的瓶塞被打开。老公鸡觉得我们应该回到藏身之处去了。

这个时候，树林似乎睡着了。平时麞子常去喝水的小水塘，此刻没有一张嘴在搅动它。欧百里香丛中也没有一只嚼食的兔子。唯一能感觉到的是一阵阵神秘的颤动，仿佛每一片树叶、每一根小草，都隐藏着一条受到威胁的生命。树林里的猎物有的是藏身之处：洞穴、树丛、柴薪、荆棘还有沟渠，这些沟渠在雨后能蓄很长时间的水。说实话，我非常希望能躲在这样的一个洞穴里；但我的老朋友却更喜欢待在露天，因为那里天地开阔，可以看得更远，感受到眼前敞开的空间。我们真是幸运，因为猎人们来到了树林里。

噢！这树林中的第一声枪响，犹如四月的冰雹穿透树叶，在树皮上留下弹孔的枪弹，我永远不会忘记它们。一只兔子张开爪子，抓起一绺小草，穿过小路逃跑了。一只松鼠溜下栗树，使还是青色的栗子落了一地。两三只肥胖的野鸡沉重地飞了起来。枪声搅动并惊醒了树林里的所有生命，让它们感到惶惶不安；伴随着这枪声，低矮的树枝间、干枯的树叶里，传来一阵纷乱的喧嚣。田鼠悄悄地溜到洞穴的深处。一只鹿角锹甲虫从我们躲着的大树凹缝里钻出来，转动着愚蠢的大眼睛，害怕得一动不动。还有蓝蜻蜓、大熊蜂、蝴蝶，这些可怜的虫子都惊恐得四处乱飞……甚至有一只猩红色翅膀的小蝗虫，竟然停留在我的嘴边；可我也太惊慌了，没能利用蝗虫的胆小饱餐一顿。

老公鸡却总是那么冷静。他非常注意狗吠声和枪声，当它们逼近时，他就会跟我做一个手势，我们便走得更远一点，躲开猎狗的追踪，藏在树叶丛中。可是有一次，我真的以为我们完了。我们要穿越的那条小路两头各有一个猎人埋伏着守候在那里。一头是一个长着黑色颊髯的大个子小伙，他每动一下，身上的铁器就发出叮当的响声：猎刀、子弹盒、火药盒，还不算一直扣到膝盖的高高的护腿甲；另一头是一个小老头，他靠在树上，静静地抽着烟斗，眨着眼睛，似乎想要睡觉的样子。这人不让我感到害怕；倒是那边的那个大个子……

“你什么都没有听见吗,小红鸟?”我的朋友笑着问我。

说完,他张开翅膀,毫不畏惧地几乎是从那个可怕的黑髯猎人两腿之间飞了过去。

事实上,那可怜的人被自己的打猎装备绊住了手脚,又光顾着从上到下自我欣赏,所以等他从肩上取下枪,我们早已飞出了射程之外。啊!这些猎人,当他们以为只有自己在树林的一角的时候,有多少双小眼睛在灌木丛里紧紧地盯着他们,又有多少只尖尖的小嘴强忍着,不至于因他们的笨拙而笑出声来!……

我们走呀走,不停地走。除了跟着我的老朋友之外,我别无选择;他鼓起翅膀,我也鼓起翅膀,他停下来,我也立刻收紧身体,一动不动。我至今还记得我们经过的所有地方:一片粉红色的欧石楠,黄色的树根全是洞穴;橡树密如帘布,我觉得里面到处都隐藏着杀机;还有那条绿色的小径,多少次我的山鹑母亲沐浴在五月的阳光下,带着孩子们在这里散步,我们蹦蹦跳跳,啄食着爬到我们脚上的红蚂蚁,我们经常遇到一些自命不凡的小野鸡,它们身体笨重得有如母鸡,却不愿和我们一起玩耍。

我的这条小径,我恍然在梦中见到了它,一头牝鹿正要穿过,它高高的个子,细瘦的四肢,睁大着眼睛,随时准备跳跃。还有那水塘,我们经常十五只、三十只地到那里去聚会,大家都是一个家族的成员,只需一分钟就能从平原飞起,飞到这里来饮泉水,让溅起的水珠顺着我们光亮的羽毛往下滴落……水塘中央,有一丛非常茂密的小桤树,我们就躲藏在这个小岛上。猎狗要想到这里来找我们,可真得有特别灵敏的嗅觉才行。我们在那里躲了好一会儿,这时来了一头麾子,它拖着一条伤腿,在它身后的青苔上留下一条红色的血迹。这景象如此悲惨,以至于我把头埋进了树叶丛中;可我仍然能听见受伤的麾子忍着高烧,喘着粗气,在水塘中喝水……

夜幕降临。枪声渐渐远去,稀疏下来。接着,一切都恢复了平静……总算结束了。于是我们悄悄地回到平原,打听同伴们的消息。经过那幢木屋的时候,我目睹了可怕的一幕。

在一道沟渠突出的边缘,并排地躺着一只只红毛大野兔和白尾小灰兔的尸体。它们的小爪子合拢在一起,仿佛是在哀求开恩;它们的眼睛朦胧暗淡,似乎是在哭泣。还有红色的大山鹑,灰色的小山鹑,它们和老公鸡一样,胸前都长着马蹄形的红羽毛；还有今年刚出生的幼山鹑，它们和我一样，羽毛下的绒毛还没有褪尽呢。您知道有什么能比死去的鸟儿更悲惨吗？它们的翅膀曾经那么充满活力！看到它们现在冷冰冰地折拢着，我不住地颤抖……一头高大漂亮的麑子安静地躺着，好像睡着了一般，它的小舌头伸在嘴巴外面，似乎还在舔什么东西。

猎人们都在那里，弯腰向着这些被他们屠杀的猎物，他们一边数，一边拖着血淋淋的爪子和被撕裂的翅膀，把猎物装进口袋；它们对尸体上的新伤根本没有任何怜悯之心。猎狗已被套上颈套，准备回家，但它们仍然像发现了猎物一样，站在那里舔着嘴唇，似乎随时准备冲入树林。

噢！巨大的夕阳在远处坠落，猎人们全都走了，他们拖着疲倦的身躯，将他们长长的身影留在土堆里、留在被夜露打湿的小径上。这时候，我是多么诅咒他们，多么痛恨他们，这帮猎人和猎狗！……无论是我还是我的老朋友，都没有勇气像平时那样，对着这正在消逝的白日唱一个告别的音符。

在回家的路上，我们看见许多不幸的小动物，它们被流弹击中，倒在那里，身上爬满了蚂蚁：田鼠的嘴巴上到处都是尘土；喜鹊和燕子在飞行中被击落，仰天躺着，僵硬的脚爪伸向夜空；夜色很快就降临了，澄明而又潮湿，正如秋天一样。可是最令人伤心的，莫过于从树林边、草地旁，以及小河的柳树丛中传来的声声呼唤，这呼唤焦急、凄凉、凌乱，而回答这呼唤的，却只有寂静一片。

镜子

北方的涅门河①畔来了一位十五岁的克里奥尔小姑娘②,她的皮肤宛如杏子花一样白里透红。她来自蜂鸟的故乡,是爱情之风将她带到了这里……海岛上的人们劝她说:"别去,大陆上非常寒冷……到了冬天,你会冻死的。"可是克里奥尔小姑娘不相信会有冬天,而她对寒冷的概念,也只是从果汁冰糕上获得的;更何况她在恋爱,恋爱的人是不惧怕死亡的……就这样,她带着扇子、吊床、蚊帐,还有一只装满着故乡的蜂鸟的金丝鸟笼,在涅门河的江雾中登岸了。

北方老爹看到南方在阳光中给他送来的这朵海岛之花,心中充满了爱怜;他知道寒冷会将女孩和她的蜂鸟一口吞噬,便立刻点起了一个金灿灿的大太阳,穿着夏天的衣服来迎接她……可是克里奥尔小姑娘却弄错了;她以为北方的天气永远会这样闷热,绿中带黑的草木永远会如春天般苍翠,于是她在两棵松树之间系起了吊床,成天躺在上面,一边晃悠,一边摇着扇子。

"北方的天气明明很热嘛。"她笑着说。

可是,有件事让她不安。在这奇怪的国度里,为什么房子没有阳台?为什么墙壁这么厚?为什么地上铺着地毯、到处都挂满了帷幔?为什么屋里放着这么大的陶火炉、院子里堆着这么多的木柴?柜子里有那么多蓝色的狐皮、夹袄和毛皮大衣,这些都是干什么用的?可怜的姑娘,她不久就会知

---

① 位于白俄罗斯和立陶宛,全长八百八十公里。

② 克里奥尔人是美洲安的列斯群岛等地的白种人后裔。

道了。

一天早晨，克里奥尔小姑娘醒来时，冻得直打哆嗦。太阳不见了，天空中乌云密布，云层压得很低，仿佛在夜里和大地连成了一片；天上静静地飘着大片大片的白絮，万物都好像盖在棉花底下一样……冬天来了！冬天来了！寒风呼啸着，火炉也在呼呼作响。大金丝鸟笼里的蜂鸟们停止了鸣叫，它们那蓝色、粉色、红宝石色、海蓝色的翅膀也不再扑动，它们紧紧地挨在一起，纤细的嘴巴被冻得发麻，针头般的小眼睛冷得浮肿，这样子真叫人可怜！花园深处，结满冰霜的吊床在瑟瑟发抖，松树的树枝上则长出了玻璃丝般晶莹剔透的银针……克里奥尔小姑娘浑身发冷，再也不想出去了。

她和她的蜂鸟一样，蜷缩在火堆边，成天看着火苗，回想着温暖的太阳。在明亮炙热的大壁炉里，她仿佛又见到了自己的故乡：宽阔的码头沐浴着阳光，成捆的甘蔗流淌着褐色的糖汁，玉米粒在金色的尘埃中飞扬；还有下午的小睡，明亮的门帘，草编的凉席；接着是繁星点点的夜空，扑火的蝇虫，成千上万对微小的翅膀或在花丛中、或在蚊帐的绢纱网眼里嗡嗡翻飞。

就在她坐在炉火前凝神遐思的时候，冬日变得一天比一天短、一天比一天阴沉。每天早晨都会有一只死去的蜂鸟被拣出去；不久，笼子里只剩下了两只蜂鸟，就像两团绿色的绒球，竖起着羽毛，依偎着蜷缩在角落里……

这天早晨，克里奥尔小姑娘没能起床。如同马翁港①的舢板陷入了北方的冰封那样，她被严寒死死抓住，动弹不得。天阴沉沉的，房间里一片忧郁的气氛。冰霜在玻璃窗上挂起一道厚厚的亚光丝幕。城市仿佛死了一般，只有蒸气扫雪车在冷冷清清的街道上发出凄惨的哀鸣……为了打发时间，克里奥尔小姑娘躺在床上，将扇子上的小金片擦得闪闪发亮，还拿出从家乡带来的、镶着印第安人硕大羽毛的镜子照自己的容颜。

日复一日，冬季的白天依旧越来越短、越来越阴沉。克里奥尔小姑娘躺在饰有花边的帐幔里，日渐衰弱，悲痛忧伤。最让她感到伤心的是，她躺在床上看不到炉火。对她而言，这无异于第二次失去了故乡……她时不时地问：

"房间里有火吗？"

---

① 西班牙港口名，位于地中海中的巴利阿里群岛。

“是的，孩子，有火。壁炉里的火烧得正旺呢。你听见木柴噼啪作响和松球爆裂的声音吗？”

“哦！让我看看，让我看看。”

尽管她探出身子，但还是无济于事，火苗离开她太远了，她看不见，这令她感到绝望。一天晚上，她躺在床上，头靠着枕边，眼睛朝着那看不见的炉火，脸色苍白，正在沉思；她的朋友走近她，从床上拿起一面镜子，说：

“你想看到火苗对吗，亲爱的？……好吧，等一等……”

他跪在壁炉前，试着用镜子将这神奇的火光映射给她看：

“你能看见吗？”

“不，我什么都没看见。”

“现在呢？”

“还是没看见……”

突然，火光照亮了她的脸，将她笼罩在明亮之中：

“噢！我看到它了！”克里奥尔小姑娘欢快地说。

她带着微笑告别了人世，眼睛深处闪烁着两团小小的火焰。

盲人皇帝或为找寻日本悲剧的巴伐利亚[1]之旅

（一）
德·西耶波尔特上校先生

德·西耶波尔特上校是一名巴伐利亚人，在荷兰军队服役，因写有许多关于日本植物的精美著作而享誉科学界。1866年春天，他来到巴黎，准备向皇帝面呈一份宏大的国际合作计划，以对日本这个神奇的日出之国进行开发，他在那个国家住了三十多年。尽管这位卓越的旅行家在日本待了那么长时间，但骨子里却仍然是一个巴伐利亚人；在等待去杜伊勒里宫接受召见的那段日子里，他总是到城郊普瓦索尼耶区的小酒馆里打发夜晚，身边陪伴着一位年轻的慕尼黑姑娘，他总是带着她一起旅行，向别人介绍说她是他的侄女。我就是在那里结识他的。这位身材高大的老人尽管已经七十二岁，但依然外貌坚毅，腰杆挺直，他留着长长的白胡须，身穿一件宽大得无可比拟的长外套，上衣翻领的饰孔里装饰着绶带，上边别着代表各国科学院的国旗；这副打扮奇怪而独特，却又不失腼腆和随便，每次他走进小酒馆的时候，总是会引来人们注意的目光。上校神色凝重地坐下，从口袋里掏出一只又大又黑的萝卜；陪他一起来的姑娘身着短裙，披一块镶有流苏的方巾，头

① 德国地名，位于德国东南部，首府为慕尼黑。

戴一顶旅行小帽，一看就知道是德国人，她按照家乡的习惯，把萝卜切成薄片，撒上盐，递给“熟熟”—— 她就是用她那老鼠般纤细的嗓音，带着德国口音，这样称呼她的叔叔的 —— 然后，两个人就面对面坐着，安详而朴实地吃起萝卜来，似乎根本没有想过这样的举动在巴黎或在慕尼黑会显得多么滑稽可笑。他俩的确是独特而可爱的一对，我们很快就成了好朋友。老人看到我十分感兴趣地听他讲日本的故事，便要求我对他的回忆录作一番润色，我立刻答应了，一方面是因为和这位年老的辛巴达①的友谊；另一方面，老人对日本的爱恋感染了我，使我也希望对那个美丽的国家有更加深入的了解。不过修改工作做起来可并不容易，整部回忆录都是用德·西耶波尔特先生那奇怪的法语写成的：“要是如果我可以有股东……要是如果我可以汇聚资金……”他还习惯于将一些词的发音颠倒过来，以至于经常把“亚洲的大诗人”说成“亚洲的大死人”，把“日本”说成“热笨”……此外，还有那些五十行一句的长句，中间没有一个句号或逗号，读起来连喘气的地方都没有，但作者在脑袋里却把它们安排得十分妥帖，哪怕去掉一个词都不可能，有一次我在这里删去了一行字，可不久他却在那里又把它加了上去……不过这没关系！这个该死的家伙说起“热笨”来是如此有趣，使我忘却了工作的烦恼。当他收到召见信的时候，回忆录差不多快要修改完了。

可怜的老西耶波尔特！我至今还记得他去杜伊勒里宫的情景：他把所有的十字勋章都别在胸前，身穿漂亮的红金相间的上校军服，只有在非常重要的日子里，他才会从箱子里翻出这套衣服。尽管他不时直起高大的身躯，嘴里发出“嚯嚯”的声音，但他搭在我身上的手臂却在不住地颤抖，特别是他那因潜心研究和畅饮慕尼黑啤酒而变成深红色的学者的大鼻子，现在却异常苍白，从这上面，我可以感觉到他是多么激动……晚上我再见到他的时候，他一脸的得意：拿破仑三世在过道里接见了他，听他讲了五分钟话，然后用最喜欢的话把他打发走了：“再说吧……我考虑考虑。”听到这话，天真的日本迷已经在盘算要租下大饭店的二层楼，在报纸上写文章，并且散发宣传手册了。我费了好大的劲试图让他明白，皇帝陛下可能要花很长时间来“考

① 辛巴达是《一千零一夜》中所描写的阿拉伯航海家，他曾多次出海冒险，走过最神秘的国土，见过最意想不到的人，有过许多奇怪、刺激、惊险的经历。

虑考虑”，在此之前，他最好还是回慕尼黑去，因为那里的议会恰好正在表决用于购买他庞大的收藏品的资金预算。我的话总算说服了他，临走前，为了感谢我在那本著名的回忆录上所花的心血，他许诺给我寄一部16世纪的日本悲剧，剧名是《盲人皇帝》，这部珍贵的杰作目前在欧洲还无人知晓，他特意将它翻译过来，送给他的朋友梅耶贝尔①。大师临终前，正在为这部戏谱合唱曲。您看得出，这位正直的人真心想送我一份厚礼。

不幸的是，他走后几天，德国爆发了战争②，我也再也没有听到关于那部悲剧的消息。鉴于普鲁士军队占领了符滕堡③和巴伐利亚，上校很自然地会因为爱国而情绪激昂，对入侵感到慌乱不安，从而忘记了我的盲人皇帝。可是，我对此却念念不忘；说实话，一半是出于我对那部日本悲剧的欲望，另一半是为了满足亲眼看一看战争和占领是什么样的好奇心 —— 噢，上帝！现在我对它们充满了恐惧的回忆—— 一天早晨，我决定出发去慕尼黑。

（二）
德国南方

您跟我谈什么性情沉闷的民族？在这战争时期，在八月炎炎的烈日下，这个位于莱茵河彼岸的国家，从科尔桥④到慕尼黑，全都显得如此冷漠、如此平静。符滕堡的火车载着我缓慢而沉重地穿越着施瓦本地区⑤，透过车厢里的三十扇窗户，我看到各种风景展现在眼前：有山丘，有隘谷，还有低伏而苍翠的树木，从这绿色中可以感觉到溪流的清冽。随着火车的运动，山坡在峰回路转之间消失；山坡上，农妇们挺立在羊群中间，她们穿着红色的裙

---

① 梅耶贝尔（1791—1864），德国作曲家，其音乐生涯在柏林和巴黎两地度过，创作有多部历史题材的浪漫歌剧。

② 指普鲁士和奥地利之间发生在1866年的冲突，以普鲁士军队的胜利而告终。

③ 德国地名，位于德国西南部，与法国、瑞士接壤，首府为斯图加特。

④ 科尔是德国的边境城市，位于西南部的巴登—符滕堡州，与法国的斯特拉斯堡隔莱茵河相望，德法边境线穿过连接两座城市的桥梁中央。

⑤ 德国地名，位于巴伐利亚州的西南部。

子、天鹅绒的短上衣，周围的树木是如此翠绿，以至于这羊舍简直就像是从某一个散发着松脂和北方森林清香的小松木盒子里取出来的一样。远处，时不时能看到十来个穿着绿色军服的步兵，在草地上操练走步，他们笔直地抬着头，走路时腿跷到了天上，拿枪的姿势犹如一张弓弩：他们是某一位拿骚[①]王子的军队。有时，其他火车也会和我们交错而过，它们开得和我们一样慢，上面载着很多大船，船上坐着符滕堡士兵，他们挤在一起，宛若挤在节日的巡游花车里一样，一边躲避着普鲁士人，一边用三个声部唱着《船歌》。我们在所有经过的车站餐厅里停下来歇脚，餐厅的总管们始终带着一成不变的笑容，顾客们脖子上围着餐巾，面对巨大的果酱肉块，一张张胖脸都洋溢着喜悦；斯图加特的王家花园里停满了四轮马车、梳妆间和马匹，水池边演奏着华尔兹和四对舞的音乐，而此时在基辛根[②]却进行着一场激战；说实话，四年之后，同样是在八月，当我想起这一切，想起我的所见——火车头疯狂地开着，却不知驶向何方，仿佛巨大的太阳让火车的锅炉变得惊慌失措；车厢停在战场中央，铁路被切断，列车遭遇了灾难；随着东部战线的缩短，法国的版图也日渐缩小；在所有这些被废弃的铁路沿线，一座座火车站孤零零地座落在穷乡僻壤之中，里面阴沉沉地挤满了人，都是些伤兵，他们像行李一样被遗忘在那里—— 这一切都让我不禁觉得，1866 年发生在普鲁士和德国南方各诸侯之间的战争仅仅是一场供大家一笑的战争，无论别人对我们说些什么，日耳曼之狼是不会自相残杀的。

只要看一看慕尼黑，您就能相信我的话了。我是在一个星期天的晚上到达那里的，那天天气晴朗，繁星点点，整座城市的百姓都来到了户外。空气中飘荡着一片欢快而模糊的喧闹声，这声音在灯光下、在路人扬起的灰尘中显得十分朦胧。无论是在凉爽的拱形啤酒窖里，还是在摇曳着彩灯浑浊灯光的啤酒屋花园里，到处都可以听见胜利雄壮的铜管乐和如泣如诉的木管乐，乐声中还夹杂着杯盖沉重地落在啤酒杯上的声音……

我就是在这样一个充斥着各种声音的啤酒屋里，找到了德 · 西耶波尔

---

① 发源于德国莱茵兰地区的一个家族，13 世纪起分成多支，曾出过好几个皇帝，如普法战争期间在位的普鲁士国王、后来的德国皇帝纪尧姆一世，即为拿骚家族的后代。

② 德国城市，位于巴伐利亚，1866 年 7 月 10 日那里曾发生过战斗。

特上校,他和侄女坐在那里,眼前仍旧放着一只黑萝卜。

旁边的一张桌子上,外交部长正和国王的叔叔喝着啤酒。他们四周围着一大群穿着得体、拖家带口的有钱人,还有戴着眼镜的军官和戴着红色、蓝色、海绿色小鸭舌帽的学生,所有人都表情严肃,一言不发,虔诚地听着干戈里①先生的乐队,看着缕缕青烟从烟斗上冉冉升起,仿佛普鲁士根本就不存在一样,没有丝毫忧虑。上校看见我,似乎有点窘迫,我发现他压低了嗓门跟我讲法语。我们周围的人都在窃窃私语:"法国佬……法国佬……"我感觉所有的眼睛里都闪烁着恶意。

"我们出去吧!"德·西耶波尔特先生对我说。

一到了外面,我又重新看到了他过去的笑脸。这位正直的人并没有忘记他的承诺,可是他前一段时间忙于整理自己收集的日本藏品,而这些藏品他刚刚卖给了国家。正是因为这个原因,他才没有给我写信。至于我的那部悲剧,现在由德·西耶波尔特夫人保管着,她住在符滕堡,要去那里,必须得到法国大使馆的特别批准,因为普鲁士军队已经逼近了符滕堡,想进入这个地区已经非常困难了。可是我非常想要这部《盲人皇帝》,要不是担心德·特雷维索先生已经睡下,我当天晚上就去法国使馆了……

(三)
在出租马车里

第二天一大早,蓝葡萄客店的老板就让我登上一辆出租马车。一般旅店的院子里都会停着几辆这样的马车,以帮助住店的客人游览城里的名胜;从马车里看出去,古迹和街道就像是导游手册一样,一页一页地在我们眼前翻开。不过,这次出租马车并不是要带我参观城市,而只是送我去法国大使馆:"法国大使馆!……"客店老板重复了两遍。车夫是一个个子矮小的家伙,身穿蓝色衣服,头戴一顶巨大的帽子;听到马车要去的新地方,他显得很惊讶。然而,我比他更惊讶,因为我看到他掉转车头,朝高档街区的反方向驶去,一路上沿着满是工厂、工人住所和小花园的城郊前行,经过城门,来到

① 约瑟夫·干戈里(1810—1883),德国作曲家,尤其擅长谱写舞曲。

城外。

“法国大使馆?”我时不时担心地问他。

“对,对!”小个子车夫回答。

于是我们继续赶路。我真想多了解一点情况;可见鬼的是,马车夫不懂法语,而那时候,我只会两三句最基本的德语,都是关于面包、床或肉之类的句子,跟大使馆没有任何关系。再说,这几句句子,我只能和着音乐说出口。原因是这样的:

几年前,我和一个几乎与我一样疯狂的同伴,穿越阿尔萨斯、瑞士和巴登公国,做了一次名副其实的流动商贩式的旅行。我们肩上背着背包,走了无数里路程,绕过那些只想看一眼城门的城市,总是挑不知通往何处的小路走。这使我们经常意外地在旷野上,或在没有屋顶的粮仓里过夜;不过,最令我们的旅行充满始料未及的色彩的,是我和我的同伴连一个德语单词都不会说。经过巴塞尔①的时候,我们买了一本袖珍小词典,借助它,我们总算造出了几句非常简单天真的句子,比如“我们想喝啤酒”,“我们想吃奶酪”。然而,尽管这些该死的句子看似非常简单,但我们无论怎样努力也记不住它们。用演员的话来说,我们不能脱口而出。于是,我们想到为这些句子谱上乐曲;乐曲和句子是如此相配,以至于单词随着曲调被我们深深地记在脑海之中,两者之中的无论哪一个都不可能从我们的口中单独跳出。晚上,我们走进客店的大厅时,您只要看一看老板的面孔就知道了;我们一卸下背包,就扯开嘹亮的嗓子,大声唱道:

“我们想喝啤酒(重复)

“我们想,对,我们想

“对!

“我们想喝啤酒。”

从此之后,我的德语说得好极了。我曾有过那么多学习这门语言的机会!……我的词汇量随着大批的短语和句子增长。只不过这些词句我现在是说,而不再是唱……噢!不,我不想唱……

还是回到出租马车上来吧。

---

① 瑞士州名。

我们精神振作地走在大街上,大街的两旁是树木和白色的房子。突然,车夫停了下来:"吁!……"他一边叫,一边指给我看一幢掩映在刺槐丛中的小房子,房子很幽静,也很偏僻,不像是大使馆的样子。大门边的墙角里安装着三个层叠的铜扣,闪闪地发着光。我随意拉了拉其中的一个,门开了,我走进一个雅致舒适的前厅,到处都有鲜花和地毯。听见门铃的声音,六七个巴伐利亚女仆跑着出来,一个个样子难看地站在楼梯上,宛如没有翅膀的鸟儿——这是莱茵河彼岸所有女人的通病。

我问:"法国大使馆?"她们让我重复了两遍,然后大笑着走了,笑声简直可以撼动楼梯的扶手。我恼怒地回到车夫那里,借助手势,用尽一切办法告诉他,他搞错地方了,大使馆不在这里。"对,对……"这个矮小的家伙回答着,看上去一点都不激动。我们只好返回慕尼黑。

我猜想,要么当时的法国大使经常搬家,要么就是我的车夫不愿违背马车的习惯,仍旧打定主意让我参观这座城市及其周边地区。不管怎样,反正整个上午,我们都在慕尼黑纵横穿梭,寻找着那座虚幻的大使馆。在另外试了两三次之后,我再也不下车了。车夫来来回回,在某些路上停下,装模作样地问着路。我随他带我上哪儿,眼睛只管看周围的景物……慕尼黑真是一座忧郁冷漠的城市!街道宽广,高楼大厦排列整齐,空阔的马路上回荡着行人的脚步声,露天博物馆里一座座巴伐利亚名人的白色雕像显得如此死气沉沉!

那么多列柱、拱廊、壁画、方尖碑、希腊神殿、柱廊,还有刻在三角门楣上排列成两行的烫金字母!所有这一切都给人以宏大的感觉,但当人们看到所有的马路尽头都有一座凯旋门,门洞朝着蓝天,仅有地平线从门下穿过时,他们似乎感觉到了这宏大的表面背后所隐藏着的空洞和虚浮。我就是这样想象这些虚拟的城市的:那是掺杂着德国情调的意大利,在那里,缪塞①展示着方塔西奥②无尽的惆怅和曼托瓦③王子庄严而愚蠢的假发。

---

① 阿尔弗雷德·德·缪塞(1810—1857),法国作家。

② 缪塞的喜剧作品,剧名源自喜剧的主人公。方塔西奥是一名负债累累的男子,在别人的挑动下,伪装成弄臣,来到巴伐利亚王宫。在那里他遇见了爱丽丝贝特公主,后者即将违心地嫁给曼托瓦王子。方塔西奥得知后想方设法帮助她摆脱了这门婚姻。

③ 意大利北部地名,原为公国,1708 年起属奥地利,1866 年归属意大利。

马车兜风持续了五六个小时，接着马车夫雄赳赳地把我拉回了蓝葡萄客店的院子，他打着响鞭，因带我参观了慕尼黑而感到自豪。至于大使馆，我后来发现它和我住的客店只相隔两条马路。不过这也于事无补，因为大使不同意向我签发前往符滕堡的护照。听说那段时间，我们在巴伐利亚很不受欢迎；一个法国人到战争的前哨去冒险，风险太大了。于是我只好留在慕尼黑，等德·西耶波尔特夫人有空把那部日本悲剧给我送来……

（四）
蓝色的国家

真奇怪！这些善良的巴伐利亚人抱怨我们没有在这场战争中站在他们这一方，但面对普鲁士人却没有丝毫的仇恨和敌意。他们既不对失败感到羞耻，又不对胜利者有任何憎恨："他们是世界上一流的士兵！……"基辛根战斗的第二天，蓝葡萄客店的老板就这样对我说，这也是慕尼黑百姓普遍的看法。在咖啡馆里，人们争相传阅柏林的报纸。大家看到《哐啷铛画报》[①]上的笑话，都笑得直不起腰来；这些来自柏林的夸张讽刺，如同克虏伯工厂制造的著名的五十吨锻锤那样沉重。没有人怀疑普鲁士军队不久之后就会进城，人人都做好了款待他们的准备。酒馆备足了香肠和肉肠；有钱人也开始在家里为普鲁士军官准备房间……

只有博物馆表现出一点忧虑。一天，我走进美术馆，发现墙上空空如也，门卫们正在为图画装箱，准备运到南方去。人们担心胜利者虽然注重保护私人财产，却不把国家珍藏的物品放在心上。因此，城里所有的博物馆都关门了，除了德·西耶波尔特先生的那一家。上校认为，他是荷兰军官，受过普鲁士雄鹰勋章，只要有他在，就没人敢碰他的收藏品；在等待普鲁士人到来的这些日子里，他只是穿着庄重的军服，在三间长长的展厅里来回踱步。这三间展厅是国王送给他的，在宫廷的花园里；花园和巴黎的王宫有点相似，但比王宫更绿、更忧愁，四周围着围墙，墙上画着壁画。

在这阴沉暗淡的宫殿里，奇珍异宝被贴上标签陈列起来，组成了博物馆

① 讽刺杂志，1848 年创刊于柏林。

的藏品；所有这些面目忧愁的东西都来自远方，脱离了它们原来的环境。就连老西耶波尔特本人似乎也是它们的一份子。我每天都来看他，我们一起度过很长时间，翻阅那些装饰着版画插图的日本手稿。那些科学或历史书籍都镶着金边，纸张精细，非常珍贵；它们有的又大又厚，必须平摊在地上才能打开，有的却仅有指甲那么长，只有依靠放大镜才能看得清上面的字。德·西耶波尔特先生要么让我欣赏他所珍藏的九十二卷日本百科全书，要么将《百人颂歌》翻译给我听，这是一本在日本天皇关心下出版的著作，里面收录了这个国家一百位最出名的诗人的生平、画像和抒情诗节选。接着，我们一起整理他收藏的武器：有着宽大护颏的金头盔、护胸甲、锁子甲，还有两只手掌那么宽的大砍刀，令人不禁想到寺庙里的骑士，用它轻而易举地剖腹自杀。

他向我解释画在镀金甲壳上的爱情箴言，把我引进日本房屋的内室，给我看他在江户的住房的模型。那是一个上了漆的小模型，包罗了房子里的一切：从丝绸窗帘到小人国一样的花园假山，花园里还种着可爱的当地植物。最令我感兴趣的，是日本的祭祀器具，那些彩绘的木头小神像、祭披、圣瓶，还有可移动的祭台，简直就是名副其实的木偶舞台，每个信徒都会在家里辟出一个角落来放置这些东西。红色的偶像被整齐地放在最里面，一根带结的细绳挂在前面。开始祈祷之前，日本人会弯下腰，用这根细绳敲打一个响铃，响铃就在祭台脚下，闪闪发光；他们就是这样引起神灵的注意的。我像孩子一样，乐此不疲地敲打着这奇妙的响铃，任我的梦想随着这声波远去，一直飘到东方的亚洲国家，在那里，初升的太阳仿佛给所有东西都镀上了一层金色，从宽大的砍刀到小书的切口……

当我从他那儿出来，满眼晃动着生漆和玉器的光泽，以及地理图鲜艳的颜色时，特别是在他为我朗诵了一首贞洁、高尚、新颖而深邃的日本颂歌的那些日子，慕尼黑的街景会给我一种奇怪的感觉。日本，巴伐利亚，这两个对我来说全新的国家，我几乎是同时认识了它们，我通过其中的一个看到了另一个，它们在我的脑海里模糊、混杂，变成一个空幻的国家、一个蓝色的国家……这条蓝色的旅行线路我刚刚在日本茶杯上看到过，它如同云彩的线条、流水的轮廓，现在我又在围墙的蓝色壁画上找到了它……还有那些身穿蓝色军服的士兵，戴着日本式护面具，在广场上操练；还有这无边无际、像匆忘我一样蓝的宁静的天空；还有那个把我拉回蓝葡萄客店的马夫！……

（五）
泛舟斯塔因贝格湖[1]上

这个在我记忆深处闪着粼粼波光的湖泊，也属于蓝色的国家。哪怕仅仅是在写下斯塔因贝格湖名字的时候，我就仿佛看见了慕尼黑附近那一大片平静的水面，波澜不兴，水天一色，一艘小汽船沿湖岸驶过，冒出的蒸气使湖泊显得既亲切又生动。湖的周围，是一个个广阔的公园，里面是茂密的深绿色森林，森林时不时地被分割开，犹如白色的别墅在那里开的天窗。往山上看，小镇的房屋成群地建在峡谷之间，屋顶紧紧地彼此挨着；再往上看，远处的蒂罗尔山[2]仿佛是透明的颜色，在空气中飘荡。在这幅有点传统，但如此迷人的画卷一角，有一位很老很老的船夫，他穿着长长的护腿和镶着银纽扣的红色背心，载着我在这湖上游荡了整整一个星期天；能在自己的船上接待一个法国人，似乎非常自豪。

这样的荣誉并不是第一次降临到他的头上。他记得很清楚，在他年轻时，曾经将一位法国军官渡过了斯塔因贝格湖。那是在六十年前，从老人对我说话时那种毕恭毕敬的神态中，我感觉到1806年的法国给他留下的是什么样的印象；这位第一帝国的军官似乎名叫贝尔·奥斯瓦尔德，他穿着紧身裤，脚蹬软皮靴，头戴一顶巨大的翻皮帽，一副胜利者趾高气扬的样子！……如果这位斯塔因贝格湖的船夫现在还活着，我怀疑他是否对法国仍然怀有这样的崇敬之情。

慕尼黑的有钱人就是在这美丽的湖上，以及湖边住宅敞开的公园里度过愉快的星期天的。战争丝毫没有改变这一习惯。我经过的时候，湖边的客栈全都客满了；草地上，几个胖胖的女人围坐成一圈，把她们的裙子弄得鼓鼓的。树枝交叉在蓝色的湖面上，成群结队的青年女子和学生从中间穿过，身体笼罩在烟斗的青烟中。稍远一点的地方，一群农民正在马克西米利

① 位于慕尼黑西南，是德国第四大湖。
② 地名，位于奥地利。

安公园的林中空地上举行婚礼，他们既嘈杂又显眼，在临时支起来的长桌前大吃大喝；与此同时，一个身穿绿色制服的猎场看守神气活现地站在那里，手握钢枪，摆出射击的姿势，向人们展示着神奇无比的撞针步枪，这种枪被普鲁士军队使用得非常成功。我真的需要看到这情景，才能想起在离我们几里远的地方，还有人在战斗。您不得不相信这样的事实，因为那天晚上，我回到慕尼黑，在一个像教堂的角落一样宁静而不起眼的小广场上，看到圣母玛丽亚的雕像周围点着一支支蜡烛，女人们跪在那里，祈祷声不时被长长的呜咽所打断……

（六）
巴伐利亚雕像

尽管多年来人们不停地描写法国人的沙文主义和愚蠢的爱国主义，说我们爱好虚荣、自吹自擂，但我认为，在欧洲，没有一个民族比巴伐利亚人更爱吹牛、更好大喜功、更自命不凡。巴伐利亚短暂的历史只不过是从德国历史书上撕下来的十页纸，却被陈列在慕尼黑的街头夸耀；这历史全部用绘画和纪念碑写就，规模宏大，不成比例，就像新年里送给孩子的礼书：文字很少，图片很多。巴黎只有一座凯旋门，可是慕尼黑却有十座：胜利门、元帅廊；而为勇敢的巴伐利亚战士修建的方尖碑究竟有几座，我也说不清。

在这个国家做伟人真的不错；您可以肯定石头上、青铜上，到处都会刻有自己的名字，至少您会有一尊雕像被竖在某一个广场的中央，或安放在建筑物的门楣上方，与用白色大理石做成的胜利女神像为伍。这种对雕像、对荣誉、对纪念性建筑的狂热，在那些善良的人们身上被发挥到了极点，以至于在有些马路的路角，您可以看到许多已经竖好的空雕像架，它们是为那些现在尚未出名的未来名人而准备的。现在，也许所有的广场都已经安排满了，因为1870年的普法战争为他们提供了那么多的英雄、那么多的光荣事迹！……

比如，我很愿意想像一下著名的冯·戴尔·汤恩将军①的雕像，他被安

① 德国将军，1870年普法战争期间担任巴伐利亚第一军司令。

放在一个郁郁葱葱的广场中央，像古人那样半裸着身体，站在一个饰有浮雕的漂亮底座上；浮雕的一面反映的是巴伐利亚士兵放火焚烧巴泽耶村的情景，另一面讲述的则是巴伐利亚士兵在伍尔斯枪杀救护车中法国伤兵的故事①。这将是多么辉煌的纪念碑呀！

巴伐利亚人不仅满足于将伟人遍布整个城市，他们还把这些伟人集中起来，安置在慕尼黑门的一幢寺庙里，称之为“光荣之殿”。一条巨大的大理石柱廊曲折迂回，勾勒出正方形的三条边，在这条柱廊下面排列着许多托架，托架上放着选帝侯②、国王、将军、法学家等人的半身像（您可以从看门人那里要到名册）。

再往前一点，矗立着一尊巨人般的雕像，它位于所有硕大阶梯的顶端，这些阶梯看上去阴沉凄凉，在公园的一片葱茏中毫无遮掩地上升着。青铜巨人雕像肩披狮皮，一手持剑，一手拿着荣誉之冠（又是荣誉）；我看到它的时候正是八月的一个黄昏，雕像的影子拖在地上，长得不成比例，它那夸张的动作填满了宁静的平原。雕像四周，沿着廊柱，名人们的半身像在西下的夕阳中做着鬼脸。整个寺庙空旷而死寂！我听见自己的脚步声在石板路上回荡，又重新体验到了这虚无中伟大的印象，自从我来到慕尼黑，这种印象就一直纠缠着我。

巴伐利亚雕像里面，有一座旋转上升的铸铁楼梯。我心血来潮地一直爬到顶端，在巨人雕像的脑袋里坐了一会儿，其实那是一个小圆厅，阳光透过两扇窗户——也就是巨人的两只眼睛——照进来。尽管这两只眼睛朝阿尔卑斯山蓝色的地平线张开着，可里面仍然很热。青铜被太阳晒得滚烫，又用令人窒息的热气裹住我。我不得不赶快下去！……不过这没关系，这次登高已经足以让我认识你了！我看到你的胸膛里没有心，你那歌唱家般粗大而自负的双臂上没有肌肉，你的剑是用压花的金属铸成的；我感觉到在你空洞的脑袋里，只有沉重的醉意和喝啤酒成瘾的人的麻木思维……还说

---

① 巴泽耶和伍尔斯均为法国地名，前者在法国北部的阿登省，后者在东北部的下莱茵省。普法战争期间，双方军队分别在两地发生激战。巴泽耶战斗发生在1870年9月1日，法国海军陆战队历史上首次参加战斗，给予普军重创；伍尔斯战斗发生在同年8月6日，法国重骑兵对普军发起猛烈冲锋。两次战斗均引来普鲁士军队的疯狂报复。

② 有权选举德意志国王和神圣罗马帝国皇帝的封建诸侯。

1870年当我们被卷入这疯狂的战争时，我们的外交家把希望寄托在你身上呢。啊！要是当时他们也能花点力气登上巴伐利亚雕像该多好！

（七）
盲人皇帝！……

我到慕尼黑已经十天了，却还没有任何关于日本悲剧的消息。我开始绝望。一天晚上，我在一家小酒馆的花园里吃晚饭，上校容光焕发地来了。

“我拿到了！”他对我说，“你明天早晨到博物馆去……我们一起读，你会看到这悲剧写得多么优美。”

那天晚上他很开心，说话的时候眼睛熠熠生辉。他高声朗诵了悲剧的几个片段，试图唱其中的合唱曲。有两三次，他的侄女不得不提醒他小点声：“熟熟……熟熟……”我想，他如此激动、如此兴奋，完全是因为感情洋溢的原因。的确，他给我背诵的那几个片段真的非常优美，我巴不得立刻拥有这部杰作。

第二天，我来到宫廷花园，非常惊讶地发现藏品馆的门关着。上校不在博物馆，这可不同寻常，我立刻朝他家跑去，心中隐隐感到一丝不祥。他家所在的那条路位于城郊，很短，也很安静，路边有很多花园和矮房子；可那一天，马路显得比平时骚动。人们三三两两地聚在房门口说话。西耶波尔特先生家的门关着，百叶窗则开着。

很多人进进出出，一脸的悲伤。这里发生了一个天大的灾难，悲伤的气氛溢出了房屋，一直弥漫到路上……我到的时候，听见哭泣的声音。哭声是从一条小走廊的尽头传来的，那里有一间大房间，里面非常拥挤，却很明亮，好像是书房。书房里放着一张白木长桌，有很多书和手稿，还有摆满藏书的玻璃柜、装帧着金银花纹丝绸封面的册子；墙上挂着日本兵器、版画和巨大的地理图。上校躺在床上，在这杂乱的旅行纪念品和书籍之中，他那长长的胡须笔直地摊在胸前，可怜的侄女一边叫着“熟熟”，一边跪在墙角里哭泣。德·西耶波尔特先生昨天夜里猝然离开了人世。

我没有勇气为了一个文学上的梦幻而打搅所有人的悲伤，所以当天晚上就离开了慕尼黑。就这样，关于这部杰出的日本悲剧，我知道的将永远只是它的名字:《盲人皇帝》……此后,我们目睹了另一场悲剧的上演[1],我从德国带回的这个名字似乎和这出悲剧十分吻合;那是一场灾难般的悲剧,充满了鲜血和泪水,只不过它不是发生在日本。

---

① 作者指的是1870年爆发的普法战争。

安家

受惊的是那些兔子们！……长久以来，它们看到磨坊总是紧闭着大门，野草也侵占了墙壁和露台，所以它们最终相信磨坊主已经断了香火；因为觉得这里不错，于是它们就把这里当作了司令部和战略活动的中心：兔子们的热玛卑斯[①]磨坊……不骗您，我到达的那天晚上，足足有二十多只兔子围坐在露台上，正借着一缕月光，为它们的爪子取暖……我刚把天窗打开一条缝，只听"哧溜"一声，这群露营者就夺路而逃了。它们露着白白的小屁股、翘着尾巴，蹿入了矮树丛。我还真希望它们能再回来哩。

另外还有一个家伙，看到我也十分吃惊，那是二楼的房客，一只长着思想家的脑袋、神色阴郁的老猫头鹰，它住在这里已经有二十多年了。我在楼上的房间里发现它时，它正端立在位于残墙断瓦之间的风车的传动轴上，一动不动。它用圆鼓鼓的眼睛瞪了我一会儿；然后，因为不认识我，就惊惶起来，发出"呜呜呜"的叫声，并艰难地扇动起因积满灰尘而显得灰乎乎的翅膀——这些喜欢沉思冥想的奇怪的家伙啊！它们从不为自己洗澡……不过这没关系！尽管它眼睛眨个不停，面色阴沉，但这位沉默的房客还是比其他任何一位都让我喜欢，于是，我迫不及待地和它续签了租约。它照旧占用着磨坊的顶层，从房顶上进出；而我则住在楼下一间用石灰刷白的小房间里，房间低矮，房顶呈穹隆形，好似修道院的饭厅。

---

① 比利时的一个镇。1792 年 11 月 6 日法国军队在此击败奥地利军队，决定了法军对比利时的占领。

我现在就在这间屋子里，房门大开着，我沐浴着灿烂的阳光，给您写信。

一片美丽的松树林，在阳光的照耀下熠熠生辉，从我面前一直绵延到山坡下。天际，阿尔卑斯山[①]勾勒出它峻峭的山脊……万籁俱寂……只是从远方会隐约传来一丝笛音、一声薰衣草丛中的鸟语，或是一片大路上的骡铃……普罗旺斯如此秀丽多姿的美景，只有在阳光下才能得以一见。

现在，我怎么会因为离开喧嚣昏暗的巴黎而感到遗憾呢？在我自己的磨坊里，我是多么悠然自得啊！这正是我曾经苦苦寻觅的角落，芬芳温暖的小小的天地，远离报刊、远离车马、远离烟雾！……我周围有多少美好的事物啊！我在这里安家才不到八天，脑海中却已经充满了美好的印象与回忆……对了！就在昨天傍晚，我亲眼目睹了羊群回到山下农庄的情景，我向您发誓，即使您拿本周巴黎所有戏剧的首演式来跟我交换，我也不会放弃这动人的场面。您不妨想象一下吧！

必须告诉您，在普罗旺斯，一到夏天，人们就会按照惯例，将牲畜赶进阿尔卑斯山。牲畜和牧人们会在山上待五六个月，住在美丽的星空下，栖息在及腰的沃草中；接着，当第一丝秋风再起的时候，牧人和牲畜们就会下山，回到农庄，牲畜们悠闲地在那些弥漫着迷迭香芬芳的灰色小山丘上啃食青草……于是，昨天傍晚，羊群归来了。从清早起，牲畜棚就敞开了大门等待着；所有的羊舍都备好了新鲜的草料。人们不时地估摸着："现在它们该到埃基艾尔了，现在该到帕拉杜了。"接着，傍晚时分，突然传来一声欢呼："它们回来啦！"于是，我们举目远眺，只见尘土飞扬之间，羊群汹涌而来。连整条大路也仿佛跟着它们行进起来……走在最前面的是老公羊，它们伸着犄角，气势汹汹；紧随其后的是肥硕的绵羊，母羊则显得有些疲倦，拖着小羊往前走—— 母骡们头上系着红丝球，背上的箩筐里驮着刚出生的小羊羔，摇摇晃晃地前进着；再后面是大汗淋漓的牧羊犬，舌头几乎拖到了地上，还有两个牧羊人，他们身材高大，一脸顽皮，披着的棕红色的粗斜纹呢大衣，犹如教士的长袍，一直拖到脚后跟。

整支队伍兴高采烈地从我们面前经过，涌进大门，所到之处响起暴风骤

---

① 阿尔卑斯山在法国南部普罗旺斯地区的一座支脉，座落在杜朗斯河和罗讷河之间。

雨般的蹄声……看看农庄现在是何等热闹欢腾啊。栖架的高处，几只长着珠罗纱羽冠的金绿色的大孔雀认出了来者，发出小喇叭般响亮的叫声，欢迎它们。睡梦中的家禽也陡然惊醒，鸽子、鸭子、火鸡、珠鸡，全都站了起来。整个家禽饲养场像疯了一般；母鸡们甚至说要彻夜狂欢……仿佛每头绵羊不仅在绒毛里带回了阿尔卑斯山野性的芬芳，还带回了群山的活跃气息，让整个农场陶醉其中，为之翩翩起舞。

在这片喧嚣声中，羊群回到了自己的栖身之所。它们这样安顿下来，感到无比开怀。老公羊们又见到了它们的食槽，倍感欣慰。而那些在旅途中诞生的小羊羔们才一点点大，它们还从未见过农庄，正吃惊地打量着四周。

但最让人感动的还是牧羊犬，这些牧人们忠实的牧羊犬，忙碌地跟在羊群身后，紧盯着它们进入农庄。即使看家狗在窝里冲它们叫唤，汲满清澈井水的水桶向它们示意，它们也听而不闻、视而不见。它们一直要等到牲口全都进了羊舍、格子门上插上了门闩、牧羊人都在餐厅入了座，才会乐意回到自己的小窝；在那里，它们一边舔着盆里的菜汤，一边向留在农庄的同伴们讲述山上的生活。它们说，那是一个可怕的地方：有狼，还有高大紫红、缀满露珠的毛地黄[①]。

① 一种有毒植物。

博凯尔[1]的驿车

故事发生在我抵达的那一天。我乘坐的是博凯尔的驿车，那是一辆性能尚好的老式公共马车，它在回站之前并没有多少路要走，一路上却东逛西荡，一直挨到晚上，仿佛是从很远的地方回来一样。如果不算车夫的话，车上一共坐着我们五个人。

首先是一个卡马尔格[2]的看守，矮胖个子，浑身是毛，样子粗野，大眼睛里充满了血丝，耳朵上挂着银耳环；接着是两个博凯尔人，一个是面包师，另一个是他的女婿，两个人肤色通红，喘着粗气，但从侧面看，他们的轮廓却十分俊美，就好像两枚刻着维特利乌斯[3]头像的罗马像章。最后一位坐在前面靠近车夫的地方，是一个男子……不！是一顶帽子，一顶巨大的兔皮帽子，他不怎么说话，只是神情忧郁地看着马路。

所有这些人相互之间都认识，他们无拘无束地大声谈论着各自的事情。卡马尔格人说他刚从尼姆回来，因为用长柄叉戳了一个牧羊人而遭到诉讼法官的传讯。卡马尔格人都很容易激动……博凯尔又能好到哪里去呢？难道我们这两位博凯尔人不正为了圣母的问题要拼个你死我活吗？面包师很久以来似乎一直属于信奉圣母玛利亚的那个教区，这位被普罗旺斯人称为“仁慈的母亲”的圣母，怀中总是抱着小耶稣；而女婿却与他相反，去一座新

---

① 城镇名，位于法国南部的加尔省。

② 法国南部的一个地区，位于普罗旺斯的罗讷河三角洲，多沼泽和草地。

③ 维特利乌斯（15—69），罗马皇帝。

教堂做礼拜，而这座教堂供奉的是无玷始胎的圣母，在那副美丽的画像上，微笑的圣母双臂下垂，满手发出灵光。争论就是从这里开始的。看看这两位善良的天主教徒是怎样对待对方以及他们的圣母的：

“她真漂亮，你的无玷始胎圣母！”

“你还是和你那位仁慈的母亲一起滚蛋吧！”

“你的那位在巴勒斯坦可没少看见灰头发的仁慈母亲！”

“你那位呢，嚯！丑女人！她还有什么没有做过……还是去问问圣·约瑟夫①吧。”

要是再有一些刀光剑影的话，您就会觉得自己是在那不勒斯②了！说实话，要不是车夫介入的话，这一番有关神学的争论说不定真的就以拔刀相见而解决呢。

“让我们和你们的圣母都安静一点吧，”他笑着对两个博凯尔人说。“这都是女人的话题，男人不应该卷进去。”

说完，他带着怀疑的神色打了个响鞭，令所有人都同意了他的看法。

争论结束了；但正在兴头上的面包师感觉意犹未尽，于是转过身去，对着躲在一边、沉默忧郁的可怜的大帽子，用挖苦的语气问：

“你老婆呢，磨刀匠？……她是属于哪个教区的？”

这句话肯定含有非常滑稽的意味，因为车上的人全都哗然大笑起来……磨刀匠没有笑。他似乎没有听见。见他这样，面包师又转身对我说：

“您不认识他老婆吧，先生？她在教区里可是一个奇怪的女人！像她这样的人博凯尔找不出第二个。”

大家笑得更带劲了。磨刀匠一动不动；他只是低着头，轻声说：

“住嘴，面包师。”

可是这见鬼的面包师不想住嘴，他变本加厉地说：

“蠢驴！你就别抱怨了，谁让你娶了这样一个老婆呢……跟她在一起你不会有一分钟感到无聊……你想想！一个漂亮女人，每半年就要被拐走一

---

① 圣母玛利亚的丈夫，小耶稣的养父。

② 意大利中部城市，那里的人以爱好吵架、拔刀争斗而著称。

次,回家时难免总会有一些故事讲给你听……不过没关系,这小两口怪得很……先生,您想想,他们结婚还不到一年,喃!那女的就跟着一个卖巧克力的跑到西班牙去了。

“丈夫一个人待在家里,一边喝酒,一边哭……

“他像疯了一样。过了一段时间,漂亮女人回来了,一身西班牙衣服,还带着一只小铃铛鼓。我们大家都对她说:

“‘你快躲起来吧,他会杀了你的。’

“啊!是啊;杀了她……他们重新相安无事地生活在一起了,她还教会他敲巴斯克①鼓呢。”

车上又爆发出一阵大笑。磨刀匠仍然躲在角落里,低着头喃喃地说:

“住嘴,面包师。”

面包师不理他,继续说:

“先生,您大概以为,那美女从西班牙回来后就太平了……啊!才不呢……她丈夫的承受力太好了!这让她萌生了再犯的念头……西班牙之后,是一个军官,接着是一个罗讷河上的船员,再接着是一个音乐家,后来是……我也说不清了。最妙的是,每次上演的总是同样的喜剧。女人出走,丈夫痛哭;她一回来,他就得到安慰。每次别人把她从他身边拐走,每次他都能将她收回来……这个丈夫可真有耐心!不过也得承认,那个娇小的磨刀匠老婆的确非常漂亮……简直就是一只名副其实的云雀:活泼、可爱、匀称;除此之外,她还有白皙的皮肤和榛子颜色的眼睛,总是笑吟吟地望着男人……真的,巴黎人,要是有一天您经过博凯尔的话……”

“噢!住嘴,面包师,我求你了……”可怜的磨刀匠用一种撕心裂肺的语调,再一次说。

这时,驿车停了下来。我们来到了昂格洛尔农场。两位博凯尔人在这里下了车。我向您发誓,我对他们没有丝毫恋恋不舍的心情……这个爱捉弄人的面包师!他已经进了农场的大院,可我们仍能听见他的笑声。

这些人走后,驿车仿佛空了一样。卡马尔格人在阿尔勒下了车;车夫下

① 地区名,位于法国和西班牙边境。

车到了路上,走在马儿的旁边……车上只剩下我和磨刀匠两个人,坐在各自的位子上,默默无语。天气很热;马车的皮斗篷似乎像烧着了一样。有时,我觉得眼皮在打架,脑袋也越来越重;可就是睡不着。我的耳朵里总是回响着"住嘴,我求你了"这句话,那么凄切、那么柔弱……那个可怜的男子也没有睡着。我从后面看见他宽大的肩膀在抽动,他的手——苍白而笨拙的手——在长凳的靠背上颤抖,犹如一只老人的手。他在哭……

"您到了,巴黎人!"车夫突然对我叫道;他用马鞭指给我看翠绿的山岗,山岗上矗立着大蝴蝶般的风车。

我连忙下车……经过磨刀匠身前的时候,我试着看了看帽子下的面孔!我希望临别之前看到他一眼。这个可怜的人似乎知道我的心思,猛然抬起头,看着我的眼睛:

"好好看看我,朋友,"他用沉闷的嗓音对我说,"如果有一天,您听说博凯尔发生了一件不幸的事情,您可以说您认识那个肇事的人。"

那是一张灰暗而忧郁的脸,长着一对没有光泽的眼睛。眼睛里噙着泪,但话语中却只有憎恨。憎恨,是弱者的愤怒!……如果我是磨刀匠的老婆,我会小心的……

科尔尼耶师傅的秘密

弗朗塞·玛玛依是个上了年纪的短笛手,他时不时地来我家,和我煮酒聊天,消磨漫漫长夜。一天晚上,他向我叙说了二十年前发生在村子里的一个小故事,而我的磨坊正是故事的见证人。老人的故事深深打动了我。那么,就让我把我所听到的,原原本本地转述给您听吧!

亲爱的读者,现在请您想象一下,您正坐在一壶芬芳四溢的葡萄酒前,由一位年老的短笛手给您讲述下面的故事。

我亲爱的先生,我们这个地方过去可不像现在这样死气沉沉、枯燥乏味。过去,这里经营着大规模的磨坊业,方圆十里之内,农场里的人都把他们的麦子送到我们这儿磨成面粉……村子四周的山坡上布满了风车。放眼望去,只见磨坊的风翼迎着北风,在松林上转个不停,一队队小毛驴驮着满满的口袋,沿着山路上上下下;在整整一个星期的时间里,山坡上的鞭子声、帆布风翼的噼啪声、磨坊帮工们赶牲口的吆喝声响成一片,听起来可真叫人高兴!一到星期天,我们就成群结队地来到磨坊。在那里,磨坊的男主人们用麝香葡萄酒招待大家,女主人们则头披花边头巾,胸佩金十字架,美丽得如同皇后一般。而我,总是带着我的短笛助兴,人们跳着法兰多拉舞①,直至夜幕降临。您瞧瞧,这些磨坊当年可真是为我们这儿带来了欢笑与财富。

不幸的是,那些巴黎的法国佬决定在通往达拉斯贡的公路上兴建一家蒸气磨粉厂。磨粉厂又新、又漂亮!人们开始习惯将麦子送到那里去加工,

---

① 法国普罗旺斯的一种民间舞。

这些可怜的磨坊因而没有了生意。最初,它们还试着挣扎了一段日子,但蒸气磨粉厂太强了,磨坊一家接着一家关门倒闭,真可怜啊!……再也见不到小毛驴上山的情景了……美丽的磨坊女主人们卖掉了她们的金十字架……人们不再喝麝香葡萄酒,也不再跳法兰多拉舞了!……密史脱拉风[①]无论怎样吹都无济于事,磨坊的风翼仍然纹丝不动……接着,有一天,乡政府让人把这些破房子统统拆了,在那里种上了葡萄和橄榄。

但是,在其他磨坊纷纷瓦解的时候,却有一座磨坊依然矗立在山坡上面,在磨粉厂的眼皮底下,继续勇敢地转动着风翼。这就是科尔尼耶师傅的磨坊,也是此刻我们秉烛夜谈的地方。

科尔尼耶师傅是位老磨坊主,在面粉里已经摸爬滚打了六十年,他狂热地热爱着他的这个行当。蒸气磨粉厂的开设简直把他弄疯了。整整一个星期,人们看到他跑遍了村子,把大家纠集在他的周围,声嘶力竭地高喊着说,有人要用蒸气磨粉厂的面粉毒害普罗旺斯。"别去那些磨粉厂,"他说,"这些强盗用蒸气磨面粉做面包,那是魔鬼发明的东西;而我是靠密史脱拉风和特拉蒙塔纳风[②]来磨面粉的,这些风都是上帝呼出的气息……"就这样,他找出一大堆对风车的赞美之辞,却没人愿意听他的。

于是,气极之下,这位老磨坊主将自己关在磨坊里,像野兽那样,一个人过日子。他甚至不愿意把他的小孙女维韦特留在身边。这孩子才十五岁,自从父母去世之后,她在这个世界上只有祖父一个亲人了。这可怜的孩子不得不自行谋生,到各个农庄四处帮工,给人割麦、养蚕,或摘橄榄。不过,她的祖父似乎又很疼爱这个小孙女。他时常顶着烈日,徒步走上四里[③]路,去她干活的农庄看她,在她身边一待就是好几个小时,一边看她,一边流泪……

村庄里的人都觉得,老磨坊主把维韦特打发走,是出于吝啬;这样任由他的小孙女从一个农庄飘零到另一个农庄,遭受羊倌的粗鲁对待和年轻仆役的所有苦难,对她来说,这可真不是件体面的事。同样让人觉得不堪接受

---

① 法国南部及地中海上刮的干寒而强烈的西北风或北风。

② 法国地中海沿岸的西北风。

③ 指法国的古里,一古里约合四公里。

的是,像科尔尼耶师傅这样一位一直倍受尊敬的人,如今却像一个吉普赛人一样,光着脚,戴着破帽子,系着破腰带,行走在街头……其实,每到星期天,看见他进教堂做弥撒,我们这些上了年纪的人都为他害臊;科尔尼耶师傅也意识到了这一点,所以,他不敢再坐到前排体面人的坐席上。现在,他总是坐在教堂最后面靠近圣水缸的地方,和穷人们待在一起。

在科尔尼耶师傅的生活里,还有一件事让人弄不明白。长久以来,村子里已经没有人把麦子送到他那里磨了,但他磨坊的风翼却还是像以前一样,一直转个不停……每到傍晚,人们经常会在路上遇见这位老磨坊主,他赶着毛驴,毛驴身上驮着大袋大袋的面粉。

"晚上好,科尔尼耶师傅!"村里人大声问他,"您磨坊的生意一直都很好吧?"

"一直是这么好,我的孩子们,"老人喜气洋洋地回答,"感谢上帝,活还真不少。"

这时,如果别人问他从什么鬼地方揽来这么多活,他便会把一根手指压在嘴唇上,严肃地说:"别声张!我做的是出口生意……"此外,就再也套不出他任何话了。

至于要走进他的磨坊瞧瞧,想也别想。连小维韦特也进不去……

人们从磨坊前经过的时候,总会看见大门紧闭,大风翼一直转个不停,一头老驴在平地上啃着青草,一只大瘦猫在窗台上晒太阳,还恶狠狠地盯着你。

一切都显得那么神秘,不免让大家议论纷纷。每个人都按自己的想法,猜测着科尔尼耶师傅的秘密,但普遍的说法是,在他的磨坊里,装埃居①的口袋比装面粉的还多。

可是,时间一长,真相就大白了。事情是这样的:

有一天,当我吹短笛给年轻人跳舞伴奏时,发现我的大儿子和小维韦特恋爱了。其实,我并不觉得这有什么不好,因为,科尔尼耶这个名字在我们这儿毕竟还是受尊敬的,更何况,要是见到维韦特这只漂亮的小鸟在我家蹦

① 法国古代钱币。

蹦跳跳，我也会很高兴。只是这对恋人幽会的机会太多，我怕他们会出什么乱子，所以想马上把婚事定下来。于是我上山去了磨坊，想和她的祖父谈谈这事……啊！这个老巫师！瞧瞧他用什么态度接待我的！根本没法让他开门。透过门上的锁洞，我才好歹向他说明了来意；而在我说话的当口，那只无赖的瘦猫，一直待在我头顶上，恶魔一般地朝我吹气。

还没等我把话说完，老头就极其粗鲁地朝我大喊，叫我回去吹我的短笛；还嚷嚷说，要是我急着给儿子娶亲，满可以去找磨粉厂的姑娘们……您可以想象，听到这些混账话，我真是火冒三丈；不过还好，我还有足够的理智控制自己，于是我扔下这个疯老头守着他的磨盘，回家把我的失望告诉了孩子们……这对可怜的羔羊简直不能相信；他们求我发发慈悲，让他们两个一起去一趟磨坊，再和维韦特的祖父谈谈……我实在不忍心拒绝他们。于是，这对恋人便去了。

他们来到山上磨坊的时候，科尔尼耶师傅正好刚出去。门上挂着两把锁；但出门的时候，老先生却把梯子忘在了外面。于是，两个孩子立刻想到可以从窗户进去，看看这所大名鼎鼎的磨坊里到底有些什么……

真奇怪！磨粉房是空的……没有一只口袋，没有一颗麦粒；墙上、蜘蛛网上，连一丁点面粉屑都没有……通常，磨坊里总是弥漫着小麦碾碎后的暖暖的香味，可在这儿却也一点也闻不到。磨轴上布满了灰尘，那只大瘦猫就在上面睡觉。

楼下的房间也是同样一片凄凉的废弃景象：一张破床，几件破衣服，楼梯台阶上掉着一小块面包，三四个口袋堆在角落里，里面露出一些石灰渣和白土。

这就是科尔尼耶师傅的秘密！为了挽回风磨坊的声誉，让人们相信还有人在他那儿磨面粉，他每天傍晚在路上来回带着的就是这些石灰渣……可怜的磨坊！可怜的科尔尼耶！蒸气磨粉厂的老板们早就抢走了他最后的顾客。磨坊的风翼依然转动，但磨盘却是在空转。

孩子们泪流满面地回来了，将他们看到的一切都告诉了我。我听得心都碎了……我立刻跑到邻居们家中，三言两语地把事情讲给他们听，我们商定，应该马上将各家所有的麦子，都运到科尔尼耶师傅的磨坊去……说干就干。全村的人都出发了，我们赶着毛驴来到山上，毛驴上驮着麦子 —— 真正的麦子！

磨坊的门大开着……科尔尼耶师傅正坐在门前的一袋石灰渣上，用手蒙着脸大哭。他刚回来，发现他不在家的时候，有人进了他的磨坊，撞见了他那可悲的秘密。

“我真可怜啊！”他说，“现在，我只有一死了之……磨坊的名誉扫地了。”

他哭得心都碎了，还用各式各样的名字叫他的磨坊，跟它说话，仿佛它是一个活人似的。

这时候，毛驴们来到了磨坊前的平地上，我们大家就像磨坊全盛的时候那样，放声大叫：

“嗨！磨坊！……嗨！科尔尼耶师傅！”

只见一袋袋麦子被堆到了门前，好看的金灿灿的麦粒泄在地上，四处都是……

科尔尼耶师傅睁大了眼睛。他用苍老的双手抓起一把麦子，捧在手心，又哭又笑，嘀咕着：

“这是麦子！……老天爷啊！……上等的麦子！让我好好看看它。”

接着，他转身向我们说：

“啊！我就知道你们会再来我这儿的……那些磨粉厂主，他们都是些贼。”

我们想把他抬到村子里去庆贺，他却嚷嚷着：

“不要，不要，我的孩子们；我要先去喂喂我的磨坊……你们瞧！它的牙齿可有好长时间没沾过吃的东西了！”

这可怜的老头忙左忙右，又是解口袋，又是看磨盘；随着麦子逐渐被碾碎，面粉纷纷扬起，一直弥漫到磨坊顶上。看着这一切，我们每个人的双眼都被泪水湿润了。

这就是我们做出的补偿：从那天起，我们从来没有让老磨坊主缺过活儿。后来，一天早晨，科尔尼耶师傅去世了，于是，我们这儿最后一座磨坊的风翼也停止了转动，这次是永远停止了……科尔尼耶师傅死了，没有人再干他这一行。您还想怎样呢，先生！……在这个世界上凡事都有个尽头，应该相信，风磨的时代已经过去了，正如罗讷河上的马拉驳船、大革命前的最高法院，和装饰着大花图案的男礼服一样。

塞甘先生的山羊
——致巴黎抒情诗人皮埃尔·格兰古瓦先生[①]

你永远是老样子,可怜的格兰古瓦!

怎么!别人让你做巴黎一份堂堂有名的报纸的专栏编辑,你居然拒绝了……看看你自己吧,可怜的孩子!看看你这布满窟窿的上衣、破破烂烂的长裤,还有满是饥色的瘦脸!这就是你热爱美好诗歌的下场!就是你为阿波罗[②]陛下忠诚耕耘十年付出的代价……事到如今,你还不感到羞愧吗?

还是去做专栏编辑吧,笨蛋!去做专栏编辑!你将赚到许多铸着玫瑰花纹的埃居,有钱去布雷帮饭店[③]吃饭,还可以戴着饰有崭新羽毛的无边软帽,去观看新剧的首场演出……

你不肯?你不愿意?难道你打算继续随心所欲、自由到底?那好吧,听听塞甘先生的山羊的故事吧。你会看到,那些想要随心所欲生活的人会有什么下场。

在驯养山羊方面,塞甘先生可从来没有交过好运。

他每次总是以同样的方式失去他的山羊:一天清晨,山羊咬断了拴住它的绳索,跑到山上,在那里被狼吃掉。不管是主人的爱抚,还是对狼的恐惧,什么都留不住它们。看来,这些独立不羁的山羊,不惜一切代价想回到大自

---

① 皮埃尔·格兰古瓦(1475—1538),法国戏剧诗人,愚人剧的代表,代表作《愚人王子》。雨果在《巴黎圣母院》中刻画了他的形象。

② 阿波罗,希腊神话中掌管诗歌和音乐的太阳神。

③ 著名饭店,位于巴黎第九区。

然当中去,追求自由自在的生活。

老实的塞甘先生一点也捉摸不透这些畜生的脾性,他沮丧不已,说:

“完了。山羊们一待在我这儿,就会感到厌烦,我一只也养不住的。”

不过,他并没有灰心。于是,在以同样的方式丢失了六只山羊以后,他又买回了第七只;只是,这一次,他特意挑了一只特别年幼的山羊,希望它能更习惯地在他家待下去。

啊!格兰古瓦,塞甘先生的这只小山羊是多么漂亮啊!它有一双温柔的眼睛,士官般的胡子,黑亮的蹄子,长着斑纹的犄角,还有那又白又长的茸毛,仿佛身上穿着宽袖的长外套!它几乎和埃斯梅拉达[①]的小灵羊一样妩媚,你还记得吗,格兰古瓦?——而且,它驯良、温顺,让人挤奶时,它一动不动,也不把蹄子踩到奶盆里。真是只令人疼爱的小山羊……

塞甘先生的屋子后面,有一个山楂树围成的园子。他就把这位新房客安顿在那里喂养。他在草地上选择了一块最茂盛的地方,将羊系在那儿的一根木桩上,特意把拴它的绳子留得长长的,还时不时地过来看看,看它住得是否舒服。山羊感到非常幸福,美滋滋地啃着青草,为此,塞甘先生打心底里感到高兴。

“终于有这么一只山羊在我家不感到厌烦了!”这位可怜的人想。

但是,塞甘先生错了,他的山羊已经开始厌烦了。

一天,山羊望着大山,自言自语道:

“生活在山上该多好啊!要是没有这该死的绳索勒住脖子,我就能在欧石楠[②]丛中蹦蹦跳跳了,那该多快活啊!……关在园子里吃草,对毛驴和牛来说挺不错!……可我们山羊,应该到广阔的天地里去……”

从此,园子里的青草在它嘴里越来越乏味。厌烦的情绪不期而至。它的身体消瘦下来,产奶也少了。看着它天天挣着绳子,头转向山的那边,鼻孔张得大大的,还咩咩地叫着,真叫人揪心!……令人伤心啊!

塞甘先生看出了他的山羊有些异常,却不知道是什么原因……一天早

① 雨果的作品《巴黎圣母院》中的女主人公。

② 一种长绿灌木。

上，他刚给山羊挤完奶，山羊便转过身来，用自己的土话对他说：

“请您听着，塞甘先生，我在您家已经待得烦了，您就让我到山里去吧。”

“啊！上帝啊！……它也厌烦了！”塞甘先生大吃一惊，嚷了起来，手里的奶盆一下子跌到了地上；于是，他在山羊身边的草地上坐下来：

“怎么了，布朗凯特，你要离开我！”

布朗凯特回答道：

“是的，塞甘先生。”

“难道这里的草不够你吃吗？”

“哦！不！够吃了，塞甘先生。”

“难道拴你的绳子太短了，你想让我把它放得再长些吗？”

“不必了，塞甘先生。”

“那么，你需要什么？你究竟想要什么？”

“我想到山上去，塞甘先生。”

“但是，可怜的孩子，你不知道山上有恶狼吗……万一狼来了，你怎么办呢？”

“我会用角顶它的，塞甘先生。”

“狼才不怕你的角呢。我原先的那些母山羊，和你一样有角，它们都被狼吃了……你还记得去年我那只不幸的老山羊蕾诺德吧？它可是只能干的母山羊，身强体壮，凶狠无比，就像一只公山羊。它跟狼搏斗了整整一夜……可第二天早晨，它还是被狼吃掉了。”

“可怜啊！可怜的蕾诺德！……但这没关系，塞甘先生，您还是放我到山上去吧。”

“仁慈的主啊！……”塞甘先生说，“我可该拿这些山羊怎么办啊？又要有一头羊将要被狼吃掉了……好吧，不能再让这种事情发生了……我要救你，不安分的家伙！为了防止你咬断绳子逃走，我得把你关进牲口棚里，你就一直待在那儿吧。”

说罢，塞甘先生将山羊关进了漆黑的牲口棚，并牢牢地锁上了门。不幸的是，他忘记了关上窗户，于是，他刚一转身，小家伙就跳窗逃跑了…….

你在笑，格兰古瓦？当然啰！我很清楚；你是站在山羊那一边，反对这位善良的塞甘先生的……让我们看看，你待会儿还笑不笑。

这只白色的山羊到了山上，大家都为它目眩神迷。老松树从来没有见过这么美丽的东西。它们把她当作小皇后那样来欢迎。栗子树俯下身，枝条一直垂到地面，轻抚着小山羊。金蝶花在它经过的路上盛开，尽情吐露着芬芳。满山都在为它欢庆。

格兰古瓦，你想象一下我们的山羊是多么幸福！不再有绳索，不再有木桩……再也没有什么东西妨碍它欢蹦乱跳、随意吃草……那儿有的是青草！一直没过了它的犄角，我亲爱的！……多好的草啊！味道鲜美、纤细柔嫩，还带着花边，有成千上万……这和园子里的草可有着天壤之别。嗯，还有山上的花儿！……大朵大朵的蓝色风铃草，长着长萼的红色洋地黄，漫山遍野的野花，溢着醉人的花蜜！……

这只白色的山羊陶醉其中，四脚朝天，躺在花丛中打滚，又沿着斜坡滚了下去，身上乱七八糟地挂满了落叶和栗子……接着，它突然脚一蹬地，站了起来。嗬！它又跑开了，昂着头，穿过丛林与荆棘，一会登上山峰，一会冲下涧底，上上下下，无处不在……仿佛山上一下子来了塞甘先生的十头羊。

布朗凯特，它可什么都不怕。

遇到汹涌的激流，它就纵身一跃而过，身上溅满了水花与泡沫。于是，浑身湿淋淋的它，就躺在平整的岩石上，让太阳把自己晒干……有一次，它嘴里叼着一朵金雀花，来到一块高地的前缘，往下望去，他看见平原上坐落着塞甘先生的房屋，以及屋后的园子。这让它笑出了眼泪。

“多小的地方啊！”它说，“我原先在那儿怎么待得下去呢？”

可怜的小家伙！看见自己站在这么高的地方，就自以为起码与这个世界一样高大了……总而言之，对塞甘先生的山羊来说，这真是美好的一天。将近正午时分，在东奔西跑了一阵之后，它跑进了一群岩羚羊中间，这些岩羚羊正在大嚼长着齿状叶子的野葡萄藤。我们这位穿着白色衣裙的小赛跑运动员一下子引起了轰动。岩羚羊们给它让出了吃野葡萄藤的最佳位置，而岩羚羊先生们则对它大献殷勤……甚至，有一只茸毛全黑的小羚羊——格兰古瓦，这可只能在我俩之间说说——似乎赢得了布朗凯特的亲睐。这对情人还在树林里消失了一两个小时呢！如果您想知道它们俩说了些什么，那就去问在苔藓下潺潺流动的多嘴的泉水吧。

忽然，凉风骤起。山野变成了紫色；夜幕降临了。

“天已经黑啦！”小山羊一边说，一边非常吃惊地停下了脚步。

山下，田野已经湮没在一片轻雾之中。塞甘先生的园子在雾里消失了踪影，他的那幢小房子也只露出屋顶，冒着些许炊烟。小山羊听着牧人召唤羊群的铃声，愁肠寸断……一只回巢的大隼，经过的时候，翅膀从它身上掠过。它打了个哆嗦……接着，山里传来一阵叫声：

“呜，呜！”

它想到了狼；整整一个白天，这个疯疯癫癫的小家伙都没有想到过狼……这时，山谷里远远传来了号声。这是好心的塞甘先生在做最后的努力。

“呜，呜！……”狼又叫了起来。

“回来吧！回来吧！……”号声呼唤着。

布朗凯特想回去了；但一想到木桩、绳索、园子周围的篱笆，它就觉得自己现在再也不能过以前那样的生活了，最好还是留在山上。

号声不再响了……

山羊听到身后传来一阵树叶声。它转过身，看见黑暗中有两只竖得笔直的短耳朵，还有一双凶光闪闪的眼睛……那是狼！

这只庞然大物一动不动地蹲在那儿，端详着这只白色的小山羊，事先品尝着它的滋味。狼知道小山羊肯定逃不出它的掌心，所以一点也不着急；只是当小山羊转过身的时候，它才狰狞地笑了起来。

“哈！哈！塞甘先生的小山羊！”它伸出鲜红的大舌头，舔了舔火绒般的嘴唇。

布朗凯特被吓懵了……突然，它想起了老山羊蕾诺德的故事，它和狼奋战了一夜，却在早晨被狼吃了。布朗凯特心想，既然这样，还不如立刻就被狼吃了为好；接着，它又改变了主意，摆出防卫的架势，低着头，挺着角，就像是塞甘先生的一头勇敢的山羊……倒不是因为它想杀了狼—— 羊是杀不了狼的——而只是想看看，自己是否能像蕾诺德那样，坚持很久。

于是，庞然大物扑了上来，山羊的犄角也开始挥舞作战。

啊！勇敢的小山羊啊，它是多么奋力地战斗啊！我不骗你，格兰古瓦，它不止十次地迫使狼退下阵来，歇一口气。每当这个时候，这个贪吃的家伙还要趁这短短一分钟的间隙，匆匆啃上一口它心爱的青草；然后再转身重新投入战斗，嘴里塞得满满的……就这样，战斗整整持续了一夜。塞甘先生的山羊时不时地望望清朗夜空中飞舞的星星，思量着：

“哦！但愿我能坚持到天明……”

星星一个接着一个地隐去了。布朗凯特的犄角顶得更凶了，狼的利齿也咬得更猛了……一道微微的曙光从地平线上升起……嘶哑的鸡鸣，从一家农舍远远地传来。

“总算天亮了！”可怜的畜生说，它本来就只准备抵抗到天明，然后死去；于是，它倒在了地上，漂亮的白色毛皮上沾满了斑斑的血迹……

于是，狼扑到小山羊的身上，把它给吃了。

再见，格兰古瓦！

你刚才听到的故事，可不是我杜撰出来的。如果有一天，你来到普罗旺斯，农场主们就会用当地的方言对你说：“塞甘先生的山羊跟狼搏斗了整整一夜，可是第二天早晨，它还是被狼吃了。”

格兰古瓦，你听见我的话了吗：

“可是第二天早晨，它还是被狼吃了。”

繁星
——一个普罗旺斯牧羊人的故事

我在吕贝隆山[①]上放羊的时候，接连好几个星期看不到一个人，孤单地同我的牧羊犬拉布力和绵羊们待在牧场。有时，德吕尔山的隐修士为了采草药经过这里，或者可以看见几个来自比耶蒙的烧炭工人的黝黑面孔；但这些人都很纯朴，长期的孤单生活使他们变得寡言少语，已经失去了说话的兴趣，也不知道山下村庄和城里的人们谈论的主题。所以，每隔半个月，当我听见上山的小道上传来骡子的铃声——那是我们农庄为我运送给养的骡子，看见山坡上渐渐露出小伙计机灵的脑袋，或是诺拉德大婶棕红色的帽子的时候，我真的非常高兴。我让他们跟我讲下面村庄里发生的事情，洗礼、结婚什么的；不过最让我感兴趣的，是主人的女儿——方圆十几里最漂亮的姑娘丝苔法奈特的情况。我装出一副满不在乎的样子，打听她是否经常去参加节庆和晚会，是否总是有新的小伙子追求她；要是有人问，这些事情跟我这个待在山里的可怜的牧羊人有什么关系，我就会回答他们：我二十岁了，而丝苔法奈特是我平生看到的最美的姑娘。

这个星期天，我等着他们给我送以后半个月的给养，可是这一次给养却迟迟不来。早晨，我在心里寻思："也许是让大弥撒给耽误了"；接着，中午时分，下了一场大暴雨，我想，路不好走，骡子不能上路了。大约三点钟光景，天空终于变得碧蓝如洗，山上的水珠在阳光下闪耀。在树叶的滴水声和小溪暴涨的流水声中，我听见了骡子的铃声，它是那么欢快、那么清脆，就像复活节

---

① 法国南阿尔卑斯山的一条支脉。

的排钟齐鸣。然而，赶骡子的既不是小伙计，也不是老诺拉德，而是……你们猜是谁！……是我们的小姐，孩子们！我们的小姐亲自来了，她端坐在柳条框之间，山里的空气和暴风雨的清新使她的脸庞透出粉红的颜色。

小伙计病了，诺拉德大婶回她孩子们那里度假去了。美丽的丝苔法奈特从骡背上下来，把这些情况告诉了我，她还说之所以来晚了，是因为迷了路；不过，我看她一身的节日盛装，又是花飘带，又是鲜亮的裙子，又是花边，不像是在荆棘中找路的样子，倒是像在某一个舞会上耽搁了时间。噢！可爱的尤物呀！我不厌其烦地注视着她。真的，我还从来没有这么近地看过她。冬天的时候，有几次我把羊群赶下山，晚上回到农庄吃饭，她快活地穿过饭厅，从来不和仆人说话，总是打扮得那么漂亮，带着一点矜持……现在，她就在我面前，只为我而来；这怎么不叫我欣喜若狂呢？

丝苔法奈特从篮子里拿出给养，好奇地打量起周围来。她略微提起好看的裙子，以免弄脏，然后走进畜栏，想看看我睡觉的角落：铺着干草和羊皮的床，挂在墙上的大斗篷，我的牧羊棍，还有我的火石枪。所有这些东西都让她觉得好玩。

“这么说，你就生活在这里，可怜的牧羊人？你总是一个人，肯定很无聊！你平时做些什么？想些什么？”

我真想回答：“想您，小姐。”这是实话；可是我是如此慌乱，以至于连话都说不出。她肯定看出了我的局促，于是这个小坏蛋淘气地将我逼得更加慌乱，而且以此为乐：

“那你的女朋友呢，牧羊人，她时不时上来看望你吗？……她一定是一只金山羊，要不就是在山顶跑来跑去的仙女爱丝苔蕾尔①了……”

她在对我说话的时候，自己就像仙女爱丝苔蕾尔：好看的笑脸，往后仰着的头，急着往回赶的匆忙，这使得她的到来如同是一次神灵闪现。

“再见，牧羊人。”

“再见，小姐。”

就这样，她带着空篮子走了。

她在山坡的小径上消失了，那些在骡蹄下翻滚的小石子仿佛一颗一颗

---

① 普罗旺斯传说中的送子女神。

都落在我的心上。在很长很长的时间里，我都能听见它们；直到太阳西斜，我仍然像睡着似的坐在那里，一动不动，生怕惊跑了我的美梦。天色渐晚，山谷深处开始泛起一片蓝色，羊群也挤到一起，咩咩地叫着，准备回到畜栏里。这时，我听见山下有人叫我，接着便看见我们的小姐又出现了；她不再像刚才那样笑脸盈盈，而是颤抖着，又冷又怕，浑身湿透。看样子，她来到山下，发现暴风雨使索尔格河①的水位猛涨，她试图强行过河，可差点被淹死。可怕的是，这么晚，她不可能再回农庄了，因为她一个人永远也找不到那条回家的近路，而我也不能丢下羊群不管。想到要在山上过夜，特别是想到家里人会万分焦急，她便痛苦不堪。我尽可能地安慰她：

"七月的夜晚很短的，小姐……这只是一个暂时的意外。"

我很快就燃起一大堆篝火，让她把被索尔格河水浸透的裙子和双脚烘干。接着，我拿来牛奶和奶酪；然而可怜的女孩既不想烤火，也不想吃东西。看到豆大的泪珠从她眼里涌出，我也禁不住想哭。

这时，夜幕完全降临了。山脊上只剩下一丝微弱的残阳、一缕落日的余晖。我让小姐进畜栏休息。我在新鲜的干草上铺了一块漂亮的新羊皮，跟她道了声晚安，便来到栏外，坐在门前……上天可以作证，尽管我热血汹涌，爱火燃烧，但心中却没有任何邪念；想到在畜栏的某个角落，在好奇地看着她睡觉的羊群身边，主人的女儿犹如一只最珍贵、最洁白的小羊，在我的看护下休息，我就感到无比自豪。天空从来不曾如此深邃，繁星也从来不曾如此明亮……突然，畜栏的栅栏门打开了，美丽的丝苔法奈特出现在门前。她睡不着。羊儿走动时弄得干草吱吱作响，要么就是在她做梦时咩咩直叫。她宁可坐到篝火边上来。看到她出来，我立刻把自己身上的山羊皮披到她的肩上，拨旺了火堆。我们紧挨着坐在那里，都不说话。要是你们曾经在露天过夜的话，就会知道，在我们睡觉的时候，另一个神秘的世界在寂寞和安静中苏醒过来了。此时，山泉的歌声更加清脆，水塘燃起了微小的火光。山间所有的精灵都自由自在地来往着；夜空中传来不易觉察的窸窣声和其他声音，仿佛能听见树枝在长大，绿草在拔高。白天是动物的世界，而到了夜里，就是静物的世界了。如果你不习惯的话，就会害怕……所以，我们的小

① 罗讷河的一条支流，位于法国普罗旺斯的沃克吕兹省。

姐瑟瑟发抖,哪怕听见一丝细微的声音,就要紧紧地靠在我的身上。有一次,一声悠长凄厉的叫声从山下闪闪发光的水塘上响起,忽高忽低,一直传到我们的耳朵。与此同时,一颗美丽的流星从我们头顶掠过,滑向同一个方向,好像我们刚才听见的哀鸣还伴随着一道光亮。

“这是什么?”丝苔法奈特低声问我。

“是一个灵魂进入了天堂,小姐。”说着我在胸前画了一个十字。

她也画了一个,抬着头,沉思了好长时间。接着,她又问:

“牧羊人,都说你们是巫师,这是真的吗?”

“不是,小姐。不过,我们生活在这里,离星星更近,比平原上的人更清楚天上发生的事情。”

她用手托着脑袋,仍然望着天空,裹在羊皮里面,活像是天上的牧童:

“星星可真多呀!太美了!我从来没见过这么多星星……你知道它们的名字吗,牧羊人?”

“知道,小姐……瞧!正对着我们头顶上方的,是‘圣·雅克[①]之路’(银河)。它从法国一直通往西班牙,是勇敢的查理曼大帝和撒拉逊人[②]打仗时,加利西亚[③]的圣·雅克为了给他指路而开辟的[④]。稍远一点,您可以看到‘灵魂战车’(大熊星座)和它四个辉煌的车轴。在它前面的是‘三头牲口’,紧靠着第三头牲口的小星星叫‘车夫’。您看见周围那些下落的星雨了吗?那些都是上帝所不愿接纳的灵魂……往下一点,那颗星星叫‘钉耙’或者‘三王’(猎户星座),它是我们牧羊人的时钟,只要看到它,我就知道现在已过了午夜了。再往下一点,还是朝南的方向,那闪闪发光的是‘米兰的让[⑤]’,它是星辰的火炬(天狼星),关于这颗星星的故事,牧羊人们是这么说的:一天晚上,‘米兰的让’和‘三王’、‘小鸡笼’(七斗星)受邀请参加它们朋友星座的婚礼。‘小鸡笼’最急,所以第一个出发了,它走的是上面那条

---

① 耶稣的十二使徒之一。

② 中世纪欧洲人对阿拉伯人或西班牙等地穆斯林的称呼。

③ 西班牙地名,位于西班牙西北部,濒临大西洋。

④ 所有这些民间天文传说的细节,都翻译在阿维尼翁出版的《普罗旺斯天文历》中。—— 原注

⑤ 耶稣的十二使徒之一。

路。您看,就在上面,天空的最高处。'三王'抄最下面的近路,赶上了它。而懒惰的'米兰的让'前一天睡得太晚了,所以落在了最后;它气急败坏,为了让它们停下,把自己的手杖向它们扔去。这就是为什么'三王'也叫做'米兰的让的手杖'……不过,小姐,所有这些星星当中最美丽的,是我们那颗,它叫'牧羊人之星'。无论是清晨我们把羊群赶出来,还是晚上把羊群赶回去,都是它照亮了我们。我们还叫它'玛格罗娜',美丽的'玛格罗娜'紧追'普罗旺斯的彼埃尔[①]'(土星)不放,每七年和他结一次婚。"

"什么,牧羊人!星星还会结婚?"

"当然了,小姐"。

我正要向她解释星星结婚是怎么回事,突然觉得有一样清新、纤细的东西轻轻地落在我的肩头。那是她昏昏欲睡的脑袋,下面还压着漂亮的饰带、花边和波浪般卷曲的长发。她就这样一动不动地靠着我,直到天上的星星开始变得苍白,开始被新的曙光隐去。我看着她熟睡,心底里稍稍有些慌乱,但皎洁的夜色圣洁地保护着我,它给予我的只是一些美好的想法。在我们身边,繁星继续着它们无言的路程,就像羊群那么驯服;我时不时地想象着,在这些星星当中,最纤细、最璀璨的那颗迷了路,于是就落到我的肩上,睡着了……

① 耶稣的十二使徒之一。

阿尔勒城[1]的姑娘

从我的磨坊下山去村里，要经过大路边的一座农庄，农庄大院的深处，种着几株朴树。这是普罗旺斯典型的农舍，屋顶上是红色的瓦片，正面棕褐色的宽墙上，开着不规则的门洞，房顶谷仓上的风向标上方，装着一架用来吊草垛的滑轮，上面还带着几绺枯黄的稻草……

为什么这所农舍让我印象深刻？为什么这紧闭的大门让我感到揪心？其中的原因我说不清楚，但这房子却让我感到森森寒意。四周太安静了……有人经过的时候，狗儿不叫，珠鸡也一声不响地走开……院子里一丁点声音都没有！一片死寂，甚至连声骡铃也听不到……要不是窗上挂着白窗帘，屋顶上冒着炊烟，人们还会以为这里没人住呢。

昨天正午，我从村里回我的磨坊，为了避开炎炎烈日，我沿着农庄的围墙，走在朴树的树荫下……农庄前的大路上，几个沉默的农场工人正往一辆车上装稻草……农舍的大门开着。我经过的时候，往里面瞥了一眼，看见院子深处，有一位满头白发、个子高大的老人，两肘撑在一张大石桌上，头埋在掌心，身上穿着一件过短的上衣和一条破破烂烂的裤子…… 我停下脚步。一个工人低声跟我说：

“嘘！这就是农场的主人……自从他儿子遭遇了不幸之后，他一直是这个样子。”

这时候，一个女人带着一个小男孩，身着黑衣，手捧烫金的祈祷书，从我

---

① 法国普罗旺斯地区的一座古城，多古罗马遗迹，其中最为著名的是古罗马竞技场。

们身边走过，然后走进了农庄。

工人又补充道：

“……女主人和小儿子做弥撒回来了。自从大儿子自杀之后，他们每天都去……唉！先生，真是作孽呀！……父亲至今还穿着死去儿子的衣服；没人能说服他把衣服换下来……驾！走！畜生！……”

车子摇晃着要出发了。我想更多地了解事情的始末，便央求赶车人捎上我。就这样，我坐在他身边的草堆上，听到了一个令人伤心的故事……

他的名字叫让，是一个招人喜爱的农家孩子，二十岁，像女孩子般乖巧，身体结实，眉目开朗。由于他长得特别漂亮，许多女人都盯着他；但他心中却只有一个姑娘——一个阿尔勒城的姑娘，她总是爱穿饰满花边的天鹅绒衣服；有一次，他在阿尔勒城的竞技场上见到过她。——起先，让的家人并不赞成这门亲事。因为那姑娘风骚妖艳，而且她父母也不是本地人。

但是，让却不顾一切，非要娶他的阿尔勒城姑娘。他说：

“如果不让我娶她，我就去死。”

这门亲事是免不了了。于是，家人决定让他们在收割后完婚。

后来，一个星期天的傍晚，一家人在农庄的院子里用晚餐，气氛跟婚宴差不多。虽然准新娘不在，但大家都频频举杯为她祝贺……突然，一名男子出现在门前，用颤抖的声音要求和农庄主埃斯泰夫谈谈，和他单独说几句话。埃斯泰夫站了起来，出门走到大路上。

“庄主，”那名男子对他说，“您要让您儿子娶的是一个轻浮的女子，她已经跟我同居两年了。我这样说，是有证据的；您看，这是我俩的情书！……这事情她父母知道得一清二楚，还把她许配给了我；不过，自从您儿子找上她，无论是她的父母，还是这漂亮的姑娘，就再也瞧不上我了……我原先还以为她许给我之后，就不可能再嫁给别的男人了呢。”

“很好，”埃斯泰夫庄主看了那些信，对来人说，“您请进来喝杯麝香葡萄酒吧。”

那人答道：

“谢谢！不用了。比起我满肚的愁肠，口渴算不了什么。”

说完，他就走了。

父亲不动声色地回到院子，重新入了座；晚餐在欢乐的气氛中结束了……

这天晚上，埃斯泰夫庄主和儿子一起去了田间。他们在外面待了很久；当他们回来的时候，孩子的母亲还在等他们。

“夫人，”庄主将儿子带到她面前对她说，“亲亲这孩子吧！他真不幸……”

让不再提起这位阿尔勒城的姑娘了。但是，他还是一直爱着她，甚至，在他得知她曾经躺在别人的怀抱里之后，这种爱比以前更加强烈了。只是，他的自尊心太强了，所以什么也不肯说。这就是他的死因，这可怜的孩子！……有时候，他整天一个人待在某个角落，一动也不动。还有些时候，他会跑到地里，发疯似的干活，一个人抵得上十个短工……傍晚来临的时候，他常沿着大路，朝阿尔勒城走，直到在夕阳下望见城里尖细的钟楼。接着，他就往回走。从不走得更远。

看着他总是这样伤心、孤独，农庄里的人都不知该怎么办才好。大家都担心会发生不幸的事。一天，他母亲用满含泪水的双眼，望着他说：

“好吧，听着，让，如果你还是要这个女人，我们就让你娶她……”

孩子的父亲羞红了双脸，低下了头……

让做了一个拒绝的手势，然后就出去了……

从那天起，他改变了生活方式，总是做出一副开心的样子，好让父母放心。人们又开始看到他出入舞会、酒馆和火印节①。在丰特维耶②的选举上，他还领跳了法兰多拉舞③。

孩子的父亲说：“他总算好了。”然而，孩子的母亲却仍然忧心忡忡，比以往更加密切地留意她的孩子……让和弟弟的卧室紧挨着养蚕房；这位可怜的老妇人就在他们卧室旁边的房间里，为自己搭了一张床……她借口说，晚上蚕宝宝可能需要她的照料……

圣·埃洛瓦节④——农场主们保护神的节日——又到了。

---

① 法国普罗旺斯的民间节日，人们表演用烧红的铁块给牲口打上烙印。

② 阿尔勒地区的一个市镇。

③ 法国普罗旺斯的一种民间舞。

④ 每年的 12 月 1 日。

农庄里一片欢腾……每个人都能喝上教皇新堡[①]的美酒，而煮过的葡萄酒更是多得犹如雨下，喝也喝不完。还有，夜空中鞭炮齐鸣，烟花齐放，朴树上挂满了彩灯……圣·埃洛瓦节万岁！人们拼命地跳着法兰多拉舞。让的弟弟还把新罩衫给烧坏了……让自己也显得兴高采烈；他还邀请母亲跳舞；这可怜的妇人幸福地流下了眼泪。

午夜的时候，人们纷纷睡去。大家都困了……但是让却没有睡。他弟弟后来追述说，让整整哭了一夜……

啊！我跟您说，他可被那个姑娘伤透了心，我的哥哥……

第二天拂晓，母亲听到有人跑出了卧室。她顿时有一种不祥的预感：

"让，是你吗？"

让没有回答；他已走上了楼梯。

快！赶快！母亲急忙起床：

"让，你去哪儿？"

他爬上了顶楼的谷仓；母亲跟在他身后：

"我的儿子，看在上帝的分上！"

他关上门，插上了门闩。

"让，我的孩子，回答我。你要干什么？"

母亲老迈的双手颤抖着，摸索着寻找门闩！……谷仓的一扇窗被打开了，院子里响起了身体撞击石地板的声音，一切都完了……

临死前，这可怜的孩子自言自语道："我太爱她了……我去了……"啊！我们的心情是多么悲痛啊！然而，令人难以置信的是，即使是别人的蔑视都不能扼杀他心中的爱情！……

那天早晨，村子里的人都在互相打听，是谁在埃斯泰夫农庄那儿放声哀号……

那是衣不遮体的母亲，在农庄的院子里，在满是露水和鲜血的石桌前，抱着死去的儿子，放声痛哭。

---

① 教皇新堡葡萄酒是法国普罗旺斯地区出产的一种知名的葡萄酒。

居居尼昂[1]的神甫

每年圣蜡节[2]的时候，普罗旺斯的诗人们都会在阿维尼翁[3]出版一本轻松欢快的文集，里面写满了优美的诗歌和动听的故事。今年出版的这本我刚刚拿到，在里面我看到一篇颇具教义的故事，现在，就让我略加删节，翻译给大家听吧……巴黎人啊，请拿出你们的柳条筐。这次，我要给你们品尝的，可是普罗旺斯的精白面粉……

马丁教士是一个神甫……居居尼昂的本堂神甫。

他善良得像面包，坦诚得如金子，还慈父般地爱着居居尼昂的居民；对他来说，如果这里的人能稍微再让他满意一些，那么居居尼昂就是人间天堂了。但可惜的是，他的忏悔室已经蛛网密布，而且，即使是在复活节这样盛大的节日，圣体饼也会原封不动地留在圣体盒中。好心的神甫因此伤透了心，于是，他总是企求上帝大发慈悲，让他在去世之前，将这群迷失的羔羊引回羊圈。

您将会看到，上帝听到了他的声音。

一个礼拜天，念过福音之后，马丁先生走上了讲道台。

“亲爱的兄弟姐妹们，”他说道，“不管你们相不相信：有一天夜里，我这

---

① 法国南部奥德省的一个小村庄。

② 又称“主进殿节”，是每年的 2 月 2 日。这一天法国人会做油煎鸡蛋薄饼，以祈求全年富足有余。

③ 法国普罗旺斯地区的一个历史名城，历史上曾是教皇的居住地。

个可怜的罪人来到了天堂的门前。

“我敲了敲门，喊道：‘圣·彼得，开开门！’

“‘天啊！是您，我正直的马丁先生，’他对我说，‘是什么风把您给吹来的？有什么事我能为您效劳？’

“‘崇高的圣·彼得，您掌管着天堂的名册和钥匙，如果您不嫌我太过好奇的话，是否能告诉我，天堂里有多少居居尼昂人啊？’

“‘马丁先生，我没任何理由拒绝您；您请坐，我们一起来瞧瞧。’

“于是，圣·彼得拿出了厚厚的名册，将它打开，又戴上了他的圆框眼镜：

“‘让我们瞧瞧：居居尼昂，是吧。居……居……居居尼昂。查到了。居居尼昂……我好心的马丁先生，居居尼昂这页完全是空白的。没有一个灵魂上了天堂……这里没有一个居居尼昂人，就像火鸡里没有一根鱼骨头一样。’

“‘什么！天堂里没有居居尼昂人？一个也没有？不可能！您再仔细查查……’

“‘的确一个也没有，我的圣人。如果您以为我在开玩笑，那就请您自己看看。’

“我啊，可怜的我啊！我又是跺脚、又是拱手，大声求他发发慈悲。圣·彼得见我这样，对我说：

“‘马丁先生，相信我，您可不要太难受，否则您会为此生气的。不管怎么说，这不是您的错。您瞧，您那些居居尼昂的居民，肯定要在炼狱里受一段时间的惩罚呢。’

“‘啊！伟大的彼得，发发慈悲吧！您起码让我去看看他们，安慰他们一下。’

“‘我很乐意，我的朋友……拿着，穿上这双便鞋，因为去那里的路可不好走……这样行了……现在，笔直往前走。您看到路尽头转弯的地方了吗？那里有一扇银色的大门，上面星罗密布的全是黑色的十字架……在您的右手边……您敲敲门，有人会给您开门的……再见了！当心身体，多多保重。’”

“我走啊……走啊！多么崎岖的路啊！只要一想起当时的情景，我就浑身起鸡皮疙瘩。那条长满荆棘的小径，地上满是闪闪发光的红宝石和咝咝作响的毒蛇，一直通到那扇银色大门前。

“‘砰！砰！’

“‘谁在敲门？’一个沙哑、阴沉的声音问道。

“‘我是居居尼昂的神甫。’

“‘哪儿的……’

“‘居居尼昂的。’

“‘啊！……进来吧。’

“我走了进去。一位高大威武的天神，长着夜一般漆黑的翅膀，穿着昼一般闪亮的长袍，腰带上挂着一串镶着钻石的钥匙，正在一本册子上刷刷地写着什么，那本册子比圣·彼得的那本还大……

“‘那么，您想要什么？想知道一些什么？’天神问我。

“‘上帝的天神啊，我想知道，——也许我的好奇心太重了—— 您这里有没有居居尼昂人啊。’

“‘哪儿的人……”

“‘居居尼昂人，生活在居居尼昂的人……我是他们那儿的教堂神甫。’

“‘啊！您是马丁教士，对吗？’

“‘正是，愿意为您效劳，天神先生。’”

“‘您是在问居居尼昂人……’

“于是，天神打开名册，翻阅起来，为了翻得顺当些，他还在手指上蘸了点口水……

“‘居居尼昂，’他长长地叹了口气说，‘马丁先生，我们炼狱里一个居居尼昂人也没有。’

“‘耶稣基督啊！圣母玛丽亚啊！圣父约瑟夫啊！炼狱里没有居居尼昂人！哦！伟大的主啊！那么，他们在哪儿呢？’

“‘哎！圣人啊，您还想要他们去什么地方呢？他们在天堂里。’

“‘可是，我正是从那边来的，从天堂那边来……’

“‘您是从那边来的!!……怎么样呢？’

“‘怎么样?! 他们不在那里! ……啊! 天使的圣母啊! ……’

“‘您还想怎么样呢,神甫先生! 如果他们既不在天堂,也不在炼狱,那就没有其他什么地方了,他们在……’

“‘圣十字架啊! 耶稣基督,大卫的圣子啊! 唉! 唉! 唉! 这怎么可能呢? ……是不是伟大的圣·彼得没跟我说实话? ……可是,我刚才没听到公鸡叫,应该不会听错啊! ……唉! 我们这些可怜的人啊! 如果居居尼昂人都不在天堂,我以后又怎么能升入天堂呢?’

“‘您听我说,可怜的马丁先生,既然您不惜一切代价,都要把这件事弄清楚,想亲眼看看这到底是怎么回事,那您就沿着这条小径,朝前跑吧,如果您会跑步的话……您将会看到,在您的左边,有一扇大门。在那儿,您会把一切全都弄个水落石出的。愿上帝保佑您!’

“说完,天神关上了门。”

“那是条长长的小路,路上铺满了烧得通红的火炭。我踉踉跄跄地往前走着,好像喝醉了一样;每走一步,都要摔一跤;我大汗淋漓,身上的每个毛孔都被汗水浸湿了,还口渴得直喘气……不过还好,幸亏好心的彼得给了我一双便鞋,我的双脚这才没有被灼伤。

“我一瘸一拐地走了好久,才看见左手边有一扇门……不,是一扇大门,一扇巨大的门,门半开着,犹如一座大火炉的炉门。哦! 我的孩子们,那场面多么奇特啊! 那里没人问我叫什么,也不用登记签到。人们成群结队地从敞开的大门进去,我的兄弟姐妹们啊,就跟你们礼拜天进小酒馆一样。

“我热得直冒大汗,可同时又冻得发僵,直打哆嗦,头发都竖起来了。我闻到一股焦味,一种肉被烤焦的气味,就像我们居居尼昂的铁匠埃鲁瓦给老驴烙铁掌时发出的味道。这臭味灼热难闻,让我憋得喘不过气来;我还听到一阵可怕的喧嚣,有呻吟,有号叫,还有咒骂。

“‘喂,你进还是不进,我说你呢?’一个头上长角的魔鬼用铁叉戳着我问。

“‘我? 我不进去。我是上帝的朋友。’

“‘你是上帝的朋友……好吧! ……你这个头上长癣的家伙! 你到这里来干什么?’

“‘我来……啊！请您别这么说，我害怕得连腿都站不直了……我从……我从远方来……冒昧问您一声……您这儿……您这儿，是否碰巧……有……个把……个把居居尼昂人……’

“‘啊！上帝啊！你是在故意装傻吧，难道你不知道所有的居居尼昂人都在这里吗？喏，你这只丑陋的乌鸦，你瞧瞧吧，你会看到在这儿，我们是怎么惩治他们的，你那些臭名昭著的居居尼昂人……’

“于是，在一团熊熊燃烧的火焰中，我看见了：

“我看见了高个子科克·加利纳——你们大家都认识他，我的兄弟姐妹们——这个科克·加利纳，他老是喝得醉醺醺的，还老是打骂她可怜的老婆克莱蓉。

“我看见了卡塔丽莱……这个小荡妇……她总是把头昂得高高的……一个人睡在谷仓里……你们还记得她吧，男孩子们！……我们还是不说她吧，她的事我已经说得太多了。

“我看见了帕斯卡·杜瓦·德·布瓦，他老是偷朱利安的橄榄给自己榨油。

“我看见了拾麦穗的女人芭蓓，为了能更快地把麦穗扎成捆，她在拾麦穗的时候，总是从麦垛里大把大把地偷麦子。

“我看见了格拉巴齐师傅，他总是把自己独轮车的轮子涂得油光锃亮。

“还有多菲娜，她卖自己家的井水，价钱还总是这么贵。

“还有托尔蒂亚，每当他看到我胸前佩着基督像，就立刻扬长而去；他头上戴着三角帽，嘴里叼着大烟斗……一副趾高气扬的样子，就像阿尔达班[①]国王……好像他遇见的是一条狗一样。

“还有库洛和泽特这两口子，还有雅克和皮埃尔，还有托尼……”

众人听了大吃一惊，一个个吓得脸色惨白，唉声叹气起来，大家仿佛在敞开着大门的地狱里，看到了某人的父亲和母亲，某人的祖母和姐妹……

“兄弟姐妹们，你们都感觉到了吧，”马丁教士继续说道，“你们都感觉

① 对古代安息帝国国王的称呼。安息帝国，又称帕提亚王国，位于今天伊朗的东北部，曾与大汉帝国、罗马帝国、贵霜帝国（今印度）并称为四大帝国。

到不能这样继续下去了吧。我对你们的灵魂负责，我希望，我希望把你们从深渊里拯救出来，而你们却脑袋朝下，正在往里面跌。明天我就要开始拯救工作，不能再迟于明天了。这项工作一定会成功！我将要这样做：为了把事情干好，一切都必须有条不紊。我们一排一排地来，就像在荣凯尔[①]跳舞的时候那样。

“明天星期一，我先给老先生、老太太们做忏悔。这并不困难。

“星期二，我为孩子们做忏悔。这也会很快完成。

“星期三，为少男少女们做忏悔。这花的时间可能会长一些。

“星期四，为男人们做忏悔。我们将长话短说。

“星期五，为女人们做忏悔。我会说：别惹麻烦！

“星期六，我为磨坊老板做忏悔！……光他一个人，花一天的时间都不嫌多……

“这样，如果星期天能为所有的人都做完忏悔的话，我们将会很幸福。

“你们看见了吗，孩子们，麦子成熟了就要收割，酒瓶打开了就要喝掉。有这么多脏衣服，我们就要清洗，而且要洗得干干净净。

“我祝你们得到宽恕。阿门！”

说干就干。大家纷纷开始洗衣服。

自从这个值得纪念的礼拜天之后，居居尼昂人的美德传遍了十里方圆。

好心的牧羊人马丁先生幸福万分，满心欢喜，一天夜里，他梦见他的羊群跟在自己身后，排着光辉闪耀的队伍，而他则在燃烧的烛光、芬芳的香烟，还有高唱着感恩歌的唱诗班孩子们中间，登上了通往天国的光明大道。

这就是居居尼昂神甫的故事，是鲁玛尼耶[②]这个无赖让我说给你们听的，而他则是从另一位伙伴那里听来的。

---

① 法国南部朗格多克—鲁西永地区的小城镇。

② 约瑟夫·鲁玛尼耶(1818—1891)，法国普罗旺斯作家、诗人。

老俩口

“阿赞老爹,有我的信啊?”

“是的,先生……从巴黎寄来的。”

这位善良的阿赞老爹感到无比自豪,因为信是从巴黎寄来的……我则不然。直觉告诉我,这封从巴黎的让·雅克大街寄出的邮件,一大清早便毫无征兆地落到我的案头,肯定会耗费我一整天的时间。我没猜错,您读读这封信吧:

朋友,你可要帮我一个忙。请你暂且把磨坊关上一天,马上去一趟艾几叶尔……艾几叶尔是一个大镇,离你家才三四里路——你散散步就到了。到了那儿,你就打听孤儿修道院。修道院后面的第一幢房子是一栋矮房子,灰色的百叶窗,屋后还有个花园。你直接进去好了,不用敲门——屋子的门总是敞开着的——进门后,你就用力大喊:“好心的人们,你们好!我是莫里斯的朋友……”接着,你会见到两位身材矮小的老人,哦!很老很老,老得不能再老了,他们会从大扶手椅里向你伸出双臂,你就代表我拥抱他们,全心全意地拥抱他们,就好像他们是你的亲人那样。然后,你就陪他们说说话,他们会跟你说起我,而且只说我,不说别的;他们会说好些莫名其妙的话,你听了可不许发笑……不许笑,嗯?他们是我的祖父母,是我这一生的归属,可他们有十年没见到我了……十年,多么漫长的时间啊!但你说我能有什么办法!我嘛,被巴黎捆住了手脚;而他们,岁数又这么大了……他们老成这个样子，如果来巴黎看我，路上肯定会出事的……幸好，你在他们那儿，我亲爱的磨坊主，当两位可怜的老人拥抱你的时候，会依稀觉得是在拥抱我……我曾经多次跟他们说起过我们的事，还有你我美好的友谊，因此……

这该死的友谊！那天早上，天气恰好十分晴朗，却非常不适合赶路：密史脱拉风刮得很猛，太阳也很炎热，是普罗旺斯典型的天气。这封讨厌的信到我手上的时候，我已经在两块岩石之间找了一个遮荫的地方，梦想着在那儿待上一整天，像蜥蜴那样，沐浴阳光，倾听松涛……结果，您还能指望我干什么呢？我虽然满腹牢骚，却只好关了磨坊，把钥匙藏在猫洞里，带上我的手杖，叼上我的烟斗，就这么出发了。

我到达艾儿叶尔的时候，快下午两点了。镇子里空荡荡的，人们都到田里干活去了。水道两旁种着榆树，树上盖着一层白色的灰尘，知了在其中放声歌唱，犹如在开阔的克劳平原上①一样。镇政府的广场上，有一头驴子在晒太阳，一群鸽子掠过教堂前的喷水池上空；然而，没有一个人可以为我指点去孤儿院的路。幸好，一位年迈的仙女突然出现在我的眼前，她正蹲在自家门前的墙角纺纱；我告诉了她我要找的地方；这位仙女可真是法力无边，她只是举了一下纺锤：孤儿修道院就像变魔术似的立刻矗立在了我的面前……这是一幢阴森黑暗的大房子，尖拱形的大门上，庄严地竖立着一个古老的红砂石十字架，上面还刻着一些拉丁文。房子旁边，我看见另一幢略小一点的建筑。灰色的百叶窗，屋后的花园……我一下子就认出了这幢房子，于是，不敲门便走了进去。

我将永生铭记这清凉、宁静的长廊，涂成玫瑰色的墙壁，透过浅色的窗帘隐约可见的后花园，还有刻在每一块护墙板上的退了色的玫瑰与提琴的花纹。我仿佛走进了塞代纳②时代某位老法官的家……走廊尽头的左边，有一扇门虚掩着，里面传来一座大钟的滴答声，还有孩子的朗读声，好像是

---

① 法国南部一卵石平原。

② 米歇尔·让·塞代纳（1719—1797），法国18世纪剧作家。

一个小学生，正在一字一顿地读：“于……是……圣……伊……勒……内[1]……喊……道……我……是……天……主……最……好……的……小……麦……我……应……该……被……这……些……牲……口……的……牙……齿……嚼……得……粉……碎……”我轻轻走到门前，朝里面看去。

在一间宁静而昏暗的小房间里，一位面色红润、连指尖都起了皱纹的小老头，正在一张扶手椅里睡觉，他张着嘴，双手搁在膝盖上。在他脚边，一个蓝衣女孩——身穿大罩衣，头戴小帽子，一副孤儿院的装束——正拿着一本比她人还大的书，朗读着圣·伊勒内的故事……这神奇的朗读声对整个屋子都产生了奇效。老人在扶手椅里睡着了，苍蝇在天花板上睡着了，金丝雀在窗上挂着的鸟笼里睡着了。大座钟发出滴答滴答的声音，像是在打鼾。整个房间里只有一大束从百叶窗的缝隙里直射进来的灿烂的阳光还醒着，在它的照耀下，尘埃闪烁着，跳着华尔兹……在这一片昏昏沉沉的气氛中，孩子继续认真地朗读着：“突……然……两……只……狮……子……扑……向……了……他……将……他……吃……了……”她读到这里的时候，我走进了房间……即使是将圣·伊勒内吃掉的狮子此时扑进屋来，也不会比我的到来造成更大的恐慌了。真是像在演戏一样！小女孩发出一声惊叫，巨大的书本猛然掉到地上，金丝雀、苍蝇都被惊醒了，大座钟也响了起来。老人被吓了一跳，蓦然直起身子，惊恐万分；我也尴尬不已，停在门口，大声招呼道：

“大家好，好心的人们！我是莫里斯的朋友。”

哦！要是您能亲眼看见这位可怜的老人就好了！您会看到他伸出双臂，向我走来，拥抱我，握着我的手，高兴地在房间里跑来跑去，嘴里还说着：

“天啊！天啊！”

他脸上的每一根皱纹都绽放着笑容，脸也涨得通红，结结巴巴地说着：

“啊！先生……啊！先生……”

接着，他走向房间深处，叫道：

“玛麦特！”

---

① 圣·伊勒内（约130—约208），里昂主教，公元2世纪著名的神学家。

一扇门打开了，过道里传来一阵细碎的脚步声……那是玛麦特来了。再也没有比这位矮小的老太太更美丽的人了，她头戴蝴蝶结软帽，身着淡褐色长裙，手持绣花手绢，为的是按旧时的方式向我行礼致敬……多么感人的情景啊！老俩口长得很像，要是给老先生戴上围脖，打上黄色蝴蝶结，他就是活脱脱一个玛麦特了。只是，真正的玛麦特这辈子肯定哭得太多，所以皱纹比他还多。与老先生一样，玛麦特身边也有一个孤儿院的小姑娘，这个小看护身穿蓝色罩衣，寸步不离地陪伴在她的左右。看见这老俩口由一群孤儿院的孩子照顾，真是世界上最令人感动的事情了。

玛麦特一进来，就向我行了一个屈膝大礼，但老先生的一句话却打断了她：

"这是莫里斯的朋友……"

听到这话，老太太顿时全身颤抖，哭了起来，手绢掉到了地上，脸也涨红了，涨得通红，比老先生的脸还红……这些老人啊！血管里就这么几滴血，然而一激动，就全都涌到脸上来了……

"快点，快点，快搬把椅子来……"老太太向她身边的小女孩说。

"快把百叶窗打开……"老先生则向他的小看护嚷道。

接着，他们每人用一只手拉着我，快步将我带到窗前，窗户开着，这样他们就可以好好看看我了。孩子们把椅子搬了过来，我坐在两位老人中间的一把折椅上，两位蓝衣小姑娘则站在我们身后。于是，询问开始了：

"他怎么样了？他在干些什么？他为什么不回来？他快乐吗？"

如此这般，不一而足！就这样，老俩口一问就是好几个小时。

我尽可能地回答他们所有的问题，告诉他们一些我所知道的莫里斯生活的细节，也大胆地编造一些我所不知道的事情，还得特别留心，不能向他们承认我从来不注意莫里斯的窗子是否关上，他卧室的壁纸是什么颜色。

"他卧室壁纸的颜色嘛！……是蓝色的，夫人，浅蓝色的，上面还饰有花纹……"

"真的吗？"可怜的老太太有些激动；于是，她转过身，对她丈夫说："他真是个好孩子！"

"哦！是的，是个好孩子！"另一位也满腔热忱地附和着。

而且，在我说话的整个过程中，老俩口时而相互点头，时而彼此微笑，还不时地眨眨眼睛，露出狡黠的神情，有些时候，老先生会凑过来对我说：

“请您说得大声点……她耳朵有点背。”

她也从另一边凑过来说：

“您稍微说响点，谢谢您！……他听不太清楚……”

于是，我提高了嗓音；老俩口向我笑笑，表示感谢，并在我的眼睛深处寻找着他们的莫里斯的身影；而我也在这暗淡的笑容中，激动不已地重新看到了莫里斯的形象，这形象模糊、朦胧、几乎缥缈，我仿佛看见我的朋友在非常遥远的地方，在云雾之中，朝我微笑。

忽然，老先生在椅子上直起了身子：

“啊，我想起来了，玛麦特……他可能还没吃午饭呢！”

玛麦特大吃一惊，双臂伸向空中：

“还没吃午饭！……我的上帝！”

我以为他们谈的还是莫里斯，正要回答说莫里斯是个好孩子，从来不会等到中午十二点以后吃午饭。但是我弄错了，他们说的是我；您真该来看一看，当我承认肚子的确还空着的时候，他们那股子忙乱劲就别提了：

“快摆餐具，蓝衣姑娘们！把桌子放到房间中央，铺上节日里用的桌布，摆上印花的盘子。请你们别光顾着笑了！快点……”

我相信她们是够快的了。仅仅打碎三个盘子的工夫，午餐就端上来了。

“一顿简单可口的午餐！”玛麦特一边把我引向餐桌，一边对我说，“只是您得独自用餐了……我们上午已经吃过了。”

这些可怜的老人！无论您什么时候遇见他们，他们总是说上午已经吃过饭了。

玛麦特的“简单可口的午餐”是一小杯牛奶，几粒椰枣，还有一块船型蛋糕，看上去像松糕的样子；这些东西够她和她的金丝雀吃上至少一个星期的了……而我仅仅一个人，就把所有这些东西一扫而光！……餐桌周围，有多少双义愤填膺的眼睛在盯着我！蓝衣女孩们一边窃窃私语，一边用手肘相互碰来碰去；那边，笼子里的金丝雀仿佛在说：“哦！这位先生，一个人把船型蛋糕都给吃了！”

的确，我把船型蛋糕全都吃光了，而且几乎是在不知不觉中吃光的，因为我一边吃，一边忙着打量我周围的这间屋子，屋子明亮而又宁静，似乎弥漫着一缕古色古香的气息……我的视线特别无法从两张小床上移开。这两张床简直就是两只摇篮,我可以想象每天清晨,天刚拂晓,老俩口还窝在带着流苏的大床帏里的情景。时钟敲响了三点,老人们总是在这时醒来:

“你还在睡吗,玛麦特?”

“我醒了,我的朋友。”

“莫里斯是个好孩子,对吗?”

“哦!当然,他是个好孩子。”

只是因为我看见了老俩口这两张紧紧靠在一起的小床,就想象出这样一大段对话……

这时候,房间另一端的大柜子前,发生了令人胆颤心惊的一幕。老人要够到柜子上面,从最高一层上取下一瓶樱桃酒,这瓶酒已经为莫里斯藏了十年,现在老俩口想打开它来款待我。尽管玛麦特苦苦哀求,老先生还是坚持亲自去取樱桃酒;于是,在老伴惊恐不安的目光下,他爬上一把椅子,试图用手去够那么高的地方……您可以从这里看到这样一副情景:老人颤颤悠悠地爬上去,蓝衣女孩们紧紧扶着椅子,玛麦特站在他身后,张着双臂,紧张得直喘气;除了这所有的忙乱之外,有一股淡淡的柠檬清香,从敞开的柜子和大堆的红棕色衣物里飘散出来……真是令人心旷神怡。

最后,经过一番艰苦的努力,老先生总算从柜子上取下了这瓶了不起的樱桃酒,同时还取下一只陈旧的雕花银杯,这杯子是莫里斯小时候用的。老人为我往银杯里斟满了樱桃酒。莫里斯最喜欢喝樱桃酒了!老先生一边给我斟酒,一边带着馋涎欲滴的表情,咬着我的耳朵说:

“您可真幸运,能喝到这樱桃酒!……这是我老伴酿的……给您尝的可是好东西呀!”

可惜!这酒是他老伴亲手酿的,可她忘了放糖。您还能叫她怎么办呢!人老了,记性就差了。我可怜的玛麦特,您酿的樱桃酒真是苦涩难当……尽管如此,我还是将它一饮而尽,连眉头都没有皱一下。

吃完午饭后,我起身向主人告辞。他们本来还想多留我一会儿,再跟他们谈谈他们的好孩子,但是,天色将晚,磨坊离得又远,我必须动身回去了。

老先生和我一起站了起来。

“玛麦特，把我的外套拿来！……我要送他到广场。”

玛麦特心里当然觉得，这时他要送我到广场，天气可有点凉了；但她并没有在脸上表露出来。只是在帮他穿上外套——那是一件西班牙烟草颜色、带螺钿钮扣的外套——的时候，我听见这位亲爱的夫人轻轻地对他说：

“你不会回来得太晚，是吗？”

他则狡黠地回答：

“嗨！嗨！……这我可不知道……也许吧……”

说着，他们相视而笑，蓝衣女孩们见他们笑了，也笑了起来，金丝雀在它们的角落里，也以自己的方式笑了起来……说实话，我觉得樱桃酒的香味让大家都有了点醉意。

……我和老祖父出门的时候，夜幕已经降临了。一个蓝衣小姑娘远远地跟着我们，以便等一会护送老先生回家；不过他没有看见她，他挽着我的手，无比自豪地走着，俨然像一个壮年小伙。玛麦特容光焕发地站在家门口，看着我们，一边看，一边优雅地摇着头，仿佛在说：“我可怜的人啊，他好歹还行！……还走得动。”

散文叙事诗

今天早晨一打开房门，我就发现磨坊周围地毯似的铺着一层厚厚的白霜。草就像玻璃那样闪闪发光，人走在上面发出喀嚓喀嚓的声音；整个山岗都在瑟瑟发抖……终于有一天，我亲爱的普罗旺斯被装点成了北国。我在结满霜花的松露中，在一簇簇盛开着水晶花束的薰衣草丛中，写下了这两篇颇具日耳曼幻想风格的散文叙事诗；这时，霜花给我送来闪烁的白光，晴朗的天空中，排成三角形队伍的仙鹤从亨利·海涅①的故乡飞来，一边向南方的卡马尔格飞去，一边不住地叫着："天冷了……天冷了……天冷了。"

（一）
王储之死

小王储病了，小王储快死了……王国所有的教堂都日日夜夜地陈列着圣体，燃烧着大蜡烛，祈求王子早日康复。古老王宫周围的大街变得忧郁而冷清，教堂的钟不再敲响，马车也缓步慢行……好奇的市民们聚集在王宫周围，透过栅栏，看着在院子里严肃地交谈着的身披金甲的御前卫士。

整个王家城堡都忙得不可开交……侍从们、总管们沿着大理石台阶跑上跑下……走廊里站满了身穿绸缎的青年贵族和朝臣，他们从这一群人踱到那一群人，低声打听着王储的消息……在宽阔的石阶上，泪流满面的宫廷

① 亨利·海涅（1797—1856），德国诗人。

贵妇们一边行着屈膝大礼，一边用好看的绣花手帕擦着眼睛。

花园里有许多穿着长袍的御医。透过窗户，可以看见他们舞动着黑色的长袖，一本正经地俯下戴着假发的脑袋……小王储的太傅和骑术老师在门前来回踱着步，等待着御医们的诊断。一群小厨子从他们身边经过，也没向他们致敬。骑术老师先生像异教徒那样发誓赌咒，太傅先生则背诵着贺拉斯[①]的诗句……与此同时，远处的马厩里传来一声悲哀悠长的嘶鸣。那是小王储的栗色马在空空如也的马槽前，凄厉地呼唤着忘记喂它的马夫。

国王呢！国王陛下在哪里呢？国王独自一人，把自己关在城堡尽头的一间房间里……君王们不喜欢别人看见他们流泪……而王后则另当别论了……她坐在小王储的床前，美丽的脸庞流满热泪，像一个制呢女工那样，当着众人的面失声痛哭。小王储躺在镶着花边的床褥里，脸色比他身后的靠垫还要苍白，他闭着眼睛，正在休息。人们以为他睡着了，其实没有。小王储没有睡着……他转身朝向他的母亲，看到她在哭，就说：

“母后，您为什么哭？难道您真的认为我就要死了吗？”

王后想要回答，但她抽泣着说不出话。

“不要哭，母后；别忘了我是王储，王储是不会这样死去的……”

王后抽泣得更厉害了，小王储开始害怕起来。

“哎呀，”他说，“我可不想死神把我带走，我能够阻止他来到这里……马上给我调四十个强壮的德国雇佣兵来，让他们警卫在我们的床周围！……再命令一百门大炮燃着引线，在窗下日夜守候！假如死神胆敢靠近我们的话，那就活该他倒霉了！……”

为了让王子高兴，王后做了一个手势。院子里立刻传来大炮滚动的声音；四十个强壮的德国雇佣兵也手持长槊，排列在房间的四周，他们都是蓄着灰色小胡子的老雇佣兵。小王储看到他们，拍起手来。他认出了其中的一个，便叫他：

“洛兰！洛兰！”

雇佣兵朝床边跨了一步：

---

① 昆图斯·贺拉斯·弗拉库斯（公元前65—公元前8年），罗马帝国奥古斯都统治时期著名的诗人、批评家，代表作有《诗艺》等。

“我很喜欢你，我的老兵洛兰……让我看看你的大马刀……要是死神想把我带走，你会杀死他，对吗？”

洛兰回答：

“是的，殿下。”

两颗豆大的泪珠从他苍老的脸颊流下。

这时，神甫走近小王储，给他看一个钉着耶稣的十字架，并低声对他讲了很长时间话。小王储神色惊讶地听着他说，然后突然打断了他：

“我完全明白您的话，神甫先生；可是，如果我给我的小朋友贝波很多钱的话，他就不能代替我去死吗？”

神甫继续对他低语着，小王储显得越来越惊讶了。

神甫讲完之后，小王储长长地舒了一口气，说：

“您跟我讲的那里的一切真是太悲惨了，神甫先生；不过，有一件事让我感到安慰，那就是在星星的天堂里，我还是王储……我知道上帝是我的亲戚，他会根据我的身份款待我的。”

接着，他朝母亲转过身，继续说：

“叫人把我最漂亮的衣服拿来，我的白鼬皮上衣和天鹅绒鞋子！我要让天使觉得我很勇敢，还要穿着王储的衣服进入天堂。”

神甫第三次向小王储俯下身去，低声对他说了很久……他讲到一半，小王子恼怒地打断他：

“那么，”他叫道，“做王储什么意思都没有了！”

于是，小王储再也不想听任何话，转身朝着墙壁，苦涩地哭了。

（二）
专区区长去农村

区长先生外出巡察。前有车夫，后有随从，专区的马车威严地载着他，去参加仙女斜谷的地区竞赛。为了这个值得纪念的日子，区长先生穿上了他那件漂亮的绣花外套，头戴高顶小礼帽，身着镶着银边的紧身短裤，还佩戴着珍珠手柄的盛会宝剑……他的膝盖上放着一只轧花革的大公文包，他神情忧郁地望着它。

区长先生神情忧郁地望着那只轧花革的大公文包:他在酝酿等一会儿要在仙女斜谷的居民们面前发表的不同寻常的演说:

“先生们,亲爱的居民们……”

可是,他枉然地捻着丝绸般光滑的棕色颊髯,并连续重复了二十多次:

“先生们,亲爱的居民们……”演讲辞的下文就是接不上来。

演讲辞的下文接不上来……马车里是那么闷热!……通往仙女斜谷的公路一眼望不到尽头,在南方的烈日下尘土飞扬……空气仿佛在燃烧……路边的小榆树布满了白色的灰尘,成千上万只知了在树丛中高声鸣叫、遥相呼应……突然,区长先生一阵惊跳:他看见山丘脚下有一片绿色的小橡树林,仿佛正在向他招手。

绿色的小橡树林仿佛正在向他招手:

“请到这儿来,区长先生;在我的树下,您可以更加舒服地酝酿您的演说……”

区长先生受到了诱惑;他跳下马车,让他的随从等他一会儿,他要去绿色的小橡树林里酝酿演说词。

绿色的小橡树林里有小鸟、紫罗兰,还有在细草下涓涓流淌的泉水……看见穿着漂亮短裤、提着轧花革公文包的区长先生,小鸟害怕地停止了鸣叫,泉水再也不敢发出声音,紫罗兰也躲进了草地……这个小小的世界从来没有见到过区长,大家都在轻声询问,这位身穿银边短裤、来这里散步的漂亮大人究竟是谁。

在树叶下,大家都在轻声询问,这位身穿银边短裤的漂亮大人究竟是谁……此时此刻,区长先生因树林里的幽静和阴凉而欣喜若狂,他掀起衣摆,将高顶礼帽放到草地上,在一棵小橡树脚下的青苔上坐下;然后,他打开膝盖上的轧花革大公文包,从里面取出一大张公文纸。

“他是一个艺术家!”黄莺说。

“不,”灰雀答,“他不是艺术家,因为他穿着银边短裤;他更像一个亲王。”

“他更像一个亲王。”灰雀答。

“他既不是艺术家,也不是亲王,”一只在专区政府的花园里唱了整整一季歌的老夜莺插话说,“我知道他是谁:他是区长!”

整个树林都在窃窃私语：

“他是区长！他是区长！”

“他的脑袋可真秃呀！”一只长着大羽冠的云雀评论道。

紫罗兰问：

“他凶吗？”

“他凶吗？”紫罗兰问。

老夜莺回答：

“一点都不凶！”

听到这番肯定的话，鸟儿重新开始歌唱，泉水重新开始流淌，紫罗兰也重新开始散发芳香，就好像区长先生不在一样……在这片美妙的喧闹声中，区长先生镇定自若，他提起笔，一边在心中祈求农业诗神的灵感，一边用庆典演讲的语调高声朗诵：

“先生们，亲爱的居民们……”

“先生们，亲爱的居民们。”区长用庆典演讲的语调朗诵……

一阵大笑打断了他；他转过身，只看见一只肥大的啄木鸟停在他的礼帽上，笑嘻嘻地望着他。区长耸了耸肩，继续他的演说；可是啄木鸟又一次打断了他，远远地对着他叫：

“何苦呢？”

“什么！何苦？”区长的脸涨得通红，他一边说，一边挥手赶走了这只放肆的畜生，更加起劲地重新朗诵道：

“先生们，亲爱的居民们……”

“先生们，亲爱的居民们……”区长更加起劲地重新朗诵。

这时，枝头的小紫罗兰向他直起身子，轻声对他说：

“区长先生，您感觉像我们一样舒服吗？”

泉水在青苔下为他奏出一支神圣的乐曲；头顶的树枝上，一群群黄莺前来为他演唱最动听的歌曲：整个小树林都串通一气，不让他酝酿演讲辞。

整个小树林都串通一气，不让他酝酿演讲辞……区长先生陶醉在花香中，沉迷在音乐里，他徒劳地试图抗拒向他袭来的新的诱惑。他用肘把自己支撑在草地上，脱下漂亮的外衣，嘟嘟囔囔地又说了两三遍：

“先生们，亲爱的居民的……先生们，亲爱的居……先生们，亲爱的……”

然后，他就把居民们忘到了九霄云外；而农业诗神也只好蒙上了面纱。

蒙上你的面纱吧，农业诗神！……

一个小时以后，区长的侍从们开始担心他们的主人，他们走进树林，看到的景象使他们惊恐得直往后退……区长先生俯卧在草丛中，衣服乱七八糟，就像波希米亚人。区长先生脱下了衣服……他一边在嚼紫罗兰，一边在作诗。

金脑人的传说

—— 献给想听开心故事的女士

夫人，读您的信的时候，我感到一丝后悔。我责怪自己的那些小故事里带有太多悲伤的色彩，今天我保证送给您一些开心的东西，非常开心的东西。

再说，我为什么要忧愁呢？我远离巴黎的雾霭，生活在一个阳光明媚的山岗上，一个到处都洋溢着鼓声和麝香葡萄酒芬芳的地方。我的住所周围，只有阳光和音乐；我有白尾鸟乐队，山雀合唱团；早晨，杓鹬"咕哩！咕哩！"地叫着；中午，知了在歌唱，接着牧人吹起了短笛，一头棕发的漂亮姑娘们从葡萄园里传来欢快的笑声……说实话，要是想找个地方闷闷不乐，这里可不适合；我还是应该给夫人们寄一些玫瑰色的诗歌和满篮子的爱情故事。

可是不行！我还是离巴黎太近。它每天都要把忧愁的泥浆溅到我的身上，一直溅到松树林里……就在写这封信的时候，我刚刚得知可怜的夏尔·巴巴拉①的悲惨死讯；我的磨坊沉浸在悲痛之中。别了，杓鹬和知了！我再也没有任何开心的心情……所以，夫人，尽管我答应给您讲一个美丽、滑稽的故事，但今天我还是要给您寄去一则悲凉的传说。

过去，有一个金脑人；是的，夫人，整个脑袋都是金的。他出生的时候，医生说这孩子活不了多久，因为他的脑袋太重了，头颅也出奇地大。可是他

① 夏尔·巴巴拉（1817—1866），法国作家，著有《食蝶人》、《红桥谋杀》等小说，后因发疯而跳楼自杀身亡。

还是活下来了，而且像一棵漂亮的橄榄树苗一样，在阳光下茁壮成长；只是他的大脑袋总是拖累他，看到他走路时脑袋总要撞到家具上，真叫人可怜……他经常摔跤。一天，他从楼梯上滚下来，额头撞在一级大理石阶上，头颅发出金条一样的声音。大家都以为他死了，可是把他扶起来的时候，发现他只是受了点轻伤，金色的头发中夹杂着两三滴凝固了的金屑。他的父母这才知道孩子长着一颗金脑袋。

这件事一直被保密着，连可怜的孩子自己也没有觉察。有时，他会在心里想，为什么大人不让他和路上的其他孩子一起，在门前奔跑呢？

“他们会把你偷走的，我的心肝！”他母亲总是这样回答他。

所以，孩子非常害怕自己会被偷走；他一言不发，独自回家玩耍，拖着沉重的脑袋从一间房跑到另一间房……

直到他十八岁的时候，父母才把这命运赐给他的可怕的财富告诉他；因为他们把他一直抚养至今，所以问他要一点金子作为回报。孩子毫不犹豫，立刻——他是怎么做的？用什么方法？传说中没有提到这些 —— 从头颅上扯下一块金子，像核桃般大小，骄傲地扔在母亲的膝盖上……他脑袋里的财富使他头晕目眩，他为欲望而疯狂，为自己的本领而陶醉，于是，他离开了父母的家，去周游世界，挥霍财富。

他像国王那样生活，大把地挥霍着金子，看到他这个样子，人们还以为他的脑袋是用之不尽的……可是，这只脑袋在枯竭，随着时间的流逝，人们看到他的眼睛在暗淡下去，他的脸颊越来越凹陷。终于有一天早晨，在经过了一夜的放荡之后，可怜的人独自待在盛宴的残羹冷炙和苍白的水晶吊灯中间，惊恐地看到自己的金脑袋上出现了很大一条裂缝：这种生活该停止了。

从此，他过上了新的生活。金脑人走得远远的，开始靠自己的双手工作糊口，他像吝啬鬼一样疑神疑鬼、小心翼翼，远离诱惑，努力忘记自己那致命的财富，再也不想碰它……不幸的是，他有一位朋友陪伴他生活在孤独之中，而这位朋友知道这个秘密。

一天夜里，可怜的人突然惊醒，脑袋疼痛万分，难以忍受；他狂乱地直起身子，在月光下看见那位朋友在大衣里藏了一件东西，溜走了……

别人又拿走了他脑袋上的一些金子！……

不久，金脑人开始恋爱了，这一次一切都完了……他从心底里爱着一个娇小的金发女子，那女子也爱他，但她更喜欢绒毛球、白羽毛，还有在靴子边来回摆动的漂亮金球。

在这个一半是小鸟、一半是娃娃的可爱尤物的手里，金币一块一块地熔化，仿佛这是一种快乐。她总是心血来潮，而他则永远不会说不；由于担心让她难受，他甚至把关于自己财富的凄惨秘密也告诉了她。

“这么说，我们很富有了？”她问。

可怜的人回答：

“噢！是的，很富有！”

他充满爱意地对这只小蓝鸟笑着，而小蓝鸟则天真无邪地啄食着他的头颅。不过有时候，他感到害怕，希望自己吝啬一点；这时，小妇人蹦蹦跳跳地走过来对他说：

“我的丈夫，你这么富有！为我买一件贵重的东西吧……”

于是他就为她买了一件贵重的东西。

这样的日子持续了两年；后来，一天早晨，小妇人莫名其妙地死了，就像一只小鸟……财富也快用完了；鳏夫用仅剩的一点金子，为他心爱的亡妻举办了一个隆重的葬礼：钟声响彻云霄，四轮马车披着沉重的黑纱，马儿装饰着羽毛，天鹅绒上撒着银箔，但无论怎样他都不觉得奢华。现在金子对他又有什么用呢？他把它们施舍给教堂、搬运工、卖不凋花的小贩：他不要别人的东西，到处施舍……因此，当他走出墓地的时候，神奇的脑袋上几乎什么都不剩了，只是在头颅的侧壁还勉强有几块碎金片。

人们看到他走在街上，一副魂不守舍的样子，双手朝前伸着，像喝醉了似的东倒西歪。晚上，当商店里灯火通明的时候，他在一扇宽大的橱窗前停下；橱窗里，各种各样的星星和首饰在灯光下熠熠闪光；他在那里待了很长时间，看着一双镶有天鹅绒的蓝色绸缎靴子。“我知道这双靴子谁会喜欢。”他微笑着自言自语道；他忘记小妇人已经去世，便走进商店去买靴子。

老板娘在店铺的后间听到一声大叫，连忙跑来，却害怕得直往后退：她看见一个男子站在那里，靠在柜台上，目光呆滞，痛苦不堪地看着她。

他一手拿着天鹅绒镶边的蓝色靴子，另一只沾满鲜血的手朝前伸着，指甲间还留着一些金屑。

夫人,这就是金脑人的传说。

尽管这个故事似乎很离奇,但它彻头彻尾是真实的……这个世界上有一些可怜的人,他们命中注定要靠他们的脑袋生活,把自己的骨髓和生命用作美丽的纯金,支付生活中的任何琐碎之物。这对于他们来说是一种日常的痛苦;最后,当他们厌倦了这种苦难之后……

诗人米斯特拉尔[①]

上星期天我起床时，还以为自己是在福布尔—蒙马特大街醒来的。天下着雨，天空灰蒙蒙的，磨坊显得十分凄凉。我很害怕在家里度过这个阴冷的雨天，于是立刻萌发了去弗雷德里克·米斯特拉尔那里取一会儿暖的念头，这位伟大的诗人住在一个名叫玛雅纳的小村庄里，离我的松林才三里远。

想到做到。我带上一根香桃木棍、一本《蒙田随笔》、一条盖毯，就上路了！

田野里空无一人……我们美丽的普罗旺斯信奉天主教，所以星期天土地也能够得到休息……农庄都关了门，只有狗留在家里……远处，时不时有一辆运货的马车经过，防雨布上还淌着水；一个老妇人头戴风帽，披着用枯叶做成的斗篷；骡子身穿节日的盛装——蓝白相间的草编鞍褥，红色的绒球，银制的铃铛——载着一车农舍的居民，一路小跑去做弥撒；还有那边，透过轻雾，一条小船停在河上，一个渔夫站在那里，正在撒网……

那天无法在路上看书。大雨如注，西北风将瓢泼的雨水迎面倒在脸上……我一个劲儿地赶路，走了三个小时以后，终于看到了前面的柏树林，玛雅纳村就躲在树林中央，如同害怕风雨一样。

村子的大街上连一只猫都没有；所有人都去做大弥撒了。我从教堂门

① 弗雷德里克·米斯特拉尔(1830—1914)，用奥克语写作的法国诗人，因其诗作忠实地反映了普罗旺斯的自然景色和人民的乡土感情，于1904年获诺贝尔文学奖。

前经过的时候，蛇形风管正呼呼地奏着音乐，透过彩色玻璃，我看到蜡烛在闪闪发光。

诗人的住所在村庄的尽头，位于圣—雷米大道，是左边的最后一幢房子 —— 那是一幢两层楼的小房子，前面有一个花园……我蹑手蹑脚地走了进去……没有人！客厅的门关着，可我听见门后有人在走动，在高声说话……这脚步和嗓音我都非常熟悉……我在涂着石灰的小走廊里停了一会儿，手按在门铃上，心情非常激动。我的心怦怦直跳—— 他在那里。在工作……我是否应该等他把这一节诗写完？说真的，管他呢！进去吧。

啊！巴黎人，当这位玛雅纳诗人来到你家，向他的米莱伊[①]展示巴黎的时候，当你在客厅里见到这位身穿直领外套、头戴一顶跟他的荣誉一样令他不自在的大帽子、一副城里人装束的夏格达斯[②]时，你以为这个人就是米斯特拉尔……不，不是他。这个世界上只有一位米斯特拉尔，就是上星期天我在他的村子里突然造访的那一位，他的耳朵上扣着一顶毡帽，穿着礼服，却没有穿背心，腰间系着一条红色的加泰罗尼亚[③]腰带，眼睛炯炯有神，脸颊上泛着灵感的红晕，气宇轩昂，面带微笑，犹如希腊牧人一般优雅，手插在衣袋里，一边大步流星，一边作着诗歌……

"怎么！是你！"米斯特拉尔大叫着搂住我的脖子，"你想到来这里可真是一个好主意！……今天恰好是玛雅纳的节日。我们将欣赏到阿维尼翁的音乐、斗牛、宗教队列，还有法兰多拉舞，美妙极了……妈妈马上就会做弥撒回来；我们一起吃饭，然后，唰！我们就去看漂亮姑娘跳舞。"

他跟我说话的时候，我激动地打量着这间挂着浅色挂毯的小客厅，我曾在这里度过了如此美好的时光，却有那么长时间没有见到过它了。这里什么都没有改变。依旧是黄色的方格长沙发，两张稻草扶手椅，壁炉上放着断

---

① 米斯特拉尔同名史诗的女主人公。该史诗共十二章，发表于1859年。

② 夏格达斯是夏朵布里昂小说《阿达拉》的主人公。小说描写了印第安人夏格达斯和酋长的女儿阿达拉的爱情故事，是法国文学史上第一部浪漫主义小说。

③ 地名，位于西班牙东北部。

臂的维纳斯和阿尔勒的维纳斯雕像，还有埃贝尔[1]为他画的肖像，埃蒂安·卡尔雅[2]为他拍的照片，窗边的角落里，放着一张书桌——一张可怜巴巴的税务员的小书桌——上面堆满了旧书和辞典。我在书桌中央，看见一本翻开的大本子……那是弗雷德里克·米斯特拉尔的新作《卡朗达尔》[3]，可能在今年年底圣诞节那天出版。米斯特拉尔在这部史诗上已经花了七年的心血，他早在半年前就写完了最后的诗句，但他仍然不敢放手出版。您知道，他总会有一节诗歌需要润色，一个音韵需要寻找……尽管米斯特拉尔用普罗旺斯语创作，但他还是对自己的诗歌精雕细刻，好像所有人都会用这门语言阅读他的作品，感激他这位优秀的诗匠所付出的辛劳……噢！正直的诗人，蒙田所说的这段话，一定就是在指米斯特拉尔："您记得这个人吗？当别人问他为何煞费苦心地去雕琢一门只有少数人才懂的艺术，他回答：'有少数人懂我就满足了。有一个人懂我也满足了。没有人懂我也满足了。'"

我捧着《卡朗达尔》的诗稿，心情激动地翻阅着……突然，窗前的大街上响起了短笛和手鼓奏出的音乐，我的米斯特拉尔立刻跑到柜子前面，拿出酒杯和酒瓶，把桌子拖到客厅中央，一边打开房门招呼乐手们，一边对我说：

"你别笑……他们是来为我演奏晨曲的……我是市议会的议员。"

小客厅里挤满了人。人们将手鼓放在椅子上，将旧旗帜放在墙角边；于是，煮熟的葡萄酒开始在手中传递开来。接着，大家为弗雷德里克先生的健康干完了几瓶酒，还严肃地谈论了节日的情况：法兰多拉舞是否会和去年一样漂亮，参加斗牛的公牛是否健康强壮；此后，乐手们便起身告辞，去其他议员家里演奏晨曲去了。这时，米斯特拉尔的母亲也回来了。

一眨眼工夫，餐桌就摆好了：一块漂亮的白色桌布和两副餐具。我了解主人家的习惯；我知道当米斯特拉尔接待客人时，他母亲是不上餐桌吃饭的……可怜的老妇人，她只会讲她的普罗旺斯方言，要是让她同法国人交

---

① 埃贝尔(1817—1908)，法国画家，安格尔和德拉罗什的学生，曾为拿破仑三世画过许多肖像。

② 与米斯特拉尔同时代的摄影家。

③ 米斯特拉尔的另一部乡村史诗，发表于1866年。作品将神奇的传说和秀丽的外省风光巧妙地糅合在一起，热情地讴歌了普罗旺斯古老的水色山光。

谈，她会感到不自在的……再说，厨房也需要她。

上帝！那天上午的饭太丰盛了：烤羊肉、山里自制的奶酪、果汁酱、无花果，还有麝香葡萄。所有这些食品都配有香醇的教皇新堡葡萄酒，这酒在酒杯里呈现出那么漂亮的粉红色……

吃甜点的时候，我拿来诗稿，将它放在米斯特拉尔眼前的桌子上。

“我们说好了出门的。”诗人微笑着说。

“不！……不！……《卡朗达尔》！《卡朗达尔》！”

米斯特拉尔顺从了，他一边用手打着节拍，一边用悦耳柔和的声音朗诵起诗歌的第一章来：“我现在要讲述一个悲惨的遭遇/ 事关一名爱得发狂的少女/ 如果上帝愿意，我将为卡西[①]的男孩唱上一曲/ 这个可怜的小渔夫总是在捕捉鳀鱼……”

屋外敲起了晚祷的钟声，广场上鞭炮齐鸣，短笛和手鼓在街上来来回回响了好几次。人们从卡马尔格运来的奔牛也在哞哞地叫唤。

我双肘支在桌布上，眼里噙着热泪，聆听着普罗旺斯小渔夫的故事。

卡朗达尔只是一个渔夫；但爱情将他变成了一名英雄……为了赢得情人——美丽的爱丝黛蕾儿——的芳心，他做出了许多奇迹般的举动，和他相比，赫拉克勒斯[②]的十二大功根本不值得一提。

有一次，他想致富，便发明了一种神奇的捕鱼器械，把海里的鱼全都捕回了海港。还有一次，他追逐奥利乌尔峡谷一名可怕的强盗——塞维狼伯爵，一直追到他的老巢，冲进他的团伙和姘妇们中间……这个小卡朗达尔是一个多么强悍的小伙子啊！一天，在圣一波姆高原[③]雅克师傅——就是那位为所罗门圣殿[④]建造屋架的普罗吐斯人——的墓前，他遇见两派同伴，准

---

① 法国城镇，位于南方的罗讷河口地区。

② 赫拉克勒斯，古希腊神话中的英雄，是宙斯与凡间女子所生的儿子，以非凡的力气和勇武的功绩而著称。因在疯狂中射杀了自己的爱妻和孩子，被罚服役十二年，立十二件号称不可能完成的大功，方可赎罪，并获得永生。

③ 普罗旺斯地区一低矮的高原。

④ 犹太教圣殿，位于耶路撒冷，始建于公元前 11 世纪，由犹太王所罗门建成，是犹太人宗教和政治活动的中心。

备来这里用大钳结束相互之间的争斗。卡朗达尔冲进厮杀的人群,好言相劝,平息了双方……

真是超人的举动! ……在吕尔山①上的岩石丛中,有一片无人可及的雪松林,没有一个樵夫敢上那里去。可是卡朗达尔去了。他一个人在那里住了三十天。在这三十天的时间里,人们听见他的斧子砍进树干,发出声响。树林咆哮着;巨大的古树一棵接着一棵地倒下,落入深渊的底部;卡朗达尔下山时,山上已经没有一棵雪松了……

终于,作为这么多功勋的报偿,这位捕捉鳀鱼的渔夫赢得了爱丝黛蕾儿的爱情,并被卡西的居民拥戴为执政官。这就是卡朗达尔的故事……然而,卡朗达尔又有什么重要呢? 诗歌中最主要的,是普罗旺斯——普罗旺斯的海,普罗旺斯的山——还有它的历史、它的风俗、它的传说、它的风光、它那纯朴自由的人民,他们在有生之年,发现了自己伟大的诗人……现在,你们尽管修建铁路,树立电报杆,在学校里驱逐普罗旺斯语好了! 普罗旺斯将永远活在《米莱伊》和《卡朗达尔》之中。

“诗歌谈得够多了!”米斯特拉尔一边说,一边合上诗稿,“该去看节庆了。”

我们出了门;所有的村民都来到了街上;一阵大风将乌云一扫而光,天空重新在被雨淋湿的红色屋顶上快乐地闪着光芒。我们到的时候,正巧看到宗教队伍归来。在一个小时的时间里,穿着僧衣的修士队伍无穷无尽地从我们面前经过:有白衣修士、蓝衣修士、灰衣修士,也有蒙面女子善会、金花玫瑰色旗帜、由四个人扛着的经过装饰的大圣木像、偶像一般手持大把花束的彩色陶制圣女像,还有无袖长袍、圣体显供台、绿色天鹅绒华盖、镶着白色丝绸边框的十字架,等等。所有这一切,都随着清风,在烛光和阳光的映照下,伴着圣诗、连祷和用力敲打的钟声,波浪般地起伏着。

宗教队列走完了,圣像们被重新放回各自的祭台。我们去看了斗牛,接着又到打谷场看了比赛,有男子角力、三跳障碍、勒猫游戏、羊皮袋游戏,以及所有普罗旺斯节庆时那些好看热闹的活动……我们回到玛雅纳时,天已

---

① 阿尔卑斯山与平原过渡地带上的小山脉,位于普罗旺斯地区。

经黑了。广场上的小咖啡馆前燃起了一堆欢乐的大火,每天晚上,米斯特拉尔都要来这里和他的朋友齐多尔下上一盘棋……法兰多拉舞跳起来了。黑暗中到处都亮起了剪纸灯笼;年轻人们各就各位。不一会儿,随着一声手鼓,疯狂喧闹的圆舞便绕着火堆开始了,它将持续整个夜晚。

吃完晚饭,我们已经疲惫不堪,再也跑不动了,于是便上楼来到米斯特拉尔的卧室。这是一间简朴的乡村卧室,摆着两张大床。墙上没有贴壁纸;屋顶上看得见格栅……四年前,当学院颁发给《米莱伊》的作者三千法郎奖金时,米斯特拉尔夫人曾经有过一个念头。

"我们是不是为你的卧室贴上壁纸,安上天花板?"她对儿子说。

"不!不!"米斯特拉尔回答,"这是诗人的钱,不能动。"

于是卧室仍然徒有四壁;但是,只要诗人的钱还在,那些前来叩响米斯特拉尔家门的人总会发现他的钱袋是敞开的……

我把《卡朗达尔》的诗稿带进了卧室,打算让诗人在临睡之前再给我读一段。米斯特拉尔选了一段关于彩陶的片段。大致内容是这样的:

故事不知发生在哪一个盛宴上。餐桌上摆着一套漂亮的慕斯蒂耶①彩陶餐具。每个盘子的底部,都用蓝釉画着一个普罗旺斯的故事;这个地区的全部历史都反映在这些故事当中。所以,必须看一看彩陶的作者是怀着怎样的情怀来描绘这些美丽的彩陶的;每个盘子都配了一段诗歌,这些短小的诗歌都来自于纯朴智慧的劳动,就像忒奥克里托斯②的小幅图画那样精致。

米斯特拉尔用美丽的普罗旺斯方言为我朗诵他的诗句,这方言有四分之三强是拉丁语,是从前王后们说的语言,可是现在,只有我们的牧人才能听懂。在他朗诵的时候,我从心底里仰慕着这个人;想到他发现自己的母语处在如此没落的境地,再想到他用这门语言进行的创作,我就想象着那些在阿尔卑列斯山③随处可见的波城④亲王的古老王宫:王宫没有屋顶,台阶没

① 法国城市,位于上普罗旺斯阿尔卑斯省,以出产彩陶而著名。

② 忒奥克里托斯(公元前315—公元前250),希腊诗人,西方田园诗的创始人。

③ 阿尔卑列斯山是阿尔卑斯山在法国南部普罗旺斯地区的一座支脉,座落在杜朗斯河和罗讷河之间。

④ 法国城镇,位于普罗旺斯的罗讷河口,阿尔卑列斯山的中心,近阿尔勒和阿维尼翁。

有栏杆，窗户没有玻璃，三叶尖拱已经打碎，门上的纹章也已被青苔吞噬，母鸡在主院里啄食，猪儿在走廊精致的柱子下打滚，驴子在长满野草的小教堂里吃草，鸽子飞到盛满雨水的大圣水坛边喝水，最后，在这古老宫殿旁边的废墟当中，有两三户农民搭起了破茅屋。

后来有一天，这些农民的一个儿子爱上了这座巨大的宝库，为它遭受如此亵渎而愤慨不已；他连忙将牲畜赶出主院；仙女们赶来为他帮忙，他独自一人重建了大楼梯，为墙壁装上了护墙板，为窗户配上了玻璃，塔楼被修复了，御座大厅又镀上了金色，巨大而古老的宫殿再次屹立起来，那里曾经居住过教皇和皇后。

这座被修复的宫殿，就是普罗旺斯方言。

这个农民的儿子，就是米斯特拉尔。

两家客栈

那是七月的一个下午,我从尼姆[①]归来。天气奇热,酷暑难当。烈日散发着耀眼的银白色光芒,悬挂在空中;白晃晃的大路穿过一片橄榄园和小橡树园,一望无际,尘土飞扬,仿佛被烧着了一样滚烫灼热。不见一片绿荫,也没有一丝凉风。只有滚滚的热浪和尖锐的蝉鸣。这蝉鸣有如疯狂的音乐,震耳欲聋,在这令人难以忍受的天气里,似乎在回应无边的烈日强光……我在荒无人烟的地里走了两个小时,忽然,在我前方,在大路的滚滚尘埃中,出现了一排白色的房屋。这就是人们所说的圣·樊尚驿站:那儿有五六家农舍,一长排红色屋顶的粮仓,还有一个干涸的饮水槽,掩映在稀疏的无花果树丛中;驿站的尽头,有两家大客栈,面对面地坐落在大路两旁。

这两家客栈距离很近,却是一番截然不同的景象。一边,是高大崭新的房子,生机勃勃,生意兴隆;客栈所有的门都敞开着,前面停着驿车,驿马卸了套,却仍然气喘吁吁;从车上下来的旅客,疾步走到路边的墙荫处,忙着喝水;院子里挤满了骡子和车辆;车夫们则躺在草棚下乘凉。客栈里,叫喊声、咒骂声、拳头敲击桌子声、酒杯的碰撞声、台球的撞击声、柠檬汽水的开瓶声,各种声音响成一片;然而,有一个声音盖过了所有这些喧嚣,它既欢快又嘹亮,连窗玻璃也跟着震动了起来:

美丽玛格

---

① 城市名,位于法国南方普罗旺斯地区的加尔省。

清早就起身
手提银水壶
来到清泉旁……

对面的那家客栈却完全相反，寂静无声，好像被废弃了一般。门口长满了野草，百叶窗破旧不堪，门上挂着一枝枯黄的枸骨叶冬青①，就像一根陈旧的羽毛，门槛前的台阶还是用路上的石块卡住的……这情景显得如此衰败可怜，要是有谁肯进去喝一杯，那可真是大发慈悲了。

走进客栈，我看见长长的大厅里空空荡荡、死气沉沉的，明晃晃的阳光从三扇没挂窗帘的大窗户照射进来，使大厅显得更加空寂、萧条。几张缺胳膊少腿的桌子上，凌乱地摆着几只蒙着灰尘的酒杯；一张已经破裂的台球桌，上面挂着四只球袋，好像乞讨用的木碗；还有一张发黄的沙发、一个破旧的柜台，所有这些东西都在闷热浑浊的酷暑中昏昏欲睡。还有苍蝇！那些苍蝇啊！我从没见过这么多的苍蝇，它们成群结队地停在天花板上、窗玻璃上、酒杯里……我一打开门，就听见一阵嗡嗡声，还有翅膀拍动的声音，简直就像闯进了一个蜂巢。

大厅里，一扇十字形的窗前，站着一个女人，她正靠着窗玻璃，聚精会神地盯着窗外。我叫了她两次：

"嗨！老板娘！"

她才慢吞吞地转过身。于是，我看到了一张可怜的乡村妇女的脸，满面皱纹，皮肤干裂，面如土灰，她浑身披满了镶着棕红色花边的长饰带，就像我们那儿的老太婆穿的一样。其实，这个女人年纪并不大，是泪水的侵蚀才让她未老先衰。

"您要什么？"她擦了擦眼睛，问我。

"我想坐一会，再喝上点什么……"

她万分诧异地望着我，站在那儿没动，好像没听懂我的话似的。

"这里难道不是客栈吗？"

那女人叹了口气：

---

① 欧洲人把枸骨叶冬青当作圣诞树，圣诞节时，人们常用枸骨叶冬青的枝叶装饰家门。

“是……这里是客栈，如果您愿意这么说的话……可是，您为什么不和别人一样，到对面那家去呢？那边的气氛可要热闹多了……”

“对我来说太热闹了……我更愿意待在您这儿。”

接着，没等她回答，我就在一张桌子前坐了下来。

老板娘确认我的话是认真的，于是立刻来来回回地忙碌起来，她打开抽屉，搬出酒瓶，擦拭酒杯，驱走苍蝇……我感觉对她来说，伺候我这位旅客真是一件天大的事。有时候，这个可怜的女人会停下来，捧着头，似乎对自己能否把这些事做完不抱希望。

接着，她进了内堂；我听见她拿起一大串钥匙，费力地打开锁，在面包箱里翻找什么东西，又是吹气，又是掸灰，又是洗涮盘碟。时不时，会传来一声长长的叹息，一阵难以抑制的抽泣……

忙碌了一刻钟之后，我面前终于摆上了一碟葡萄干，一块又陈又硬、像砂岩一般的博凯尔面包[①]和一瓶带酸味的劣酒。

“请您慢用。”这个古怪的女人说着，很快又回到了窗前，站在她先前的位置。

我一边喝酒，一边试图引她说话。

“可怜的老板娘，您这儿不经常有客人来，是吗？”

“哦！是的，先生，从来没有人来……以前，这儿只有我们一家客栈，那时候情况可大不相同：我们有驿站，猎人在捕猎海番鸭的季节都来我们这儿吃饭，一年到头都是车水马龙的……但自从对面的客栈开了张，我们就失去了一切……大家都喜欢到对面去。他们觉得我们店里太沉闷了……事实上，我们的客栈也的确不太令人愉快。我长得不漂亮，又患了疟疾，两个女儿也死了……而对面却恰恰相反，那儿总是欢声笑语的。对面的老板娘是一个阿尔勒城[②]的女人，长得很好看，身上总是穿着饰有花边的衣裙，脖子上还戴着三圈金项链。马车夫是她的情人，总把马车往她那里赶。此外，她还有一群迷人的女招待……于是，顾客全都跑到她那儿去了！贝汝斯镇、雷

---

① 法国南部小镇博凯尔的一种特色面包。

② 法国普罗旺斯地区的一座古城。

德桑镇、容基耶尔镇[①]所有的年轻人都是她客栈的常客。车夫们特意绕远路，为的是去她那儿坐坐……而我，整天待在这里，一个客人也没有，容颜却逐渐老去。

她叙述这一切的时候，语气漫不经心，无动于衷，额头一直靠在窗玻璃上。显而易见，对面的客栈里有什么东西让她牵肠挂肚……

突然，公路对面喧闹起来。马车摇摇晃晃地启程了，扬起一片尘土。只听见马鞭的抽打声、车夫的叫嚷声，还有姑娘们跑到门前的呼喊声：

"再见！……再见！……"在这喧闹声中，刚才嘹亮的歌声又变本加厉地响了起来：

手提银水壶
来到清泉旁
但见三骑士
武装骑马来……

听到这歌声，老板娘的整个身子都颤抖起来，她朝我转过身：

"您听见了吗，"她低声对我说，"那是我丈夫在唱……他唱得真好，不是吗？"

我盯着她，惊呆了：

"什么？您的丈夫！……他去对面的客栈了，他也去了？"

她一副伤心的模样，却非常温柔地说：

"您还想怎么样呢，先生？男人都是这样子，他们不喜欢看别人哭哭啼啼的；而我呢，自从两个女儿死后，就一直哭个不停……再说，我这幢破旧的大客栈再也没有顾客光顾，沦落到如今这般凄惨的地步……于是，当我那可怜的约瑟过于烦恼的时候，就跑到对面去喝酒，因为他有一副天生的好嗓子，对面的阿尔勒女人就让他唱歌。嘘！……他又开始唱了。"

她颤抖着伸出双手，泪珠大颗大颗地往下落，这使她变得更加丑陋。她站在窗前，仿佛陶醉在歌声中，那是她的约瑟在为阿尔勒女人歌唱：

---

① 法国普罗旺斯地区的一些市镇。

骑士轻问候
你好，美人！

尊敬的戈歇神甫的药酒

“您先尝尝这酒，我的邻居；然后再跟我说有些什么新鲜事儿。”

说着，格拉夫松①的本堂神甫像宝石商数珍珠那样仔细地一滴一滴为我斟了点尚未酿熟的甜酒，这酒呈金黄色，热乎乎的，晶莹透亮，美味无比……喝下去之后，我的整个胃立刻变得暖洋洋的，仿佛沐浴在阳光中一般。

“这是戈歇神甫的药酒，是我们普罗旺斯的快乐与健康，”这位好心人得意洋洋地对我说，“它是在普赖蒙特莱修会②的修道院里酿制的，那儿离您的磨坊才两里③路……这酒的味道可以和世界上任何查尔特勒甜酒④媲美，对吗？”关于这药酒的故事，要是您知道它多有意思就好了！还是听我来说吧……

于是，在他家那间简朴而幽静、挂着小幅耶稣受难组图、漂亮的浅色窗帘浆洗得如同白色法衣一样的饭厅里，神甫天真无邪、毫无恶意，却带着一丝埃拉斯姆⑤或阿苏西⑥的诙谐和讥讽，开始为我讲述这个略带怀疑、稍欠

---

① 法国南部的一个小城镇。

② 该修会于1120年在法国南部的普赖蒙特莱村成立。

③ 指法国的古里，一古里约合四公里。

④ 法国名酒，是查尔特勒修会修士酿制的一种草药甜酒，由一百三十种以上的纯天然植物药草经蒸馏提取。

⑤ 埃拉斯姆（约1466—1536），荷兰哲学家，16世纪初欧洲人文主义运动主要代表人物，著有长篇讽刺作品《愚人颂》。

⑥ 阿苏西（1605—1677），法国音乐家和诗人，作品风格诙谐，诗作有《巴黎的审判》、《阿波罗与达芙妮之恋》等。

谦恭的小故事。

二十年前,普赖蒙特莱修会的教士们,也就是那些被我们普罗旺斯人称作白衣神甫的人,陷入了极端贫困的境地。如果您看到当时他们住的房子,肯定会感到难受。

高高的围墙和帕科姆[1]塔都坍塌成了碎片。隐修院里长满了杂草,四周的小廊柱全都裂开了,石雕的圣像也倒在神龛里。没有一块彩绘玻璃还被竖着,也没有一扇门完好无损。从罗讷河上吹来的风,好似在卡马尔格[2]那样,在院子里和小教堂里呼啸而过,吹熄了蜡烛,吹断了彩绘玻璃的铅条框,吹干了水缸里的圣水。最为凄凉的,是修道院里的钟楼,它寂寥得像一只空鸟笼;神父们没有钱买钟,只好敲打杏木做成的响板,来代替宣告晨经的钟鸣!……

可怜的白衣神甫们啊!他们的样子我至今还历历在目:他们一个个裹着打满补丁的短斗篷,凄凄惨惨地走在圣体瞻礼的队伍里,面色苍白,骨瘦如柴,整天以瓜果充饥;低着头走在最后面的是修道院院长,他那退去金色的权杖和被虫蛀了的白色羊毛主教冠暴露在太阳底下,令他感到羞愧不已。善会的妇女们在队伍中流下了同情的眼泪,而肥胖的旗手们却指着那些可怜的僧侣,低声嘲笑道:

"结队的椋鸟越飞越瘦。"

事实上,这些不幸的白衣神甫们也开始寻思,如果他们各奔四方、自觅食物,是否会更好些。

一天,正当修道院的教务会议在争论这个严肃的问题的时候,有人向院长通报,说戈歇修士要求在会上发言……顺便说一句,这位戈歇修士是修道院的放牛人;也就是说,他整天在修道院的拱廊里走来走去,赶着两头骨瘦如柴的母牛,让它们在石板路的缝隙里觅草吃。在十二岁以前,他由莱博村[3]一个叫做贝贡大婶的老疯婆抚养,后来修道院的修士们收留了他;这个

---

① 帕科姆(286—346),上埃及的圣人,聚集苦修的首创者。

② 法国南部地名,位于罗讷河三角洲的两支流间,多沼泽和草地。

③ 法国南部普罗旺斯的一个小村庄。

不幸的放牛娃除了会驾驭牲畜和背诵天主经以外，从来就没学会过别的什么；而且，他只会用普罗旺斯方言背诵，因为他头脑迟钝，思维笨拙，却又自以为聪明。此外，他还是一名虔诚的基督教徒，尽管有点想入非非，却也能身着苦衣而悠然自得，怀着坚定的信念，以自己的臂膀去承受苦鞭①的抽打！……

看着他傻头傻脑、笨拙呆板地走进教务会议议事厅，向大家屈膝致敬，院长、议事司铎、司库，所有的人都笑了起来。这个长着憨憨的脸孔、花白的头发、山羊胡子，还有疯子一样眼睛的人，无论走到哪里，都会产生这样的效果，所以戈歇也不生气。

"尊敬的神甫们，"他一边捻着橄榄核串成的念珠，一边用傻憨憨的声音说，"俗话说得好：空桶敲起来最好听。大家可以想一想，由于我不停地挖掘自己本来就已经空空如也的可怜的脑袋，我相信已经找到了可以让我们大家摆脱困境的办法。"

"事情是这样的。大家都知道贝贡大婶，是这个好心的妇人将我抚养长大，（愿上帝原谅她的灵魂，这个放浪形骸的老女人！她一喝酒，就要唱一些下流的小调！）不过，敬爱的神甫们，我告诉你们，贝贡大婶在世的时候，比科西嘉岛的老乌鸫还熟悉山里的草木。她临终前，甚至还用五六种药草，调制出一种无以伦比的药酒，这些药草都是我和她一起去阿尔卑列斯山采来的。这都是好多年前的事情了；但我相信，在圣·奥古斯坦②的庇佑和院长大人的恩准之下，我一定能——只要尽心寻找——重新找到这奇妙药酒的配方。到那时，我们只要把酒装到瓶子里，再卖得稍微贵一点，就能让修道院慢慢地富裕起来，就像我们在特拉普③和格朗特④的兄弟们一样。"

他还没来得及把话说完，院长就跳起来搂住了他的脖子，议事司铎们握住了他的手，司库则比其他人更为激动，满怀敬意地亲吻了他那已经起了毛

① 打苦鞭，是一种教会用于悔罪、苦修的行为。修士用鞭子抽打肩膀，借此恳求上天原谅他们及世人的罪过。

② 奥古斯坦（354—430），是拉丁基督教三大领袖之一，著有《忏悔录》。

③ 特拉普苦修会于1140年在法国奥恩省的特拉普圣母院成立。该苦修会的僧侣自行酿造的啤酒，号称啤酒之王。

④ 格朗特的僧侣自行酿制香槟酒。

的风帽帽檐……接着,每个人各归其位,投票表决;最后,教务会议当场决定,将母牛转交给特拉斯布尔修士放养,以便让戈歇修士全力以赴地配制药酒。

这位好心的修士最终是如何重新找到贝贡大婶的配方的?他付出了多少努力?熬过了多少个不眠之夜?故事没有一一详述。唯一可以确定的是,仅仅六个月之后,白衣神甫们酿制的药酒已经家喻户晓了。在整个孔达[①]地区、整个阿尔勒[②]地区,没有一家农舍、一个谷仓不在食品储藏室里的煮酒瓶子和腌橄榄坛子之间,藏上一点这种药酒;它装在褐色的陶土小瓶里,用普罗旺斯的纹章封盖,银色的标签上还印着一位凝神苦思的修士。靠着这畅销的药酒,普赖蒙特莱修会修道院很快就富裕了起来。他们重新修复了帕科姆塔。院长有了一顶崭新的主教冠,教堂也装上了精细而漂亮的彩绘玻璃窗;此外,在一个晴朗的复活节的早晨,一整套大小编钟,在雕满精致花纹的钟楼里骤然响起,洪亮的叮当声连绵不绝,响彻云霄。

至于戈歇修士——过去,这位相貌丑陋的可怜修士因为他的粗俗而被教务会议取笑,但如今他在修道院里再也不是那样了。大家只知道他是尊敬的戈歇神甫,是一个有头脑、知识渊博的人;他完全摆脱了修道院里的繁杂琐事,整天关在他的药酒蒸馏室里,另外还有三十名修士翻山越岭,为他搜寻药草……这间蒸馏室任何人无权进入,连院长也不例外。那是一间废弃的古旧小教堂,坐落在议事司铎的花园里。修道院里老实的修士们头脑简单,都以为那里面有什么神秘而可怕的东西;要是偶然有一个胆大好奇的年轻修士,沿着攀缘的葡萄藤,一直爬到蒸馏室大门上的大花圆窗边,也很快会被看到的情景吓得摔滚下来:戈歇神甫挂着巫帅般的胡子,俯身倾向火炉,手里还拿着酒精比重计;他的周围,到处是玫瑰色的陶土蒸馏罐、巨大无比的蒸馏器,还有水晶蛇形管,所有这一切奇怪的东西,都在透过彩绘玻璃窗的淡淡的红光的照耀下,发出妖异的光芒……

---

① 法国南部的一个小城镇。

② 法国南部的一个小城镇。

每当夕阳西下，念诵最后一遍三钟经[①]的钟声敲响的时候，这个神秘处所的大门才会悄悄地打开，尊敬的戈歇神甫要去教堂做晚祈祷。您真应该瞧瞧当他穿过修道院的时候，受到的是何等的礼遇！他所经之处，修士们夹道迎候。大家说：

"嘘！……他知道秘诀！……"

司库紧随其后，俯首贴耳地跟他说着话……在这一片阿谀奉承之中，神甫一边走，一边擦去额头上的汗水；他那顶宽边三角帽扣在后脑勺上，好似一个光环；他得意地看着周围的一切：大大的院落里种满了橘树，蓝色的屋顶上转动着崭新的风信标，还有，在白晃晃的修道院里——在幽雅而开满鲜花的廊柱之间——衣着光鲜的议事司铎们容光焕发，两人一排地在他面前走过。

"他们有这一切，全都是靠我！"可敬的神甫暗自思量着；每当他想到这里，得意之情就油然而生。

这可怜的人将会因此而受到严厉的惩罚。您瞧着吧……

您想象一下，一天傍晚，正当晚祈祷的时候，他异常焦躁地来到教堂：满面通红，气喘吁吁，风帽歪戴在头上，用手蘸圣水时，竟然糊涂地将袖子也伸了进去，一直湿到了臂肘那里。起先，大家以为是因为他迟到的缘故；但是，他们看见他不向主祭坛致礼，却对着管风琴台和讲经台行了个大大的屈膝礼；然后，像一阵风似的穿过教堂，在祭坛那里足足溜达了五分钟，才找到自己的祈祷席；接着，他刚一坐下，便东倒西歪，还怡然自得地微笑着。于是，一阵惊讶的窃窃私语声在三个殿堂里传开了。人们一边念日课经，一边小声嘀咕道：

"我们的戈歇神甫怎么了？……我们的戈歇神甫怎么了？"

院长忍无可忍，两次用权杖敲打地面的石板，要求大家安静下来……那边，祭台的尽头，圣歌一直在唱，只是应答轮唱的歌声却显得无精打采……

突然，当唱到《圣体颂》的时候，我们的戈歇神甫突然倒在祈祷席上，用嘹亮的声音唱了起来：

---

① 每天诵念三次，一般是在早上六时，中午，及下午六时。

在巴黎,有一位白衣神甫,
嘟里个嘟,嘟里个嘟……

教堂里一片哗然。大家站了起来。有人喊道:

“把他拖出去……他着魔了!”

议事司铎们画着十字。院长则挥舞着他的权杖……然而,戈歇神甫却视而不见、听而不闻;两个身强力壮的修士不得不把他从祭坛的小门拖出去,而他却像着了魔一样奋力挣扎,并变本加厉地继续高唱他的“嘟里个嘟,嘟里个嘟”。

第二天一早,天刚蒙蒙亮,这个不幸的人就跪在了院长的祈祷室里,泪流满面地忏悔他的罪孽:

“是药酒,院长大人,是药酒害了我。”他捶胸顿足地说。见他如此懊悔,如此内疚,善良的院长自己也深受感动。

“好了,好了,戈歇神甫,平静下来,这一切就像阳光下的露水,都会烟消云散的……毕竟,这件丑事不像您想象的那么严重。就是您唱得那首歌有点……嗯!嗯!……总之,但愿那些初学的修士们没有听见……好吧,现在,好好告诉我您昨天怎么会那样的……是不是因为品尝药酒啊?您也许是手脚笨拙了一点……是的,是的,我明白……您就像发明了火药的施瓦兹修士①一样,也成了自己发明的牺牲品……那么,请告诉我,诚实的朋友,这可怕的药酒,您真的有必要亲自品尝它吗?”

“很不幸,是的,院长先生……试管能精确地告诉我酒的烈度和度数;但它是否尽善尽美、醇香可口,我几乎只能依靠我的舌头去品尝……”

“啊!很好……但请听我再说上几句……当您出于这样的必要,品尝药酒的时候,是不是觉得酒的味道好极了?是不是觉得饮酒乐趣无穷?”

“唉!是的,院长大人,”这位不幸的神甫答道,脸涨得通红,“最近两个

---

① 火药是中国的四大发明之一,但欧洲人关于火药的传播存在两种说法:一种认为火药是经蒙古人传入欧洲的;另一种认为火药是欧洲人施瓦兹修士发明的。施瓦兹(1310—1384),德国僧侣,方济各会修士。

夜晚,我领略到了这酒的美味和芬芳!……这肯定是魔鬼跟我玩的一个恶作剧……所以,我决定从今以后只用试管测试药酒了。如果酒味不够醇美,泡沫不够丰富,那也只好活该了……"

"这方面您可要小心,"院长暴躁地打断他的话,"不能让顾客不满意……既然您已经得到了警告,那么现在要做的一切,就是保持警惕……您瞧,您需要品尝多少酒才能意识到它的好坏呢?十五滴或二十滴,是吗?就算是二十滴吧……如果魔鬼用二十滴酒就能迷惑您,那他就太狡猾了……另外,为了避免发生意外,我准许您从今往后不必来教堂了。您就在蒸馏酒室里做晚祈祷吧……现在,尊敬的神甫,您就安心地回去吧,要特别小心……数好酒的滴数。"

唉!可怜的神甫,就算他再怎么数酒的滴数,也是枉然……魔鬼已经控制了他,再也不会放过他了。

从此,蒸馏室里老是会传来稀奇古怪的祈祷声!

白天,一切都还正常。神甫显得很平静:他准备火炉和蒸馏器,仔细挑选药草,这是各种各样的普罗旺斯药草,有纤细的,有灰白的,有锯齿状的,散发着迷人的芬芳与阳光的气息……然而,到了晚上,当这些药草经过浸泡,药酒开始在一个个烧得通红的大铜盆里逐渐变热的时候,这可怜人的苦难就开始了。

"……十七……十八……十九……二十!……"

酒一滴一滴地从麦秆管里滴到镀金的平底大口杯中。这二十滴酒,神甫一饮而尽,几乎连一点痛快的感觉都没有。他最渴望的只是第二十一滴酒。哦!这第二十一滴酒啊!……于是,为了躲避诱惑,他跑到蒸馏室的最里面,跪在那里,沉湎在祈祷之中。但是,一缕带着浓郁酒香的热气,从仍然滚烫的药酒那里升腾起来,萦绕在他的周围,不管他愿不愿意,硬是将他带回到装酒的铜盆边……酒的颜色金中泛绿,异常美丽……神甫俯下身去,张大鼻孔,用麦秆管轻轻地搅动着,于是,酒的碧波中荡漾起片片闪光,在这闪光中,神甫仿佛看到了贝贡大婶那满是笑意的眼睛,它们正炯炯有神地看着他……

"喝吧!再来一滴!"

于是，一滴又一滴，直到将平底大口杯滴满，这可怜的人才罢手。这时，他筋疲力尽地瘫在一张大扶手椅上，懒洋洋地躺在那儿，半闭着眼睛，一小口一小口地品尝着他的罪恶，还带着满足的愧疚，低声呢喃道：

“啊！我该下地狱…… 我该下地狱……”

最可怕的是，我不知道他用了什么妖法，居然在这恶魔般的药酒里，重新记起了贝贡大婶所有的下流小调：“三个长舌妇，准备宴宾客……”或者是：“安德烈主人的牧羊女，一个人溜进了树林里……”当然，还有赫赫有名的白衣神甫歌：“啷里个啷，啷里个啷。”

您想想吧，第二天，当住在他房间隔壁的修士们带着恶意地问他的时候，他是何等羞愧难当啊：

“嘿！嘿！戈歇神甫，您昨晚睡觉的时候，满脑子都是知了在叫吧。”

听到这些，他总是泪流满面，悲恸欲绝，于是决心要斋戒，要穿苦衣，还要挨苦鞭。然而，什么也抵抗不住药酒这个恶魔；每天晚上，一到同样的时刻，他就又开始着魔了。

这段时间，药酒的订单如雨点般飞来修道院，这真是上帝的恩赐。订单来自尼姆、艾克斯、阿维尼翁，还有马赛[①]……日复一日，修道院变得有点像酿酒厂了。有的修士负责包装，有的负责贴标签，有的负责账目，还有的负责马车运输；上帝的仆人时不时会忘记敲响祈祷的钟声；但我敢保证，附近那些可怜的乡亲们却不会因此而错过什么……

就这样，一个风和日丽的星期天的早晨，司库在教务会议上宣读年终盘点的结果，善良的司铎们则正听得两眼发光、面带微笑；这时候，戈歇神甫突然冲进会议厅，大声嚷道：

“结束了……我不再酿酒了……还是再让我去放牛吧。”

“出了什么事，戈歇神甫？”院长问，他隐隐料到了事情的原委。

“出了什么事，院长大人？出的事就是我正在为自己招来万劫不复的火刑和铁叉的折磨……出的事就是我喝酒，像一个无耻之徒那样喝酒……”

“可是，我跟您说过要数着滴数喝。”

“啊！是这样的，要数着滴数喝！可现在我要数着杯数喝了？是的，我

---

① 均是法国南部城市。

尊敬的神甫们，我已经到了这个地步了。每晚要喝三小瓶……你们大家都很明白，我不能再这样继续下去了……所以，你们找谁酿制药酒都行……如果我还干这差事，上帝之火会将我烧死的！”

教务会议的成员再也笑不出来了。

“但是，不幸的人，您会毁了我们！”司库挥舞着手中的账本，喊道。

“难道您情愿我下地狱吗？”

这时，院长站了起来。

“尊敬的神甫们，”他一边说，一边伸出优美白净的手，手指上主教的指环闪闪地发着光，“所有这些问题都是有办法解决的……我亲爱的孩子，是不是每到夜晚，魔鬼才会诱惑您啊？”

“是的，院长先生，每天晚上，他准时前来……所以，现在，当我看到夜幕降临，请您别见怪，我就浑身冒冷汗，就像卡比杜①的驴子见到驮鞍一样。”

“好吧；您放心吧……从今以后，每天晚上做祷告的时候，我们都会为您背诵圣·奥古斯坦的祈祷词，这祷告词一念，您就可以获得完全的宽恕……这样，无论您发生什么事，都可以得到庇佑……这便是赦罪。”

“哦，太好了！那么，谢谢您了，院长先生！”

戈歇神甫没有再多问什么，立刻往他的蒸馏室跑去，轻盈得像一只云雀。

果然，从那天起，每天晚上祈祷结束的时候，主祭总不会忘记说上这么一段：

“为我们可怜的戈歇神父祈祷吧，他为了修道院的利益牺牲了自己的灵魂……愿上帝保佑……”

当这祈祷声犹如北风簌簌地吹过雪地，从匍匐在殿堂阴影里的一片白色风帽上飘然而过的时候，那边，在修道院的尽头，在蒸馏室映着红光的玻璃窗后，人们听到戈歇神甫正在声嘶力竭地欢唱：

在巴黎，有一位白衣神甫，
唧里个唧，唧里个唧；

① 法国南部普罗旺斯的一个小村庄。

在巴黎,有一位白衣神甫,
带着小修女,满场舞飞扬,
唧里个唧,舞在花园中央;
满场舞飞扬……

唱到这里,善良的本堂神甫惊恐万分,戛然打住:

“天啊!要是本堂区的教民听见我唱这小曲,那就糟了!”

在卡马尔格

（一）
出发

城堡里人声嘈杂。信使刚刚送来一张一半用法语、一半用普罗旺斯方言写成的便笺，说已经有两三拨玩笑鸟和塍鹬飞过那里，而且其他珍贵的鸟类也不少。

“您和我们是一家人！”我那些可亲的邻居们在便笺里写道。这天早晨五点，天刚破晓，他们的马车就载着猎枪、猎狗和食物，来山下接我了。我们行驶在通往阿尔勒的公路上，公路有点干燥，路旁的树木光秃秃的，在这十二月的早晨，橄榄树的嫩绿依稀可见，而胭脂虫栎的绿色则十分刺眼，给人以过于寒冷和雕琢的感觉。牲口棚开始骚动起来。阳光还没有照到农庄的窗户上，可是有些农夫却已经醒来了；在蒙马茹尔修道院犬牙交错的石块废墟中，白尾海雕睡眼惺忪地拍打着翅膀。然而，我们已经在水沟边遇见许多年老的农妇，骑着小驴，一路小跑地前去赶集。她们来自波城，得赶六里路，才能在圣—特罗菲姆教堂①的台阶上坐上一个小时，出售她们从山里捡来

① 圣—特罗菲姆教堂建于19世纪初，位于法国南部地中海沿岸瓦尔省的波姆—莱—米莫札市。

的小草药包……

现在我们看到阿尔勒的城墙了；城墙很矮，上面有雉堞，就像在旧版画上看到的那样，版画上的武士手持标枪，站在比他们还要矮的斜坡上。我们疾速穿过这座奇妙的小城，它是法国最美丽的城市之一：圆形的雕花阳台犹如装着阿拉伯风格的遮窗格栅，一直伸出到狭窄街道的中央；黑色的老屋开着摩尔式的尖拱形小矮门，仿佛把您带回短鼻子纪尧姆①和撒拉逊人②的时代。这么早，街上还空无一人。只有罗讷河岸热闹非凡。往返于卡马尔格的蒸汽渡船在石阶尽头升火待发。穿着棕红色斜纹粗呢上衣的管家，以及去农庄干活打工的拉罗盖特③的姑娘们，有说有笑地和我们一起上了船。在清晨的寒风中，他们将长长的褐色斗篷翻下；斗篷下面，高高的阿尔勒发饰使一张张脸庞显得既优雅又小巧，还略微带着一点好看的放肆，似乎是想仰起头来，好让笑声和俏皮话传得更远……钟声响了，我们出发了。在罗讷河水流、螺旋桨和密史脱拉风的三重推动下，两岸的景色不断展现在我们的眼前。河的一边是克罗平原，干旱而多石；另一边是卡马尔格，那里绿意盎然，低矮的青草和长满芦苇的沼泽一直延伸到海边。

渡船时不时地停靠码头，或在左岸，或在右岸——或者说，或在帝国这一边，或在王国这一边，就像中世纪阿尔勒王国时代的人们说的那样；直到今天，罗讷河上的一些老水手还是这么说。每个码头上都有一个白色的农庄和一簇树林。雇农们带着工具下船，妇女们则挎着篮子，笔直地走上跳板。随着渡船停靠帝国或停靠王国，船上的乘客渐渐空了，当我们在玛—德—吉罗码头上岸时，船上已经几乎没有人了。

玛—德—吉罗是巴尔帮塔纳④领主们的一座旧农庄，我们走进去，等候警卫来接我们。楼上的厨房里，农庄里所有的男人，包括种田的、种葡萄的、放羊的、放牛的，统统都围坐在餐桌旁，神情严肃，默默不语，慢吞吞地吃着饭；女人们为他们上菜，要等他们吃完后才能吃。不一会儿，警卫推着小篷

① 纪尧姆大帝（约755—812），图卢兹伯爵，在西班牙指挥过针对撒拉逊人的战争。

② 中世纪欧洲人对阿拉伯人或西班牙等地的穆斯林的称呼。

③ 法国南方滨海小镇，位于滨海阿尔卑斯省，靠近戛纳。

④ 法国城镇，位于南方普罗旺斯—蓝色海岸地区的罗讷河口省北部。

车来了。这是一个典型的费尼莫①笔下的人物，一个地上和水下的猎手，既是渔警又是猎警，当地人都叫他“游荡人”，因为人们总是看见他在晨雾中或在夕阳里，埋伏在芦苇丛中，或一动不动地待在小船里，全神贯注地注视着水塘上和灌溉渠里的捕鱼篓。也许是因为长期从事监视职业的缘故，他非常沉默，也非常专心。不过，他推着载满猎枪和篮子的小篷车在我们前面走的时候，向我们介绍了有关打猎的情况，比如飞过的鸟群数量，候鸟被击落的区域，等等。我们说着话，进入了猎区的深处。

我们走过了耕地，来到卡马尔格的荒野地带。牧场上，一望无际的沼泽和灌溉渠在盐角草丛中闪闪发光。一簇一簇的红柳和芦苇仿佛是平静海面上的小岛。没有参天的大树。平原平坦而又辽阔，一派井然有序的景象。远处，时而能看见一些牲畜栏，低矮的顶棚展开着，几乎碰到了地面。羊群有的四散着躺在浅草丛中，有的则挤在披着棕红色斗篷的牧羊人周围行走，在由蓝色地平线和晴朗天空构成的无垠世界里，它们显得如此渺小，根本不足以打断这宏大而均匀的风景线。就如大海虽然波涛翻滚，但依然平展无边一样，这片平原给人以孤寂、辽阔的感觉；加上密史脱拉风毫无障碍地不停地吹着，它那猛烈的喘息似乎将这片土地吹得更加平坦、更加宏大。在它面前，任何东西都弯下了腰。它所到之处，哪怕是最小的灌木也会留下痕迹，被吹得歪七扭八，向南倒伏，无时无刻不做出一副逃跑的样子……

（二）
茅屋

芦苇屋顶，枯黄的干芦苇墙壁，这就是茅屋，也是我们打猎归来的集合处。这座茅屋有着典型的卡马尔格风格，只有一间房间，高大、宽敞，没有窗户，依靠一扇玻璃门采光，晚上这道门就被用褶盖板关死。沿着涂过灰泥、刷过石灰的白墙，放着许多架子，等着大家把猎枪、猎物袋和靴子放上去。屋子尽头，五六只摇篮围着一根真正的桅杆，桅杆的下端插在地里，上端直抵屋顶，起着支撑作用。夜里，密史脱拉风吹过，屋子到处发出嘎吱嘎吱的

① 詹姆斯·费尼莫·库珀(1789—1851)，美国作家，作品经常描绘印第安人的生活。

声响,大海就在远处,风吹来海浪的声音,绵延不断、愈发洪亮,使大海显得很近,令人感觉躺在一艘船的船舱里。

然而,茅屋最迷人的时候还是在下午。我喜欢在南方晴朗的冬日里独自坐在高大的壁炉旁,壁炉里燃着几株红柳。一阵阵密史脱拉风或西北风吹过,吹得屋门颤动、芦苇呼啸,所有这些摇动只是对我周围自然界剧烈震荡的一点点回应。冬天的阳光在狂风的吹打下洒落下来,光线时而聚拢,时而分散。巨大的乌云在蓝得令人赞叹的天空下迅速移动。阳光断断续续地射来,声音也一样;羊群的铃铛声突然传入耳朵,随即便消失在风中,被遗忘得干干净净,现在这声音又在摇摇晃晃的屋门下重新唱响,宛若一首动听的副歌……最美妙的时刻是黄昏,猎手们归来之前。这时风已平息。我出去逛一会儿。一轮巨大的红日平静地落下,燃烧着,却一点都不炙热。夜色来临,经过时还用它那黑暗潮湿的翅膀从您身边擦过。远处的地平线上划过一道枪弹的光线,仿佛是一颗红星迸射出的光芒,在茫茫的夜色中尤为显眼。在落日最后的余晖里,万物变得更加匆忙。野鸭排着长长的人字形队伍,飞得很低,仿佛想要着陆似的;但是,茅屋里的灯突然亮了起来,把它们吓跑了:领队的野鸭伸长脖子,向上飞去,其他跟在它后面的野鸭也尖叫着,飞向更高的地方。

不一会儿,一阵犹如暴雨般巨大的脚步声越来越近。在牧人的召唤下,在牧羊犬的骚扰下,成百上千只羊儿惊恐而无序地朝羊圈挤去,发出沓乱的奔跑声和吁吁的喘气声。鬈曲的羊毛和咩咩的羊叫就像一阵旋风,将我占满,与我擦身而过,把我卷入其中;羊群简直就是名副其实的海浪,涌起波涛将牧人连同他们的影子一起带走……羊群后面,是熟悉的脚步声和欢快的说话声。茅屋一下子挤满了人,变得热闹非凡,嘈杂喧哗。树枝燃烧着。大家开怀大笑,更何况所有人都感觉很累。人们陶醉在劳累后的幸福之中,猎枪放在墙角,靴子乱七八糟地扔得到处都是,装猎物的袋子倒空了,旁边是各色的羽毛:棕红色、金黄色、绿色、银色,所有这些羽毛都沾着鲜血。餐桌放好了;美味的鳝鱼汤散发着热气,大家立刻安静下来,一言不发地饕餮大食起来,只有在门前摸索着舔着盘子的猎狗,才发出几声凶狠的吼声,打破了这一片寂静……

饭后的聊天时间并不长。不一会儿,眨着眼睛的炉火旁就只剩下了我和警卫。我们交谈着，也就是说我们像农民那样，时不时地相互冒出只言片语，说几个几乎只有当地人才使用的感叹词，它们非常简短，而且就像树枝燃烧后留下的火星那样，消逝得很快。最后，警卫站起身来，点亮了灯笼，我听着他沉重的脚步声融入漆黑的夜色之中……

（三）
守望！（潜伏！）

“守望！”多么漂亮的字眼，它被用来表示狩猎者的潜伏、等待，表示他们在守候、盼望和犹豫中度过的难以预料的白天和黑夜的时光。潜伏，在太阳即将升起之前叫晨伏，在黄昏时分叫夜伏。我更喜欢后者，尤其是因为在这沼泽地带，晚霞会停留在池塘的水面上，久久不去……

有时候，猎人潜伏在一种没有龙骨的狭窄小船上，这种船只要稍微划动一下就会前进。猎人躲在芦苇从中，从小船的深处监视着野鸭们，只有他们的帽檐、枪管，以及猎狗的脑袋露出船帮；猎狗时而嗅着风中的气味，时而捉捕着苍蝇，或者展开四肢，弄得船身歪向一边，灌进很多水。对于我这个没有经验的人来说，这种潜伏实在是太复杂了。所以，我常常步行去潜伏狩猎，穿着用整块兽皮制成的特大皮靴走在沼泽中央，弄得自己浑身是泥；我走得很慢，很小心，生怕陷进淤泥。我用手拨开带着海腥味的芦苇，芦苇里跳出无数只青蛙……

终于，我来到一块长着红柳的小洲上，在这一小片干硬的土地上安营扎寨。警卫为了表示对我的尊敬，将他的猎狗留给了我；这是一条高大的比利牛斯猎犬，长着一身浓密的白毛，一看就知道是打猎和捕鱼的一流高手，它在我身边，绝不会仅仅让我感到一丝局促。如果有一只水鸡进入我的射程，它就会揶揄地看着我，像艺术家那样一甩头，将两只耷拉在眼睛上的松软的长耳朵甩到脑袋后面，然后摆出猎犬见到猎物立刻停止不前的姿态，摇着尾巴，做出一副不耐烦的表情，似乎在对我说：

“开枪……开枪呀！”

我开枪了，可是没有打中。于是，它趴下身体，又是打哈欠、又是伸懒腰，一副疲惫、失望和傲慢的样子……

是呀,不错,我承认我是一个糟糕的猎手。对于我来说,潜伏意味着西下的夕阳,躲在水中的渐弱的日光,还有闪闪发光、将灰暗的天空打磨成纯银色调的池塘。我喜欢这水的气息,喜欢芦苇丛中昆虫那神秘的窸窣声,喜欢长长的叶子在颤抖时发出的细语声。有时,一个忧伤的音符在空中划过,犹如海螺的呜呜。那是鹈鹕正将它那用来捕鱼的大喙插进水里吹气……咕噜咕噜!一群群鹤鸟在我头上飞过。我听见大风中摩擦的羽毛声,凌乱的绒毛声,甚至还有劳累过度的幼小骨架发出的咯吱声。接着,一切又重归寂静。黑夜降临了,深沉的夜色,只有水面上有几丝光亮……

突然,我感到一阵惊跳,神经极度紧张,仿佛身后有什么人似的。我转过身去,看见的是晴朗夜空的伙伴——月亮:一轮又大又圆的明月正在冉冉升起,起初上升得很快,但离地平线越远,上升的速度就越来越慢了。

第一缕月光已经清晰地照在了我的身边,接着又有一缕照到稍远一点的地方……现在,整个沼泽都被照亮了。哪怕是最小的草丛也投下了自己的影子。潜伏结束了,因为鸟儿已经能够看见我们:该回家了。我们在轻盈迷蒙的蓝色月光中走着;每在水洼和沟渠里走一步,都会搅乱无数倒映在水中的星星,还有一直射到水底的月光。

(四)
红与白

在我们住处不远的地方,也就是离我们茅屋一个猎枪射程的距离,还有一间茅屋,它和我们那间很像,但更加简陋。我们的警卫就和他的妻子以及两个年长的孩子住在那里;女儿负责为大家做饭和修补渔网;儿子则除了帮助父亲取鱼篓之外,还要检查池塘的闸门。另外两个年幼的孩子和祖母一起住在阿尔勒,他们将在那里一直待到学会识字念书,并领完第一次圣体,因为这里离教堂和学校太远了,再说,卡马尔格的空气对孩子的身体不好。事实上,每当夏天来临,沼泽干涸,沟渠的白色河床在酷热下龟裂开来的时候,小岛上根本不能住人。

这样的情景我曾经看见过一次,那是在八月,我去那里打猎,我永远也忘不了这片燃烧着的土地那凄凉而残酷的景象。随处可见的池塘在烈日下热气蒸腾，犹如一个个巨大的酿酒桶；池塘底部攒动着残存的生命，成群的蝾螈、蜘蛛和水蝇挤在一起，寻找着潮湿的角落。到处弥漫着瘟疫的气息，沉重的疫气像雾霭般飘浮在空中，无数蚊子在其中上下纷飞，使这雾霭更显厚重。警卫一家全都在发烧打颤，看到这些不幸的人面黄肌瘦，凹陷的双眼大得可怕，我的怜悯之情油然而生；他们将不得不在这毫不容情的烈日下挣扎三个月，这烈日灼烧着他们，却不能给他们带来温暖……卡马尔格猎警的生活是多么凄惨和艰难！我们这一位还算和妻子孩子生活在一起；但在离这里两里远的沼泽地里，有一位看守马匹的猎警，他一年到头完完全全一个人住着，过着名副其实的鲁滨逊的生活。在由他自己搭建起来的芦苇茅屋里，没有一件物品不是出自他本人之手：用柳条编成的吊床，用三块黑色石头砌成的炉灶，用红柳树根雕成的矮凳，甚至还有用来锁这间奇特住所的白木门锁和钥匙。

至少，这位猎警和他的住所一样奇特。他就像一名沉默寡言的隐士哲学家，蓬乱的浓眉下掩藏着一双农民多疑的眼睛。要是他不去牧场，就会坐在门前，带着孩童般令人感动的专注，慢慢地辨读着那些粉红色、蓝色或黄色的说明书，这些说明书平时总是放在用来医治马匹的药瓶周围。这可怜的家伙除了阅读没有其他娱乐，除了这些说明书也没有其他书籍。尽管他和我们的警卫住在邻近的茅屋里，但两人不相往来，甚至避免见面。一天，我问“游荡人”他俩彼此厌恶的原因，他严肃地回答我：

“因为我俩的观点不同……他是红党，我是白党。”

就这样，在这荒无人烟的地方，孤独原本可以使他们更加亲密，可是这两位野人同样天真、同样淳朴，就像两位忒奥克里托斯笔下的牧人，一年几乎才进城一次，对于他们而言，哪怕是阿尔勒城的小咖啡馆，连同它们的镀金和玻璃咖啡具，也会像托勒密[①]王宫一样使他们头晕目眩；但就是这样的人，却也因为政治信仰的不同而学会了彼此憎恨！

---

① 托勒密王朝（公元前323—公元前30），希腊人在埃及建立的王朝。由亚历山大大帝的部将、留驻埃及的总督托勒密·索特尔（约公元前367—公元前283）所建。王朝盛时包括埃及本土、地中海的一些岛屿、小亚细亚的一部分、叙利亚以及巴勒斯坦的一些地区。首都为亚历山大里亚。

（五）
瓦卡莱斯湖[1]

卡马尔格最美的当属瓦卡莱斯湖。我常常不去打猎，而去坐在这个咸水湖畔；它就像是从大海里分离出来的一片小小的海域，被囚禁在陆地之间，也正因为这种被囚的处境而为人所熟悉。这里不像一般的海滨那样干燥、荒凉、令人悲伤，因为在瓦卡莱斯湖略高的湖岸上，长满了天鹅绒般细腻的绿草，到处是奇特迷人的植物：矢车菊、睡菜、龙胆草，还有冬蓝夏红、会根据气候变化而改变颜色的美丽的生菜，它们在一年四季常开的花丛中，用不同的色彩代表着不同的季节。

晚上五点左右，太阳开始西斜，方圆三里的湖面上没有一艘小船和一影风帆遮挡视线，一望无际，异常奇妙。这里的景致已不再像水塘和沟渠那般隐秘，后者每隔一段距离，就会出现在泥灰土层的褶皱之间，您可以感觉到水在地下到处渗透，只要地面稍有凹陷，就会立刻涌现出来。这里的景致给人的是宏大、辽阔的感觉。

远处，粼粼的波光引来成群的海番鸭、鹭鸶、鹈鹕和白肚粉翅的火烈鸟，它们排成一条直线，沿着湖岸捕鱼，在漫长而平坦的沙滩上展示着五彩缤纷的颜色；还有白鹮，这些真正的埃及白鹮，在灿烂的阳光和寂静的景致中，仿佛回到了自己的家乡。的确，我坐在那里，什么都听不见，只有拍岸的水声，和猎警呼唤散在湖边的马匹的叫喊声。这些马匹都有自己响亮的名字：希菲儿！……（鲁希菲儿）……莱斯特罗！……莱斯图美洛！……每一匹马，只要听到叫自己的名字，就飞奔而来，马鬃迎风飘扬，它们来到猎警跟前，吃他手中的燕麦。

在远处的同一个岸边，有一大群牛像马儿那样自由自在地吃着草。透过一簇簇红柳的树梢，我时不时能看见它们躬着的脊梁，还有朝天仰着的月牙形小犄角。这些卡马尔格牛大部分是为了乡村节日火印节而饲养的；其

---

① 位于罗讷河口省的卡马尔格，面积六千公顷，水深五米，与地中海一堤之隔。

中有几头已经在普罗旺斯和朗格多克[①]地区的竞技场上赫赫有名了。在邻近的这群牛群中有一头令人生畏的斗士，名叫罗曼，他在阿尔勒、尼姆、达拉斯贡等地的奔牛节上，已经顶破了不知多少人和马的肚子。所以它的同伴们都拥它为首领；这些奇特的牛群都会自我管理，它们聚集在一头年老的公牛领袖周围。飓风袭击卡马尔格是一件非常可怕的事情，因为在这片辽阔的平原上，没有任何东西可以使它转向或者停止；这时，您可以看见牛群紧紧地挤在首领身后，低着头，将凝聚着它们所有力量的宽大前额迎着风向。我们普罗旺斯的牧人称这种办法为"转角顶风"。那些不会这样做的牛群便倒霉了！暴雨使它们迷失方向，飓风卷着它们到处乱窜，混乱的牛群狼奔豕突，惊慌失措，七零八落，那些狂乱的牛儿为了逃避风暴，只管朝前奔跑，却不料一头冲进了罗讷河、瓦卡莱斯湖，或是大海。

① 法国东南部地区名，南临西班牙和地中海。

怀念兵营

这天清晨，天刚拂晓，一阵巨大的鼓声将我惊醒……咚咚咚！咚咚咚！……

在这个时候，我的松林里竟会响起鼓声！……真是件咄咄怪事。

赶快，赶快，我连忙纵身下床，跑去开门。

门外没有一个人！鼓声也停了……只有两三只杓鹬拍着翅膀，从湿漉漉的野葡萄丛中飞出来……微风在树丛中轻轻地歌唱……朝东望去，阿尔卑斯山的山脊上，笼罩着一团金色的云彩，太阳正从那儿慢慢升起……第一缕阳光已经掠上了磨坊的屋顶。这时候，那面看不见的鼓，又开始在田野间的树荫下敲了起来……咚……咚……咚！咚！咚！

这该死的驴皮鼓！我都已经不记得了。可是，究竟是哪个野蛮人，一大早就到树林深处打鼓，迎接晨曦呢？我徒劳地四处张望，却什么也没看见……到处是一簇一簇的薰衣草，还有顺着山坡往下一直延伸到大路的松林也许在那边的矮树丛中，藏着某个调皮鬼，正在嘲笑我呢……可能是阿里埃尔，也可能是皮克师傅。也许这个调皮鬼从我磨坊前经过的时候，在心中嘀咕：

“这个巴黎人待在他的磨坊里太清静了，得给他奏一段晨曲听听。”

就这样，他带来了他的大鼓，于是……咚咚咚！……咚咚咚！别敲了，皮克，你这个坏蛋！你会把我的知了都吵醒的。

那不是皮克。

那是古盖·弗朗索瓦，绰号叫"手枪"，是第三十一步兵团的鼓手，目前正在休半年一次的假期。"手枪"在这里感到无聊，不由思念起兵营来；人们将镇上的鼓借给了他，于是这位鼓手就跑到树林里，一边悲伤地打鼓，一边梦想着欧仁亲王①的兵营。

今天，他来到我这个绿色的小山丘，抒发他的思念之情……只见他站在那儿，背靠松树，将鼓夹在两腿之间，尽情地敲打着……几只受惊的小山鹑从他脚下飞过，他竟丝毫没有察觉。百里香在他身边吐露着芬芳，他也一点都没有闻到。

他更没有留意，阳光下，一张张细密的蜘蛛网在松枝间微微颤动，松树的针叶在他的鼓面上欢腾跳跃。他完全沉浸在自己的思念与音乐中，满怀柔情地望着鼓槌上下飞舞，每一次敲打，都让他憨厚的胖脸笑开了花。

咚咚咚！咚咚咚！……

"那巨大的兵营，是多么美丽壮观啊，院子里铺着大块的石板，一排排窗户整齐划一，士兵们都戴着橄榄帽，低矮的拱廊下，到处都是军用饭盒的叮当声！……"

咚咚咚！咚咚咚！……

"哦！那吱吱作响的楼梯，刷过石灰的走廊，芳香四溢的寝室，擦得锃亮的皮带，还有那切面包板，鞋油罐，铺着灰色被单的小铁床，在枪架上闪闪发亮的步枪！"

咚咚咚！咚咚咚！……

"哦！在警卫队的日子是多么美好！纸牌旧得黏手，饰着羽毛的黑桃皇后面目可憎，比高·勒勃朗②的作品集破旧不全，被胡乱地扔在行军床上！……"

咚咚咚！咚咚咚！……

"哦！那些在部长门前站岗的漫漫长夜啊！破旧的岗亭挡不住风雨，哨兵的双脚冻得发麻！……赴宴的马车经过时，溅得你一身泥污！……哦！

---

① 欧仁亲王（1663—1736），法国贵族，后投奔奥地利，并指挥奥地利军队与法国军队作战，战功卓著。

② 比高·勒勃朗（1753—1835），法国戏曲家、小说家。

还有那些额外的劳役，关禁闭的日子，发臭的便桶，木板做的枕头，多雨的清晨冷冰冰的起床号，掌灯时分浓雾中的归营号，大家气喘吁吁赶到的晚间集合！”

咚咚咚！咚咚咚！……

“哦！万森讷树林[1]，白色的棉布大手套，在巴黎城墙上的漫步……哦！训练场的栅栏，士兵们的姑娘，战神大厅[2]里的短号，下流酒馆里的苦艾酒，两个酒嗝之间吐露出的心里话，拔出剑鞘的短军刀，抚着心口唱出的伤感浪漫曲！……”

梦想吧，梦想吧，可怜的人！我不会妨碍你……大胆地敲你的鼓吧，用力地敲吧。我没有权利觉得你可笑。

如果你思念你的军营，那么，难道我就没有什么值得思念的吗？

我的巴黎如影随形，一直跟我来到这里，就像你的军营一般。你在松树下击鼓！我则在这里写作……啊！我们让自己变成了两个善良的普罗旺斯人！在那边，在巴黎的兵营里，我们怀念蓝色的阿尔卑斯山和薰衣草野性的香芬；如今，在这儿，在普罗旺斯，我们却又思念起巴黎的兵营，所有让我们回忆起它的东西都变得那么珍贵！……

村子里，八点的钟声敲响了。“手枪”踏上了归途，手里的鼓槌却丝毫没有怠慢……只听他穿过树林，走下山去，鼓声仍然响个不停……而我，则平躺在草地上，也染上了相思病；伴随着渐渐远去的鼓声，我的整个巴黎仿佛在松树之间一幕幕展现……啊！巴黎……巴黎！……永远的巴黎！

---

① 巴黎东南近郊的一大片树林。

② 巴黎凡尔赛宫的一个大厅，内有路易十六王后及其子嗣的画像。

经典译林

Yilin Classics

书名	单价	ISBN 号
爱的教育	32.00 元	9787544768580
艾青诗集	35.00 元	9787544773584
安娜·卡列尼娜	49.00 元	9787544740883
安徒生童话选集	42.00 元	9787544775731
傲慢与偏见	36.00 元	9787544774697
八十天环游地球	32.00 元	9787544775861
巴黎圣母院	42.00 元	9787544775748
白洋淀纪事	32.00 元	9787544772617
百万英镑	35.00 元	9787544777360
包法利夫人	38.00 元	9787544777353
悲惨世界(上、下)	98.00 元	9787544777346
背影	28.00 元	9787544777483
被侮辱与被损害的人	39.00 元	9787544777261
边城	25.00 元	9787544757416
变色龙：契诃夫中短篇小说集	39.00 元	9787544777421
变形记 城堡	38.00 元	9787544777292
茶馆	32.00 元	9787544773539
茶花女	35.00 元	9787544777384
查拉图斯特拉如是说	38.00 元	9787544759793
朝花夕拾	22.00 元	9787544768535
沉思录	22.00 元	9787544759649
城南旧事	23.00 元	9787544768801
大卫·科波菲尔(上、下)	65.00 元	9787544769068
地心游记	32.00 元	9787544775847
飞鸟集	25.00 元	9787544761031
飞向太空港	39.00 元	9787544781763

福尔摩斯探案集	58.00 元	9787544775373
复活	42.00 元	9787544777308
傅雷家书	49.00 元	9787544771627
富兰克林自传	36.00 元	9787544750691
钢铁是怎样炼成的	39.00 元	9787544774635
高老头	29.80 元	9787544768856
格列佛游记	35.00 元	9787544774642
格林童话全集	49.00 元	9787544777285
给青年的十二封信	29.00 元	9787544774321
古希腊悲剧喜剧集(上、下)	69.80 元	9787544711708
海底两万里	38.00 元	9787544775717
红楼梦	55.00 元	9787544774604
红与黑	49.00 元	9787544777315
呼兰河传	35.00 元	9787544783620
呼啸山庄	39.00 元	9787544775779
基督山伯爵(上、下)	108.00 元	9787544777490
纪伯伦散文诗经典	42.00 元	9787544777438
寂静的春天	35.00 元	9787544773430
假如给我三天光明	25.00 元	9787544768511
简·爱	39.00 元	9787544774666
金银岛	35.00 元	9787544780100
荆棘鸟	45.00 元	9787544768818
静静的顿河	128.00 元	9787544777513
镜花缘	39.00 元	9787544771603
局外人·鼠疫	38.00 元	9787544781756
菊与刀	35.00 元	9787544750707
宽容	32.00 元	9787544760492
昆虫记	39.00 元	9787544775830
老人与海	32.00 元	9787544774789
理想国	45.00 元	9787544785204
聊斋志异	55.00 元	9787544779791
猎人笔记	38.00 元	9787544775809

林肯传	28.00元	9787544759960
鲁滨逊漂流记	39.00元	9787544783392
绿山墙的安妮	36.00元	9787544775755
罗马神话	16.80元	9787544711722
罗生门	39.00元	9787544777193
骆驼祥子	32.00元	9787544775724
麦田里的守望者	38.00元	9787544775106
美丽新世界	35.00元	9787544777254
名人传	39.00元	9787544774673
拿破仑传	38.00元	9787544759809
呐喊	23.00元	9787544768528
牛虻	38.00元	9787544777339
欧·亨利短篇小说选	36.00元	9787544775823
欧也妮·葛朗台	32.00元	9787544775854
培根随笔全集	28.00元	9787544768788
飘(上、下)	88.00元	9787544777407
热爱生命·海狼	38.00元	9787544777469
人类群星闪耀时	29.80元	9787544766906
人性的弱点	28.00元	9787544759977
儒林外史	42.00元	9787544781084
三个火枪手	59.00元	9787544777278
三国演义	45.00元	9787544774598
沙乡年鉴	42.00元	9787544775441
莎士比亚喜剧悲剧集	49.00元	9787544777322
少年维特的烦恼	18.00元	9787544762502
神秘岛	48.00元	9787544772884
神曲(共三册)	128.00元	9787544777414
圣经故事	35.00元	9787544768825
十日谈	38.00元	9787544714280
双城记	45.00元	9787544781879
水浒传	55.00元	9787544774581
苔丝	39.00元	9787544777179

谈美	26.00 元	9787544772013
谈美书简	28.00 元	9787544772006
汤姆·索亚历险记	32.00 元	9787544774659
堂吉诃德	62.00 元	9787544714877
汤姆叔叔的小屋	45.00 元	9787544775793
唐诗三百首	39.00 元	9787544781916
天方夜谭	42.00 元	9787544775816
童年	38.00 元	9787544762168
童年·在人间·我的大学	49.00 元	9787544775786
瓦尔登湖	28.00 元	9787544768764
我是猫	39.00 元	9787544777186
物种起源	42.00 元	9787544765022
雾都孤儿	35.00 元	9787544768696
西游记	48.00 元	9787544774611
希腊古典神话	49.00 元	9787544777391
乡土中国	29.00 元	9787544781886
小妇人	45.00 元	9787544766784
小王子	29.00 元	9787544774628
星星离我们有多远	35.00 元	9787544782043
羊脂球	38.00 元	9787544775878
一九八四	36.00 元	9787544777216
伊索寓言全集	35.00 元	9787544775762
尤利西斯	58.00 元	9787544712736
约翰·克利斯朵夫(上、下)	98.00 元	9787544777476
月亮和六便士	45.00 元	9787544773805
战争与和平(上、下)	108.00 元	9787544777445
中国哲学简史	48.00 元	9787544771580
子夜	49.00 元	9787544784221
最后一课	36.00 元	9787544777377